OUTROS PÁSSAROS

TAMBÉM POR SARAH ADDISON ALLEN

First Frost[1]
Lago Perdido
Encantos do Jardim
A Rainha dos Doces
A Garota que Perseguiu a Lua
O Pessegueiro

---

[1] Sem edição em português. [N. da T.]

SARAH ADDISON ALLEN

OUTROS PÁSSAROS

Tradução de **Celine Salles**

ALTA BOOKS
GRUPO EDITORIAL
Rio de Janeiro, 2024

Outros Pássaros

Copyright © **2024** ALTA NOVEL

ALTA NOVEL é um selo da EDITORA ALTA BOOKS do Grupo Editorial Alta Books (Starlin Alta e Consultoria Ltda.)

Copyright © **2022** SARAH ADDISON

ISBN: 978-85-508-2083-5

Translated from original Other Birds. Copyright © 2022 by Sarah Addison Allen. ISBN 978-1-250-01986-8. This translation is published and sold by permission of Sarah Addison Allen, the owner of all rights to publish and sell the same. PORTUGUESE language edition published by Starlin Alta Editora e Consultoria Ltda., Copyright © 2024 by Starlin Alta Editora e Consultoria Ltda.

Impresso no Brasil — 1ª Edição, 2024 — Edição revisada conforme o Acordo Ortográfico da Língua Portuguesa de 2009.

Dados Internacionais de Catalogação na Publicação (CIP) de acordo com ISBD

A225o   Addison, Sarah

    Outros Pássaros / Sarah Addison ; traduzido por Celine Salles. - Rio de Janeiro : Alta Novel, 2024.
    288 p. ; 13,7cm x 21cm.

    ISBN: 978-85-508-2083-5

    1. Literatura americana. 2. Ficção. I. Salles, Celine. II. Título.

2023-2293   CDD 813
     CDU 821.111(73)-3

Elaborado por Vagner Rodolfo da Silva - CRB-8/9410

Índice para catálogo sistemático:
1. Literatura americana : Ficção 813
2. Literatura americana : Ficção 821.111(73)-3

Todos os direitos estão reservados e protegidos por Lei. Nenhuma parte deste livro, sem autorização prévia por escrito da editora, poderá ser reproduzida ou transmitida. A violação dos Direitos Autorais é crime estabelecido na Lei nº 9.610/98 e com punição de acordo com o artigo 184 do Código Penal.

O conteúdo desta obra fora formulado exclusivamente pelo(s) autor(es).

Marcas Registradas: Todos os termos mencionados e reconhecidos como Marca Registrada e/ou Comercial são de responsabilidade de seus proprietários. A editora informa não estar associada a nenhum produto e/ou fornecedor apresentado no livro.

Material de apoio e erratas: Se parte integrante da obra e/ou por real necessidade, no site da editora o leitor encontrará os materiais de apoio (download), errata e/ou quaisquer outros conteúdos aplicáveis à obra. Acesse o site www.altabooks.com.br e procure pelo título do livro desejado para ter acesso ao conteúdo.

Suporte Técnico: A obra é comercializada na forma em que está, sem direito a suporte técnico ou orientação pessoal/exclusiva ao leitor.

A editora não se responsabiliza pela manutenção, atualização e idioma dos sites, programas, materiais complementares ou similares referidos pelos autores nesta obra.

Alta Novel é um selo do Grupo Editorial Alta Books

Produção Editorial: Grupo Editorial Alta Books
Diretor Editorial: Anderson Vieira
Vendas Governamentais: Cristiane Mutüs
Gerência Comercial: Claudio Lima
Gerência Marketing: Andréa Guatiello

Coordenadora Editorial: Illysabelle Trajano
Produtora Editorial: Beatriz de Assis
Assistente Editorial: Luana Maura
Tradução: Celine Salles
Copidesque: Giovanna Chinellato
Revisão: Natália Pacheco & Wendy Campos
Diagramação: Rita Motta

Rua Viúva Cláudio, 291 – Bairro Industrial do Jacaré
CEP: 20.970-031 – Rio de Janeiro (RJ)
Tels.: (21) 3278-8069 / 3278-8419
www.altabooks.com.br – altabooks@altabooks.com.br
Ouvidoria: ouvidoria@altabooks.com.br

Editora afiliada à:

Esta é uma obra de ficção...

*Dedicado à memória da minha mãe,
que me ensinou que comida é amor.
Foi a primeira e a melhor mágica que eu jamais conheci.*

*E à memória da minha irmã, que veio
antes de mim e iluminou o caminho.*

Histórias não são ficção. Histórias são tecido.
Elas são os lençóis brancos nos quais envolvemos
nossos fantasmas para que possamos vê-los.

— ROSCOE AVANGER, *Sweet Mallow*

Capítulo Um

A gaiola de vime vazia que estava ao seu lado começou a chacoalhar, impaciente. Zoey olhou para ela com rispidez, como se quisesse dizer que estavam quase lá. A gaiola parou.

Zoey deu uma olhada no motorista do táxi, para ver se ele tinha notado. O senhor de barriga saliente estava observando-a pelo retrovisor, com as sobrancelhas levantadas. Vários segundos se passaram, e ele continuava olhando-a fixamente, o que ela achou inquietante, porque os olhos dele realmente deveriam estar voltados para a extensa ponte sobre a água. Mas ele parecia esperar uma resposta.

— Você disse alguma coisa? — perguntou Zoey. Ele não tinha falado nada desde o *Vai pra onde?*, quando a havia buscado no aeroporto.

— Eu perguntei se esta é a sua primeira visita a Mallow Island.

— Ah — respondeu ela. — Sim.

A gaiola chacoalhou, discordando, mas dessa vez ela ignorou. Era a sua primeira visita. A primeira visita de que ela conseguia lembrar, de qualquer forma.

— Veio a turismo?

— Estou me mudando para cá. Começo a faculdade em Charleston, no outono.

— Bom — disse ele, alongando a palavra como uma melodia. — Não ouço falar de muitas pessoas se mudando pra

Mallow Island. É mais um lugar turístico, por conta daquele livro do Roscoe Avanger. Você conhece?

Zoey aquiesceu, agora distraída porque a pequena ilha marítima tinha acabado de surgir no horizonte, e ela não queria perder nenhum momento disso. A ilha se levantava das águas costeiras pantanosas como uma criatura marinha preguiçosa tomando banho de sol e sem nenhuma preocupação no mundo.

E, quanto mais eles se aproximavam, mais a animação dela crescia. Estava realmente acontecendo.

Assim que saíram da ponte, o motorista dobrou à esquerda e prosseguiu por uma rodovia de duas faixas que contornava o perímetro da ilha. A água, densa pela vegetação juncosa, ficava a centímetros do pavimento. Mas não parecia incomodar os motoristas dos carros com placas de outros estados. Eles se moviam com rapidez e confiança, seguindo placas decorativas de metal que diziam:

RESORT MALLOW ISLAND: 5 KM À FRENTE
PAVILHÃO DO AÇÚCAR: 3 KM À FRENTE
HISTÓRICA RUA DO COMÉRCIO: PRÓXIMA À DIREITA

Temendo que ele perdesse a curva, Zoey estava a ponto de indicá-la ao motorista, mas ele já tinha acionado a seta. Ela se sentou na beira do assento, sem saber para onde olhar primeiro. Se não soubesse que, há mais de cem anos, Mallow Island tinha sido famosa por seu marshmallow, a rua do Comércio teria deixado isso muito claro imediatamente. As calçadas estavam repletas de turistas tirando fotos de prédios antigos e estreitos, pintados em tons pastel já desbotados. Praticamente todos os restaurantes e confeitarias tinham uma lousa de giz com um item contendo marshmallow no cardápio — pipoca com marshmallow, leite achocolatado servido em xícaras de marshmallow tostado, fritas de batata-doce com molho de marshmallow.

OUTROS PÁSSAROS

Zoey abriu a janela, e uma mistura espessa do sal do Atlântico com o açúcar das confeitarias entrou, trazida pelo vento. Era estranho, tanto quanto familiar. Ela imaginou se o aroma estava trazendo à tona uma memória da sua infância, há muito esquecida. Mas foi difícil se lembrar de algo, pois, como muitas das coisas que diziam respeito à sua mãe, a memória era mais um desejo do que realidade.

— Tem certeza de que o lugar que você procura fica na rua do Comércio? — perguntou o motorista, freando bruscamente quando um turista deslumbrado decidiu atravessar a rua sem olhar. Zoey teve que esticar o braço para evitar que a gaiola ao seu lado tombasse. Pomba estaria seriamente irritada quando Zoey enfim a soltasse. — Esta é uma área comercial, não residencial.

Preocupada por talvez ter entendido errado algum detalhe, Zoey vasculhou sua mochila para encontrar o pedaço de papel no qual tinha escrito a informação.

— Sim — respondeu, lendo a anotação. — O lugar se chama Apartamentos Alvoroceiro. O síndico disse que a esquina não estaria sinalizada, mas que era para entrar no beco ao lado da Confeitaria Açúcar e Afeto e que já seria ali.

Era a esperança, de qualquer jeito. Se isso não desse certo, não existia plano B. Ela estaria presa ali, sem lugar para morar durante o verão.

O motorista deu de ombros enquanto eles se arrastavam pelo trânsito congestionado. Ele encontrou a confeitaria — um prédio da cor de confeito rosado com friso branco descascado que parecia glacê — e virou. O beco era obscurecido pelas sombras dos prédios vizinhos, o que não era um bom presságio de que haveria algum lugar habitável ali atrás. Bem quando Zoey começava a pensar que tinha sido alvo de uma piada colossal e que seu pai e sua madrasta estavam agora se fartando de rir, o beco se abriu, e ele surgiu — um antigo edifício de pedra no formato de ferradura. Um portão de ferro forjado era a única entrada e dava ao lugar uma atmosfera de mistério mágico, provavelmente desnorteando qualquer um que porventura fizesse uma curva errada e entrasse nesse beco sem saída.

Era menor do que Zoey havia achado que seria. Todas as histórias que ela ouvira seu pai contar sobre a mãe tiveram como prefácio o amor dela por dinheiro e as suas maneiras ardilosas de obtê-lo, então esse não era um lugar em que ela alguma vez pensaria que a sua mãe desejaria estar — pequeno, silencioso e escondido. Ela sentiu um leve arrepio de felicidade. Já estava aprendendo algo novo.

— Hum. Quem ia imaginar que isso estaria aqui atrás? — perguntou o motorista. — Como você descobriu esse lugar?

— Minha mãe morava aqui — respondeu Zoey, entregando o dinheiro a ele. Então ela pegou a mochila e a gaiola de vime e saiu.

Ela ficou de costas para o táxi, de propósito, enquanto ele se afastava. Logo que não conseguiu mais ouvi-lo, olhou sobre o ombro para garantir que ele tinha ido embora e abriu a gaiola. Ela sentiu Pomba passar com asas raivosas.

Zoey respirou profundamente para se acalmar e caminhou até o portão, que tinha uma placa de latão desgastada que dizia O ALVOROCEIRO. Ela o empurrou para abrir, e as dobradiças chiaram, transpassando o silêncio. À sua frente havia um jardim central pequeno e abandonado. Ela entrou e seguiu um caminho de tijolos ladeado por árvores baixas, com cachos de flores desproporcionalmente grandes em forma de sino. Elas exalavam um aroma enjoativo, como um frasco derrubado de perfume. Sua mochila raspou em uma das árvores quando ela passou, e de repente um turbilhão de minúsculos pássaros azul-turquesa saiu voando.

Com um gritinho de surpresa, Zoey correu pelo restante do caminho até a base do U que formava o prédio e subiu na calçada, em frente a uma porta marcada com ZELADOR. Os passarinhos pousaram na calçada e começaram a saltitar em volta dela de uma forma perturbadora.

Eram umas coisinhas extraordinárias, alguns não maiores do que caixas de anéis. Zoey observou um deles encontrar o cadarço do seu sapato e puxá-lo com seu bico da cor de raspadinha de laranja.

— Não faça isso, por favor — falou, não querendo se mover por receio de ferir o passarinho. Então perguntou a Pomba: — Você pode dizer para ele parar?

Pomba arrulhou alto do jardim, como se para dizer que a ideia não tinha sido dela e que Zoey tinha que se virar sozinha.

Zoey bateu à porta do zelador, ainda observando os pássaros. Quando a porta abriu, ela ergueu a cabeça e viu um homem negro e idoso que vestia jeans desbotados e uma camisa cáqui de botões. Ele tinha uma barba branca longa, amarrada no queixo com um elástico, como um pirata. Os passarinhos pareceram entender que a porta aberta era um convite e entraram pulando no escritório.

O homem só ficou ali, parado. Seus olhos castanhos lacrimejantes, ampliados pelas lentes dos óculos quadrados, estavam focados sobre os ombros dela, em algo no jardim. Zoey teve que resistir ao desejo de acenar com a mão na frente do rosto dele para ver se ele, na verdade, conseguia vê-la.

— Olá — disse ela, enfim. — Você é o Frasier?

Ele a encarou abruptamente e deu uma risada rouca.

— Perdão. Sim. E você deve ser a Zoey. Bem-vinda.

— Obrigada. — Ela apontou com o dedo para dentro do escritório. — Hum, eles deveriam estar fazendo isso?

Ele se virou e viu que os passarinhos estavam sobre a sua escrivaninha, espalhando papéis e lápis.

— Ei, agora venham. Saiam daí — falou, espantando-os enquanto abria uma gaveta e pegava um molho de chaves. Zoey entrou quando ele afugentou o bando e fechou a porta. — Eles são meio mimados e ótimos bandidinhos. Se você perder alguma coisa, me avise. Eu guardo uma caixa com as coisas que encontro nos ninhos deles.

— De que espécie eles são? — perguntou Zoey, vendo os passarinhos gorjearem reclamações de lá para cá, uns aos outros, enquanto saíam pulando para o jardim.

— São chamados de alvoroceiros. São nativos da ilha. O homem que reformou o edifício, há alguns anos, encontrou ninhos aqui e batizou o lugar com o nome deles. Não foi muito criativo, mas adequado, eu acho. — Ele levantou as chaves. — Pronta para ver seu apartamento?

Zoey aquiesceu, perguntando-se qual das unidades do térreo era a dela. Parecia que havia apenas cinco apartamentos — duas unidades térreas em cada lado do U, e uma unidade acima do escritório de Frasier, na dobra do U, no segundo andar. Uma escada caracol de metal conduzia à varanda, como um longo cabelo ondulado.

Ela ficou surpresa quando Frasier foi até as escadas e começou a subir e se apressou a segui-lo, com a mochila em uma mão e a gaiola na outra.

— Este lugar não é o que eu esperava — falou, subindo as escadas.

Frasier parou na varanda e aguardou a chegada dela.

— As melhores coisas nunca são. Eu queria poder voltar no tempo e ver o lugar pela primeira vez. — Ele a observou, com os olhos amplificados, enquanto ela alcançava a varanda e absorvia a vista. — Esta foi a única estrutura que sobreviveu depois que todas as casas da ilha queimaram durante a Guerra Civil. As lojas da rua do Comércio foram construídas mais tarde, na frente do prédio, que ficou aqui quietinho, por anos, esquecido por todos à exceção dos passarinhos. Por um período, foi uma estrebaria. Você pode ver onde eram as portas dos estábulos lá embaixo, onde agora estão as portas dos terraços. A sua quitinete, aqui, era o depósito de feno.

Zoey virou-se para ele, surpresa. A mãe dela tinha vivido em um *depósito de feno*? Nem em seus sonhos mais loucos ela teria imaginado isso.

Naquele momento, as portas de vidro de um dos terraços foram escancaradas, e delas saiu uma mulher na casa dos 40 anos, de cabelos escuros e ensebados. Parecia que tinha secretamente assaltado a cesta de roupa suja de alguém, pois vestia uma saia em cima de um par de calças e o que pareciam ser três camisas diferentes, mal abotoadas, uma em cima da outra. Ela encarou Zoey com olhos verdes protuberantes que a deixavam com uma aparência ligeiramente enlouquecida.

— O que você está fazendo? — gritou a mulher. — Quem é você?

— Esta é Zoey Hennessey — respondeu Frasier. Zoey acenou para ela, com timidez. — Eu te contei sobre ela hoje de manhã. É a nossa nova moradora.

— Não gosto disso! Não gosto nem um pouco! — Ela apontou para Zoey. — Sem barulho! Ouviu? Estou tentando encontrar a história que eu perdi. Está aqui, em algum lugar, e eu não consigo me concentrar com toda essa atividade!

Ela se virou e voltou para dentro.

— Essa é Lizbeth Lime — comentou Frasier, antes que Zoey tivesse a chance de perguntar. — Você vai se acostumar com ela. Todos nos acostumamos. O resto do grupo é tranquilo. Ao lado dela mora a Charlotte Lungren. Ela é artista. Do lado oposto do jardim, mora o Mac Garrett. Ele trabalha à noite. E, do lado dele, mora a Lucy Lime, que é irmã da Lizbeth.

— À vista da inquietação óbvia de Zoey com a perspectiva de ter outra versão de Lizbeth vivendo ali, Frasier sorriu e disse: — Não se preocupe. Lucy não reclama de nada. Ela nunca sai do apartamento.

— Nunca?

Frasier balançou a cabeça.

— Ela não gosta de estar na companhia de pessoas.

— Nem mesmo da irmã?

— Especialmente da irmã. Ela pede mercado e farmácia para entrega, inclusive. — Ele se virou para destrancar as portas da varanda. — Falando de entregas, suas caixas chegaram de Tulsa, ontem. Mandei colocarem dentro do apartamento para você.

Frasier entrou e estendeu o braço para alcançar o interruptor na parede. Um lustre de cristal se acendeu, inundando o cômodo com uma luz irregular. O edifício revelou-se como um geodo — pedregoso por fora, mas cintilante com uma inesperada decadência por dentro.

Era pequeno, só um quarto. Os móveis estavam cobertos com lençóis brancos, mas tudo mais que ela conseguia ver era adorável — o piso de parquê dourado, as vigas caiadas brancas e o longo balcão da cozinha na parede mais distante, que exibia eletrodomésticos cafonas de um rosa desbotado.

— Pensei em deixar tudo descoberto para você, mas imaginei que seria algo que gostaria de fazer por conta. — Ele entregou as chaves a ela. — Se tiver qualquer pergunta, é só falar. Estou aqui todos os dias, até às cinco.

Pomba entrou voando, trazendo com ela uma onda do perfume das estranhas flores das árvores. Perguntas. Sim, Zoey tinha perguntas. Centenas delas. Mas a única coisa em que conseguiu pensar foi:

— O que são aquelas árvores no jardim?

— Brugmânsia. Alguns chamam de trombeta de anjo. O homem que reformou o lugar plantou vários arbustos e árvores diferentes para ver qual era o tipo preferido dos passarinhos. Ele disse que era o mínimo que podia fazer, já que tinha que despejá-los dos seus ninhos nas baias dos cavalos. Eles gostaram mais da brugmânsia.

Pomba contornou o quarto, impaciente. Ela fez a fragrância circular como um ventilador de teto.

— As flores têm um cheiro muito forte.

— Podia ser pior. — Frasier deu de ombros ao sair. — Os passarinhos podiam ter preferido a espanta-lobos.

Um sorriso se formou devagar nos lábios de Zoey enquanto Pomba sobrevoava a sua cabeça. Estavam finalmente aqui, então. Ela soltou a mochila e a gaiola e, com gestos grandiosos, imediatamente começou a tirar os lençóis dos móveis. Em um dos lados do quarto havia um exagerado sofá de couro branco, uma mesa de centro de tampo de vidro e duas poltronas. Do outro lado, havia uma cama branca, uma mesinha de cabeceira e uma cômoda alta.

Zonza com a possibilidade de tudo que podia descobrir, Zoey começou a vasculhar as gavetas e armários.

Mas estavam todos vazios.

O guarda-roupas também estava vazio, à exceção de um conjunto de lençóis cor-de-rosa e toalhas de banho.

Com o pânico se instalando, ela deu uma segunda volta pelo quarto para se certificar, mas não tinha absolutamente nada de pessoal da mãe ali. Nada. Nem mesmo embaixo do colchão ou entre as almofadas do sofá. Não havia fotos, nenhum livro com orelhas nas páginas, nenhuma carta escrita pela metade, nem agendas telefônicas velhas ou roupas deixadas no guarda-roupa. Havia apenas esses móveis cobertos de poeira, novos e impessoais, como se sua mãe tivesse redecorado o lugar logo antes de morrer, há doze anos.

Zoey sentou-se no sofá duro de couro e olhou em volta, perplexa.

À sua direita estavam as caixas que tinha enviado pelo correio alguns dias atrás. Elas continham livros e roupas, os únicos itens que quis trazer consigo de sua vida antiga. Tinham dito a ela que o apartamento da sua mãe era mobiliado, então deixara toda a mobília do seu quarto para trás, em Tulsa. Mais cedo, naquela manhã, quando o Uber que a levaria para o aeroporto chegou, o caminhão de uma instituição de caridade já estava parado na entrada da garagem para levar tudo embora. Sua madrasta, Tina, cronometrara todo o processo.

Zoey não tinha se surpreendido. Tina vinha falando há meses sobre transformar o quarto de Zoey em um ateliê. Tinha até um nome para ele: País das Maravilhas.

"Mal consigo esperar para começar a trabalhar no País das Maravilhas."

"Aquele quarto é perfeito para o País das Maravilhas."

"Zoey, comece a empacotar as coisas para que eu possa começar o trabalho no País das Maravilhas assim que você sair."

Zoey finalmente pegou a mochila e esvaziou seu conteúdo na mesinha de centro, à sua frente. Eram coisas que ela não queria arriscar enviar pelo correio — notebook, tablet, celular, documentos importantes e uma pequena caixa de madeira na qual ela guardava os poucos e preciosos itens que tinha da mãe.

Ela abriu a caixa e pegou a única foto. Nela, Paloma calçava sapatos vermelhos e usava um rabo de cavalo alto e escuro que pendia como um ponto de interrogação da parte de trás da cabeça. Com a franja curta e as sobrancelhas arqueadas, teria precisado apenas de uma echarpe em volta do pescoço e de uma bicicleta com cestinha para parecer algo saído de um filme antigo. Zoey não sabia quando a foto tinha sido tirada. Quando Zoey perguntou, anos atrás, seu pai dera uma olhada rápida e disse que não se lembrava. Mas ela sabia que não devia ser muito depois de Paloma ter emigrado de Cuba. Zoey conhecia a história de cor e costumava recitá-la para si mesma repetidamente, quando era criança, às vezes encenando-a em seu quarto. Paloma e seu irmão foram criados pelo avô, que era criador de pássaros. Quando ele morreu, Paloma e o irmão decidiram sair de Cuba em um pequeno barco. Houve uma tempestade horrível, e o irmão morreu. Então, Paloma flutuou a esmo sobre o barco emborcado por três dias até que pescadores a encontraram. Ela parecia tão jovem na foto, jovem demais para estar por conta própria, jovem demais para se juntar com o pai de Zoey, que era muito mais velho, quando chegou nos Estados Unidos. Paloma viveu ali, na Carolina do Sul, por quatro anos antes de o pai de Zoey se aposentar e eles se mudarem para Tulsa, cidade natal da família dele. Mas Paloma voltava com frequência com a filha bebê, algumas vezes para ficar semanas nesse mesmo apartamento que ganhara do pai de Zoey — como um presente extravagante — no início do seu relacionamento.

Zoey levantou-se e foi até a geladeira cor-de-rosa. Ela prendeu a foto ali, com o ímã promocional de uma loja de eletrodomésticos local. Não tinha comido nada o dia inteiro, pois estava animada demais, e automaticamente buscou o puxador prateado da geladeira para abrir a porta. Observou o interior vazio, percebendo que precisava fazer compras e que não tinha a mínima ideia de onde fazer isso.

Ela fechou a porta e apoiou a testa nela, sentindo-se repentinamente muito sozinha.

Mas ela era capaz de fazer isso.

E *faria*.

Já passava da meia-noite, mas Zoey não tinha se mexido; continuava sentada na varanda, com as costas apoiadas na parede. O ar úmido quase tinha uma textura e estava estranhamente parado.

"*Deus está prendendo a respiração.*"

A mãe de Zoey costumava sussurrar isso para ela, em seu sotaque misterioso, quando o vento parava de forma abrupta e tudo ficava quieto por um momento, quase como se ela fizesse isso acontecer. Zoey tinha a vaga sensação de que sua mãe tinha um enorme poder criativo, como se para ela não existisse o véu entre o que é real e o que não é. Tudo coexistia.

Os quatro vizinhos de Zoey estavam em casa agora. Ela tinha acabado de ver o homem do trabalho noturno, Mac, chegar. Quadrados de luz que saíam da porta dele se espalhavam pelo terraço. Do outro lado do jardim, Charlotte, a artista, já tinha ido dormir, ao que tudo indicava com o jovem que levara para sua casa mais cedo. Zoey observava da varanda quando Charlotte fez um sinal para o jovem ficar quieto enquanto entravam no jardim. Ela tinha apontado para o apartamento da Lizbeth Lime, como se não quisesse que algum barulho chamasse a atenção da vizinha.

Quanto à própria Lizbeth, ainda estava acordada, com todas as luzes acesas. As luzes do apartamento da irmã, Lucy, estavam apagadas, mas a energia de uma pequena brasa laranja tremeluzia perto das portas, como se ela estivesse fumando um cigarro sozinha no escuro.

Zoey sabia que provavelmente deveria entrar e tentar dormir. Tinha sido um longo dia. Mas ficar no interior do apartamento a fazia se sentir oprimida e solitária. E Pomba ainda estava lá fora. Ela podia ouvir o *vuuum* de suas asas agora mesmo, voando pelo jardim para espiar nas árvores mais baixas, curiosa sobre os alvoroceiros. Pomba era muito seletiva sobre quem escolhia para honrar com a sua presença. É provável que estivesse imaginando se valia a pena conhecer os pequenos tagarelas azul-turquesa.

Era óbvio que Pomba estava tentando tirar o máximo proveito da situação, mas ela não tinha gostado da ideia de se mudar para lá. A julgar pelos anos que passou derrubando copos e furtando bugigangas que pertenciam ao pai e à madrasta de Zoey, geralmente no intuito de infernizar a vida deles, Pomba também não gostava de ficar em Tulsa. Às vezes não havia o que satisfizesse aquele pássaro. Ela quase enlouquecera Zoey no avião aquela manhã, empoleirada na sua cabeça, bicando o seu cabelo — foi por isso que Zoey decidiu deixá-la dentro da gaiola durante a viagem de táxi. Para Zoey, não fazia sentido Pomba ter viajado com ela quando poderia ter voado sozinha até ali.

Por outro lado, um pássaro invisível não fazia sentido por definição.

Pomba deu um rasante sobre a cabeça de Zoey, quase pegando seu cabelo. Zoey levantou as mãos para afastá-la. Pomba sempre fazia isso quando achava que ela estava passando muito tempo perdida em seus próprios pensamentos. Pomba acreditava em ação, em ser realista, o que Zoey sempre achou um pouco hipócrita.

Ela ouviu Pomba pousar na gaiola de vime que ela tinha colocado sobre a geladeira cor-de-rosa. Arrulhou para chamá-la para entrar, mas Zoey não queria. Estava tão tensa que sentia como se uma corrente de energia percorresse seu corpo e tinha a estranha sensação de que alguma coisa estava para acontecer.

"*Deus está prendendo a respiração.*"

Sua pele arrepiou. Ela quase conseguia ouvir as palavras, como se a mãe estivesse bem ao seu lado, sussurrando em seu ouvido. Ela se sentiu desconfortável, mas não sabia o porquê. Não foi por isso que ela havia decidido fazer a faculdade ali? Para que pudesse se mudar para esse apartamento e se sentir mais próxima da mãe, para ter algum lugar para ir nas férias, algum lugar que finalmente a fizesse se sentir em casa?

Naquele momento, as portas do apartamento de Charlotte se abriram, e o jovem que ela levara para sua casa mais cedo saiu sorrateiramente. A pele dele era coberta por um turbilhão de tatuagens que pareciam se mover na escuridão, como algo vivo. Ele tirou o cabelo liso e comprido do rosto ao percorrer o jardim na direção do portão externo, andando como se sorrisse para si mesmo, como se tivesse se safado de alguma coisa. Os alvoroceiros voaram das árvores quando ele chegou perto demais, atirando-se contra ele, fazendo-o correr e xingar baixinho na escuridão.

Pomba arrulhou de novo, e, relutante, Zoey se levantou e entrou, dizendo:

— Acho que vou tentar fazer amizade com eles... Charlotte, a artista, Mac, do emprego noturno e as irmãs Lime.

Ela perguntou a si mesma se ainda lembrava como fazer isso. Sua última amiga de verdade tinha sido Ingrid, no ensino médio. Mas, com certeza, não seria tão difícil.

O silêncio de Pomba significava que ela não tinha gostado da ideia.

— O que mais eu posso fazer durante o verão?

Zoey ouviu Pomba bater as asas com impaciência, como se dissesse que ela deveria ter pensado nisso antes de ir para lá. Havia muitas coisas nas quais Zoey provavelmente deveria ter pensado. Por exemplo, em como comprar mantimentos.

Mais cedo, ela perguntou a Frasier se tinha um mercado perto o bastante para ir a pé. Zoey tinha um carro, um que ela amava, que havia comprado no último verão. Mas ele só seria entregue na ilha dali a algumas semanas. Frasier tinha mencionado um mercado especializado, meio turístico, que ficava no final da rua. Zoey nunca tinha comprado mantimentos para si mesma antes. O mais perto que chegou disso foram as batatas chips e o pão branco que ela comprava em uma loja de conveniência no caminho para casa, voltando do emprego de meio período no Sebo do Kello. Sanduíches de batata chips eram uma das poucas coisas que lembrava da mãe fazendo para ela. A mãe tinha mais dinheiro do que conseguia gastar na vida adulta, mas sempre comeu como se ainda fosse uma garota faminta, perdida em um barco, tentando chegar aos Estados Unidos. O pai de Zoey fora o completo oposto de presente no que dizia respeito à criação da filha depois da morte da mãe, mas agora a mente de Zoey ficava confusa com as coisas básicas que se materializam de modo sobrenatural quando você mora com outras pessoas — coisas como sal, manteiga, sabonete e papel higiênico. Passou a noite toda acrescentando novos itens à sua lista.

Ela foi até a geladeira para dar mais uma olhada nas fileiras organizadas de suco e refrigerante, no bloco de queijo e nos tomates grandes como bolas de softball que ela tinha comprado antes. Era como olhar no espelho depois de um corte de cabelo radical e não se reconhecer direito. Quem era essa pessoa que tinha queijo duro na geladeira cor-de-rosa? Quando abriu a porta, um feixe de luz brilhante se projetou na escuridão do apartamento. As pequenas garrafas de refrigerante chacoalharam, mas não esconderam o forte *bum* de uma pancada que veio de repente de uma das unidades do térreo.

Assustada, Zoey fechou a porta e se virou. Voltou para a varanda e viu que Mac, um homem grande e ruivo, abrira a porta e estava olhando para o jardim, pois ao que parecia também tinha ouvido o barulho.

Algo tinha acabado de acontecer, algo estranho.

E tinha deixado o silêncio e uma sensação fantasmagórica pairando no ar.

Em sua vida, Zoey tinha passado tempo demais sendo uma forasteira para jamais considerar correr na direção de alguém quando estava com medo. Não que ela fosse particularmente corajosa, mas não queria a decepção de ser rejeitada. Só que agora sentia um desejo doloroso por algo que não conseguia nomear. Teve a ideia extrema de enviar uma mensagem para o pai, mas ele não havia respondido à sua última mensagem, quando ela disse que seu avião havia chegado com segurança em Charleston.

Ela viu Mac voltar para dentro e fechar as portas do terraço, aparentemente satisfeito de que nada estivesse errado.

No entanto, antes de Zoey fechar e trancar as portas da varanda, seus olhos pousaram na unidade de Lucy Lime. A brasa de um cigarro ainda brilhava perto das portas de vidro, na escuridão, como se Lucy estivesse observando tudo.

E Zoey teve a estranha sensação de que Lucy sabia exatamente o que tinha acontecido.

Capítulo Dois

Pomba estava batendo nas portas.
Parecia que Zoey tinha adormecido minutos atrás. Ela tentou ignorar Pomba, mas não funcionou. Na verdade, as batidas ficaram mais altas. Ela finalmente levantou da cama e atravessou a quitinete escura. Tão logo abriu as portas acortinadas, o sol da manhã inundou o quarto, fazendo-a estreitar os olhos. Zoey sentiu Pomba passar voando.

Os alvoroceiros estavam piando no jardim, obviamente irritados com alguma coisa. Pelo barulho, parecia uma floresta tropical lá embaixo. Não era de se admirar que o seu pássaro bobo quisesse sair. Pomba era espetacularmente incapaz de ficar longe dos assuntos dos outros.

Havia várias vozes no térreo, quase abafadas pelos alvoroceiros. Zoey estava se virando para voltar para a cama quando ouviu o estalido de um rádio da polícia se juntar à tagarelice, e isso a fez parar.

Polícia?

Ela saiu para a varanda e olhou para baixo, onde viu dois policiais conversando com Frasier no terraço de Lizbeth Lime. Os alvoroceiros voavam ao redor deles, e alguns tinham pousado nos ombros de Frasier. Um deles havia se empoleirado na cabeça dele, como um chapéu extravagante.

Um som metálico chamou a atenção de Zoey, e, ao se virar, ela se deparou com um homem e uma mulher empurrando uma maca vazia pelo jardim. Frasier e os policiais se afastaram para que eles pudessem entrar no apartamento de Lizbeth. Os paramédicos pareceram aliviados por entrar e fugir do grupo de passarinhos que os perseguiam.

As sobrancelhas de Zoey arquearam com inquietação.

O que tinha acontecido com Lizbeth Lime?

Ela desceu os degraus da varanda imediatamente, como se não tivesse acabado de acusar Pomba de bisbilhotice.

Alcançou o pé da escada e contornou o jardim para chegar ao terraço de Lizbeth. Enquanto esperava por Frasier, roeu a unha do dedão.

Ela ainda vestia shorts e camiseta, da noite passada. Dormia com roupas de sair desde que era criança, quando não tinha entendido bem o que significava a morte da mãe. Seu pai tinha feito parecer que Paloma tinha ido embora de propósito, em um surto de irresponsabilidade, como se simplesmente tivesse decidido, de repente, sair de férias. Zoey começou a dormir sempre pronta para deixar a casa do pai, a qualquer momento, quando a mãe finalmente retornasse. Depois que seu pai se casou de novo um ano depois, a madrasta de Zoey às vezes comentava sobre esse hábito, que considerava um desleixo — os dois filhinhos dela de um casamento anterior, afinal, dormiam em pijamas muito bonitos. O pai de Zoey sabia exatamente por que ela dormia assim, mas sempre dava de ombros, como se não soubesse, porque não gostava de dizer o nome de Paloma e tinha consciência de que a nova esposa gostava ainda menos.

Frasier terminou de conversar com a polícia e saiu do terraço de Lizbeth, passando direto por Zoey, como se não a tivesse visto.

— Frasier? — chamou ela. O homem se virou. — O que aconteceu?

Ele estendeu a mão e deu uma batidinha no braço de Zoey, com dedos fortes e ossudos. O impacto a desequilibrou um pouco. Ele era mais forte do que parecia.

— Lizbeth morreu ontem à noite. Mas não é nada com que você precise se preocupar.

À exceção da sua mãe, Zoey nunca tinha conhecido alguém que morreu. Por outro lado, ela não conhecera Lizbeth de verdade. Ela havia acabado de decidir conhecer seus novos vizinhos ontem à noite, então sentia como se tivesse perdido o trem para algum lugar importante.

— Como?

— Ela caiu de uma escada, e a estante de livros tombou em cima dela.

Espera, Zoey sabia quando isso tinha acontecido. Sabia *precisamente* quando tinha acontecido.

— Eu ouvi algo ontem à noite! — falou. — Uma batida.

Ele aquiesceu.

— Mac disse a mesma coisa.

— Ah, sim. Claro. — Ela se lembrou que o homem ruivo tinha aberto as portas com o barulho, na noite passada. — Então foi só um acidente?

— Sim.

Zoey olhou de relance para o apartamento de Lucy Lime. O que poderia dizer? Que Lucy tinha ficado sentada no escuro, ontem, depois do barulho, fumando como uma vilã? E quanto ao amigo de Charlotte, a artista, aquele que foi embora envolto em um ar de mistério?

— E ela? — perguntou Zoey, indicando o terraço de Charlotte. — Ela também ouviu?

Nesse momento a própria Charlotte abriu as portas, parecendo sonolenta e incomodada. Estava usando o mesmo vestido de verão, sem alças, de ontem. E saiu do apartamento quase em sincronia com a maca que, ao lado, era empurrada para fora da porta de Lizbeth. Agora havia uma forma inconfundível debaixo da lona. Charlotte imediatamente recuou, horrorizada. Os três ficaram em silêncio enquanto os paramédicos empurravam a maca para fora do jardim.

Charlotte se virou e viu Zoey e Frasier parados. Ela parecia atônita demais para falar.

— Lizbeth morreu ontem à noite — disse Frasier, antes que ela pudesse perguntar. — Com licença, tenho algumas ligações a fazer.

Depois que ele se afastou, Charlotte finalmente falou.

— Como aconteceu? — A voz dela estava rouca, como se tivesse acabado de acordar. Ela levou as mãos à cabeça e enrolou o cabelo loiro e fino em um coque.

Zoey entendeu a pergunta como uma autorização para adentrar o terraço da vizinha. Da sua varanda, à distância, tudo o que descobrira ontem era que Charlotte se vestia como se tivesse comprado as roupas em um brechó e que pilotava uma velha vespa azul-clara. Mas ela era muito mais interessante de perto. O que Zoey tinha achado que eram tatuagens nos braços dela eram, na verdade, henna. Algumas eram de um marrom-escuro, parecendo recentes, mas outras estavam mais claras, quase do tom dourado da pele de Charlotte — como uma impressão deixada na areia. O rosto dela era estreito, os olhos, largos e azuis, e os cantos externos das sobrancelhas loiras pareciam asas rebeldes. Era *fascinante* olhar para ela, como uma obra de arte que você tinha que encarar por um longo tempo até que fizesse sentido.

— Frasier disse que uma estante de livros caiu em cima dela no meio da noite — comentou Zoey. Charlotte observava intermitentemente os policiais. — Isso parece estranho para você?

— Estranho? — repetiu Charlotte, ao que parecia processando lentamente as palavras de Zoey. — Não. Ela sempre estava mudando as coisas de lugar lá no apartamento dela.

— Você ouviu alguma coisa?

— Não, me acostumei com o barulho. E na noite passada eu estava... — Ela se interrompeu. — Dormindo pesado.

— E o rapaz que estava com você?

Isso chamou a atenção de Charlotte:

— Ele ainda está aqui?

Zoey balançou a cabeça.

— Era uma hora da manhã, mais ou menos, quando eu o vi sair.

— Ah. Somos apenas amigos — disse a outra, sem graça. Então, sem dizer mais nada, ela entrou em seu apartamento e começou a fechar as portas.

— Espere — pediu Zoey, espantada com a rapidez com que a conversa havia terminado. Ela segurou a mão de Charlotte. — Meu nome é Zoey Hennessey. Eu acabei de me mudar para a quitinete.

A mulher apertou a mão de Zoey distraidamente. A pele dela era fria.

— Charlotte.

— Prazer em conhecê-la! — exclamou Zoey enquanto as portas eram fechadas na sua cara.

Ela ficou parada por um momento, decepcionada. Em seguida, deu meia volta e fitou o jardim, imaginando o que faria agora.

Com um suspiro, ela se afastou.

Charlotte, dentro do apartamento, escutou quando Zoey finalmente foi embora. Ela escorregou pela parede.

Há poucos minutos, as vozes no jardim tinham sido um evento estranho o suficiente para acordá-la. Ninguém no Alvoroceiro parava para conversar. Não queriam arriscar a ira de Lizbeth Lime, a residente intrometida e, infelizmente, vizinha de porta de Charlotte. Ela sabia que o burburinho lá fora faria Lizbeth entrar no modo vizinha enlouquecida logo, logo. Charlotte se levantou e rapidamente entrou na sala, onde deixara Benny dormindo no sofá, na noite passada, para avisá-lo que não saísse ou acabaria alvo de uma ladainha sem fim.

Mas Benny já tinha ido embora.

E Lizbeth estava morta.

Era muita coisa para processar de ressaca.

Charlotte precisava de água. Muita água. Ela se afastou das portas e atravessou a sala, com seu piso antigo de pedra e vigas expostas. Era mobiliada somente com um sofá macio amarelo e uma cadeira, que tinha comprado em um bazar quando se mudou. Mobília nunca teve importância para ela, e o lugar propriamente dito já era bonito o suficiente. De qualquer forma, sempre vendia tudo que tinha quando se mudava. O mais importante era o imóvel. Ela sempre comprava um lugar quando se mudava. Não era exatamente o estilo de vida boêmio com o qual sonhava a jovem Charlotte, mas ela nunca conseguiu superar de todo a necessidade de ter um lugar próprio e não depender de outra pessoa para ter um teto sobre a cabeça, como a sua mãe.

A colcha que tinha usado para cobrir Benny na noite passada estava amassada no chão, perto do sofá, e parecia uma bola de papel de presente. Charlotte se inclinou para pegá-la enquanto passava, e sua cabeça rodopiou. Ela e Benny tinham passado a tarde anterior bebendo e compartilhando a angústia pelo aumento do aluguel no Pavilhão do Açúcar, o reduto de artistas onde trabalhavam. Incapazes de arcar com o novo valor, ambos tiveram que entregar seus espaços. Ontem tinha sido o seu último dia. Benny, um escultor em madeira com quem ela só conversara de passagem, tinha se oferecido inesperadamente para ajudá-la a trazer as caixas de produtos de henna, porque seriam necessárias várias viagens na vespa.

Ela foi arrebatada pelo entusiasmo bêbado de Benny sobre se unirem para encontrar espaço em algum outro lugar da ilha para fazerem sua arte. Mas Benny não estava aqui agora, e ela não sabia o que isso significava. Ela não tinha o número dele. Nem tinha certeza se ele tinha um cartão de visita. Talvez tivesse saído para fazer algo encantador, como comprar bolinhos de laranja em uma das padarias da rua do Comércio. Ele ia voltar, disse ela a si mesma, e então eles explorariam alguns lugares novos. Foi bom ao menos estar junto com alguém nisso.

A vida continua.

Ela tinha sobrevivido a coisas piores.

Na pequena cozinha, branca e serena, e que provavelmente era sua parte favorita do apartamento, Charlotte pegou um copo do armário e o encheu com água da torneira. Sua mochila de couro estava aberta na bancada. E, de início, enquanto bebia a água, ela não percebeu. Mas então abaixou o copo e o colocou na bancada com um estalo, uma sensação incômoda tomando conta dela.

Charlotte enfiou a mão na mochila e tirou a carteira. Abriu o zíper, prendendo a respiração.

Estava vazia.

Ela esvaziou imediatamente a mochila e vasculhou tudo, primeiro de uma forma frenética, depois com mais calma para ter certeza.

Benny, que obviamente dava conta do álcool melhor do que ela, pegara todo seu dinheiro.

Ela correu para as portas da frente e as abriu. Os policiais ainda estavam no terraço de Lizbeth Lime.

A oficial virou-se para Charlotte, que sorriu. Quando se tratava de polícia, ela nunca quis chamar muita atenção para si mesma. Voltou para dentro e fechou as portas, querendo que seu coração desacelerasse.

Sempre que ela se mudava, todo o dinheiro da venda da casa anterior era usado para a compra de uma nova casa, para aquela única segurança que se permitia. Com tudo o mais, Charlotte vivia precariamente. Ela precisava do dinheiro que havia guardado na mochila. Estava se sustentando exclusivamente com a henna pela primeira vez em sua vida, algo que a Charlotte adolescente sempre sonhou. Tinha trabalhado mais horas e economizado por semanas desde que descobriu sobre o aumento do aluguel, para que tivesse como sobreviver até encontrar um novo espaço para trabalhar. Fizera um bom pé-de-meia, e agora esse pé-de-meia estava quase vazio.

— Desgraçado, desgraçado, *desgraçado*! — murmurou ela, cada músculo tenso com o esforço para não chorar. Estava *esgotada*. Charlotte havia derramado lágrimas demais nos últimos meses, em crises de choro incontroláveis e soluçantes que a deixaram sem ar, por causa do seu rompimento com Asher — a única coisa ruim a respeito da mudança para Mallow Island. Vira a mãe chorar assim, e para Charlotte isso sempre pareceu egoísta e excessivamente dramático. Coisas muito mais devastadoras haviam acontecido durante sua infância, e, no entanto, tudo o que sua mãe fazia era chorar por si mesma.

Uma vida inteira tentando não ser como a mãe, e veja no que ela se transformou.

Apenas mais uma artista desesperada, sem dinheiro e com o coração partido.

Frasier, sentado em seu escritório, podia ouvir que os pássaros lá fora tinham começado a se acalmar. A polícia devia ter finalmente ido embora. Ele sacudiu um pouco a cabeça. Velho Otis, o mais velho dos alvoroceiros, ainda estava empoleirado ali. Otis balançou, mas não se mexeu. Deve ter adormecido.

A escrivaninha diante de Frasier estava repleta de cadernos de desenho e lápis de cor. O desenho era uma forma de expressão que ele havia adotado mais tarde na vida, e tudo o que ele desenhava eram pássaros, repetidamente, geralmente durante o calor do dia, quando estava quente demais para ficar no jardim. A parede à sua frente estava coberta de esboços dos alvoroceiros, tantos que os papéis se sobrepunham, formando uma decupagem de pássaros turquesa.

Ele os encarou por um tempo; depois tirou os óculos grossos e esfregou os olhos. Que manhã.

Na idade em que estava, as pessoas que ele um dia conheceu superavam as pessoas que atualmente conhecia. Depois que faleciam, seus amigos às vezes o visitavam antes de deixar o mundo terreno. Isso aconteceu durante toda a sua vida, e o que tinha sido uma experiência apavorante quando menino não o surpreendia mais. Geralmente era apenas um encontro breve — um brilho no canto do olho, uma rajada em uma sala sem vento, um cheiro específico.

Mas houve alguns que, por medo, confusão ou porque tinham assuntos pendentes, ficaram mais tempo com ele.

E é claro que Lizbeth seria uma delas.

Ela estava ali, em seu escritório, com ele, e ele sentiu sua impaciência, como se ela estivesse imaginando onde estava alguma coisa.

— Eu não sei onde ele está — falou para ela, achando que ela procurava pelo filho, embora fosse mais do que provável que ela ainda estivesse se perguntando onde estava aquela maldita história dela. — Vou encontrá-lo, mas duvido que ele volte para casa. Nem mesmo agora.

Mas Lizbeth não estava prestando atenção. Na morte, como na vida, ela era de longe a pior ouvinte que ele já conhecera.

Antes de seu filho Oliver partir para a faculdade alguns anos atrás, ele tinha pedido a Frasier que desse uma olhada nela periodicamente. A despeito do relacionamento complicado deles, e embora ele mal pudesse esperar para dar o fora dali, ainda se preocupava com o que poderia acontecer com a mãe na sua ausência.

Lizbeth se mudou para o Alvoroceiro quando Oliver tinha apenas 3 anos, então Frasier o viu crescer e ajudou a criá-lo da melhor maneira possível. Lizbeth nunca havia sido do tipo maternal. Entretanto, em suas visitas periódicas, Frasier esperava poder compartilhar com ela o quanto ambos sentiam falta do rapaz. Mas logo ficou claro que Lizbeth não tinha interesse em ouvir ou conversar com Frasier sobre qualquer coisa. Enfim, quando percebeu isso, ele começou a se divertir, contando a Lizbeth invencionices mirabolantes sobre a vez que naufragou com a Rainha da Inglaterra ou que se juntou a um bando de ladrões, todos vestidos de Papai Noel, que na véspera de Natal haviam feito o maior assalto da história no Shopping América. Uma vez ele chegou a dizer que estava perdidamente apaixonado por ela e pediu que ela fugisse com ele para uma colônia de nudismo na Córsega.

Ela nunca ouviu uma palavra. Estava muito ocupada classificando, catalogando e murmurando para si mesma:

— Eu sei que vi em algum lugar.

Ela passava a maior parte do tempo tentando encontrar coisas. Nos últimos anos, era a história que ela queria que Roscoe Avanger escrevesse sobre ela, perdida em algum lugar do seu labirinto de caixas. Uma vez por semana, Frasier limpava a cozinha e o banheiro de Lizbeth, mas o resto era impossível, o que era uma pena. Embora pequenas, o interior dessas unidades era requintado. Frasier retirava qualquer coisa estragada, podre ou mofada para que não houvesse cheiro ou infestação que gerasse reclamação dos outros residentes. Eles já tinham muito do que reclamar com Lizbeth. Ela costumava registrar tudo que os via fazendo, segura de que seria um crime de algum tipo, e entregava a Frasier listas e mais listas de anotações sobre eles, que ele sempre jogava fora.

Ele sabia que algo estava errado no momento em que entrou no apartamento dela essa manhã. Tudo estava estranhamente parado, sem o farfalhar de papéis, sem a energia cinética de Lizbeth permeando o espaço, quicando sem ter para onde escapar. Ele a encontrou sob uma estante virada que continha centenas e mais centenas de cópias de *Sweet Mallow*, o famoso livro de Roscoe Avanger. Ele finalmente conseguiu tirar o pesado pedaço de carvalho de cima dela, amaldiçoando sua idade, porque poderia tê-lo levantado com um único dedo quando era mais jovem, mas amaldiçoando ainda mais *aquele maldito livro*. Contudo, já era tarde demais. Ela estava morta há horas. Ele se abaixou em uma pilha de livros ao lado dela e pegou o telefone para pedir ajuda. O silêncio foi enervante enquanto esperava, então ele contou a ela a história de quando tropeçou em uma mina de diamantes no quintal do seu avô quando era menino.

Enfim, Frasier colocou os óculos de volta e empurrou sua cadeira de rodinhas pelo pequeno escritório até o arquivo, passando pelas pranchetas que ele tinha pregado na parede com ordens de serviço, entregas de alpiste e uma lista de achados e perdidos com as coisas que os alvoroceiros roubavam. Eles eram uns ladrõezinhos divertidos. A maioria das pessoas achava que eram um incômodo, mas ele gostava. Levou toda a sua vida para entender isso, mas mesmo as coisas desagradáveis valem a pena. Afinal, foi assim que ele aprendeu a conviver consigo mesmo.

Ele pegou o arquivo com o nome da irmã de Lizbeth, Lucy, e voltou para a mesa, com Otis ainda balançando sobre a sua cabeça. Ele examinou os papéis até encontrar o número de telefone de Lucy. Ela não atendeu a porta quando ele bateu antes, mas isso não era incomum. Ela nunca atendia a porta.

— Era mentira que eu encontrei uma mina de diamante — disse a Lizbeth enquanto discava. — Mas aquela história com a Rainha da Inglaterra? Tudo verdade. — Ele sentiu que Lizbeth se moveu, impaciente. — O quê, não acredita? Ela ainda me manda cartões de aniversário.

HISTÓRIA DE FANTASMAS

Lizbeth

Lucy. Lucy. Lucy.

Por que ele está ligando para a minha irmã? Ela não está nem aí para mim.

Frasier precisa procurar a minha história. *Ela* vai fazer com que Oliver venha para casa, já que está tão preocupado com isso. Então eles descobrirão a verdade sobre Lucy e finalmente vão me amar, por tudo o que eu tive que aguentar. Nunca amarão a Lucy. Isso vai lhe ensinar uma lição.

Nem essa última coisa pode ser só minha. Que apropriado. Minha primeira memória não é minha, é sobre *ela*. Eu lembro de estar sentada, sozinha, no fundo de uma estranha sala de aula, com Lucy lá na frente, perto do quadro-negro, com os nossos pais. A professora demonstrava preocupação com o comportamento rebelde de Lucy. Nosso pai estava esfregando as costas de Lucy com um único dedo, quase de forma sedutora, como se estivesse soletrando palavras na pele dela. Ele sempre a amou mais. No entanto, estava sendo ignorado por ela, que olhava fixamente pelas janelas abertas com uma expressão de aborrecimento no rosto pálido e adorável. Lembro de observar com atenção, muito desconfiada do seu comportamento tranquilo (já tendo sido enganada por ele antes, com hematomas como consequência) e perceber que ela estava disfarçadamente batendo com o tornozelo na perna da cadeira com tanta força que seu sapato caiu. Ela continuou batendo até que minúsculas gotas vermelhas surgiram em suas meias brancas.

Quando você cresce com uma irmã como Lucy, tão linda e tão perturbada, desesperadamente tenta encontrar meios de brilhar em comparação. Ela ia mal na escola. Logo, eu me destaquei. Ela se esgueirava pela janela do quarto, à noite, para encontrar rapazes. Eu nunca saí com ninguém até conhecer o pai do Oliver. Minha vida inteira acabou sendo definida pela Lucy, como quando você não consegue se lembrar do significado real de uma palavra, então explica o seu oposto. Contudo, embora eu tenha sido bem-sucedida nas coisas em que ela falhou, incluindo *ser mãe*, nunca consegui a mesma atenção. Depois que o Oliver nasceu, acho que minha própria mãe queria que eu fosse *grata* a Lucy, como se ela tivesse nobremente trilhado o caminho antes de mim, como uma guerreira, e levado todas as flechas terríveis da vida no peito para que eu soubesse quando me abaixar.

Mas não havia nada de nobre em Lucy. Eu sempre a *desprezei*, e desprezei a maneira como os problemas dela pareciam tão maiores do que os dos outros. Eu tinha problemas. E quanto a mim?

Qualquer um que tivesse vivido como Lucy estaria morto agora. *Ela* deveria ter sido a primeira a partir. Minha linda irmã loira herdou os genes saudáveis do meu pai, capazes de resistir a quase tudo. Já eu herdei a maldição fatal da nossa mãe para a infelicidade, condenada a sentir atração por coisas que nunca retribuíram o nosso amor.

E agora veja o que está acontecendo. Frasier está preocupado com *ela*.

Quem morreu fui *eu*.

Gostaria de poder tocar minhas coisas. Isso sempre me confortou. Mas não consigo tocar em nada agora. O que tenho que fazer? Só esperar aqui?

Há dois outros fantasmas aqui. Eu os vejo espiando pelas janelas. Um deles costumava morar aqui no Alvoroceiro, mas eu nunca gostei dela. O outro é uma senhora que vivia no fim da rua em que eu morava quando criança. Dela, eu gostava. Ela costumava me dar pão de milho para comer na varanda. É estranho ela estar aqui. Está tentando chamar a minha atenção para me dizer algo, mas estou ignorando. Não estou aqui para fazer amizades.

Mas parece que vou ter que aturar as duas por um tempo porque, aparentemente, só posso ir aonde Frasier estiver no momento. É a única conexão que eu sinto. Entretanto, tenho certeza de que, quando minha história for encontrada e Oliver voltar para casa, ele vai me querer. Ele e Frasier sempre foram tão próximos, no seu clubinho particular, me deixando de fora. Mas, quando souberem de tudo, vão se arrepender de não terem sido mais compassivos comigo.

E vão odiar Lucy por cada uma das razões que eu nunca lhes contei.

Capítulo Três

Naquela noite, a segunda de Zoey no Alvoroceiro, ela ficou deitada na cama, sem conseguir dormir. Então, navegava pelo Instagram, o rosto iluminado pela luz do celular. Tinha uma postagem nova da sua madrasta. Tina era uma daquelas pessoas que vivem nas redes sociais, e tudo o que ela postava era bonito. Tinha até uma certa reputação por isso. O perfil dela dizia: Tina Hennessey. Esposa do Alrick. Mãe dos gêmeos Casey e Douglas. Ex-miss Oklahoma. Filantropa. Decoradora amadora.

De repente, Zoey largou o celular e encarou a escuridão. As grandes protuberâncias formadas pelo sofá e pelas poltronas da sua mãe a encararam de volta. Achou ter ouvido algo do lado de fora. Alguns segundos de silêncio. Será que tinha imaginado?

Ela saiu da cama e atravessou a quitinete. Pomba farfalhou na gaiola sobre a geladeira, arrulhando como uma babá exausta, meio adormecida, para ela voltar a dormir. Zoey a ignorou, foi até as portas da varanda e as abriu. A névoa marinha, salina e pesada, cobria o jardim e impedia que ela enxergasse. Estava tão densa que Zoey quase não viu o breve tremeluzir de uma luz.

Se ela fosse um gato, seu rabo teria se contorcido.

Deu um passo à frente e se inclinou sobre o balcão. A luz do facho de uma lanterna penetrava a névoa, movendo-se pelo perímetro do jardim. Desapareceu embaixo da varanda de Zoey, fazendo-a congelar, e reapareceu do outro lado, seguindo na direção do apartamento de Lizbeth.

Alguém estava se esgueirando por ali, uma noite após a morte de Lizbeth Lime!

Antes que ela pudesse se dar conta, seus pés descalços estavam descendo os degraus metálicos da escada. Quando chegou no térreo, ela contornou a parede onde ficavam as caixas de correio e o escritório de Frasier, seguindo a luz que, de forma alternada, cintilava sobre as portas de Charlotte e Lizbeth. Mas então a lanterna foi desligada, e Zoey parou. Ouviu o som de passos apressados se aproximarem. Ela mal teve tempo de recuar e se espremer contra a porta do escritório antes de alguém passar por ela, tão perto que Zoey conseguiu sentir o cheiro de fumaça de cigarro. Ela sentiu a pessoa parar a centímetros dela e prendeu a respiração. Até que, finalmente, a pessoa saiu correndo.

Zoey aguardou para ouvir o barulho do portão ou da porta do pátio se fechando, algum indício adicional de que a pessoa havia ido embora. Não ouviu nada.

Será que a pessoa estaria por perto, esperando por ela?

Enfim, decidiu correr até a quitinete. Subiu a escada de dois em dois degraus e, em seguida, fechou e trancou as portas. Pomba farfalhou na gaiola, ainda dormindo.

— A *única vez* que você não acordou — sussurrou Zoey para o pássaro.

Ela levantou as cortinas e olhou para fora.

A névoa se movia como se alguém respirasse profundamente e a soprasse. E se dissipou o suficiente para que ela enxergasse Lucy Lime fumando dentro do apartamento, perto da porta. O brilho alaranjado da brasa do cigarro aumentava e diminuía, como um pulso, a cada tragada.

Assim que avistou o zelador, Zoey o chamou:

— Frasier! Acho que alguém estava tentando invadir o apartamento de Lizbeth na noite passada.

Frasier parou em seu caminho para o escritório, com um copo descartável de café em uma mão e uma lancheira antiga de metal na outra. Também tinha um envelope pardo aninhado embaixo do braço. Ele olhou para cima e viu Zoey na varanda da quitinete. O sol da manhã refletiu nos enormes óculos dele.

— Eles tinham uma lanterna — acrescentou Zoey ao ver a expressão confusa dele.

— Ah — respondeu. — Você provavelmente viu os faróis de algum carro. Às vezes os carros da rua do Comércio fazem uma curva errada e entram na viela.

Ela desceu rapidamente as escadas.

— Não, você não está entendendo. Com certeza era uma pessoa.

— Os pássaros acordaram? — Uns poucos alvoroceiros pousaram na calçada da frente do escritório. Saltitavam de um lado para o outro, impacientes, como se tivessem algo melhor para fazer.

— Não.

— Se eles não se agitaram, não era nada. Eles são um sistema de alarme bastante confiável.

— Ou era alguém que sabia o suficiente para não *atravessar* o jardim, preferindo contornar pelo caminho mais longo — sugeriu Zoey.

Alguém, concluiu ela, como Lucy Lime.

Frasier a examinou com os olhos opacos.

— O que você vai fazer durante o verão, Zoey?

Ela hesitou, sentindo-se inesperadamente emotiva. Parecia muita informação para despejar nos ombros dele, como ela sempre imaginara que o apartamento da mãe seria uma cápsula do tempo, e seria *isto* que ela faria durante o verão — mergulhar na história suave e reconfortante da sua falecida mãe. Zoey ainda tentava processar o fato de que o que já sabia seria tudo que um dia saberia e que não teria orientação sobre de onde veio ou para onde iria a partir dali.

— Não posso fazer quase nada antes que meu carro chegue — falou. — E a faculdade só começa em agosto.

— Quer um emprego? — ofereceu Frasier.

Ela tinha pedido demissão do emprego de meio período no Sebo do Kello para se mudar para a ilha. Aquele emprego tinha sido sua maneira de escapar das longas tardes sozinha em seu quarto, em Tulsa. Nunca tinha se adaptado à família que seu pai criara, à Tina e aos filhos da Tina. E todos ficaram mais felizes, inclusive a própria Zoey, quando ela finalmente parou de tentar. Mas não imaginava que precisaria dessa espécie de refúgio. Estava errada.

— Que tipo de trabalho?

Frasier destrancou a porta do escritório e deixou o café e a lancheira lá dentro. Também deixou lá o misterioso envelope pardo que aninhava embaixo do braço.

— Venha comigo — falou ele, afastando-se. Os alvoroceiros imediatamente voaram atrás dele, tão próximos que parecia que Frasier exalava fumaça azul-turquesa. Zoey foi na retaguarda, sem saber ao certo se ele tinha falado com ela ou com os pássaros.

Ele foi direto até a porta de Lizbeth. Os pássaros pararam no limiar do terraço, como se tivessem sido afugentados dali o suficiente para ficarem cautelosos. Zoey emparelhou com Frasier quando ele pegava uma chave do bolso da calça. Com a chave, ele tocou na fechadura, mas as portas se abriram sozinhas, como se as maçanetas não tivessem travado.

— Que estranho — falou. — Pensei ter trancado antes de ir para casa ontem.

— Aposto que foi a pessoa que eu vi ontem à noite — sussurrou Zoey, de forma um pouco mais dramática do que pretendia.

Frasier balançou a cabeça, paciente.

— Ninguém, em seu juízo perfeito, ia querer estar no apartamento de Lizbeth. — Ele terminou de abrir as portas. — Venha. Vou te mostrar por quê.

Ela o seguiu. O lugar estava abarrotado de caixas de papelão, pilhas e mais pilhas delas, chegando até o teto. Uma única trilha serpenteava entre elas, criando uma gruta densa e ameaçadora. E o *cheiro*. Um odor fétido a atingiu com uma força física.

Era difícil imaginar que um lugar tão pequeno quanto aquele guardava tanta coisa. Zoey sentiu pânico, pois, se deixada sozinha ali, talvez nunca mais encontrasse a saída desse labirinto de pertences que ia do piso ao teto. Suor brotou da sua pele. Era quase como se Lizbeth ainda estivesse ali, em algum lugar, perdida.

Zoey sentiu Pomba entrar voando e pousar em seu ombro. Ela bicou a sua orelha, com força, querendo que Zoey saísse. Zoey estremeceu, e Pomba voou, pousando em uma das caixas no alto e derrubando alguns papéis que caíram flutuando como folhas.

— Roscoe Avanger é o inventariante dos bens de Lizbeth, assim como estão — afirmou Frasier, virando-se para observar os papéis planando no ar. — De início, ele ia esvaziar o lugar todo de uma vez, mas daí decidiu ver se tinha uma história, ou anotações para uma história, ou *qualquer coisa* aqui.

— Roscoe Avanger — repetiu Zoey. — O escritor?

Sweet Mallow, seu único e lendário livro, escrito há cinquenta anos, tinha Mallow Island como cenário.

Frasier aquiesceu.

— Lizbeth trabalhou para ele.

— Você está dizendo que ele escreveu algo novo? E que está *aqui*?

— Não — respondeu ele, saindo para o terraço. — Não exatamente.

— Como assim? — Zoey seguiu Frasier de perto, grata por escapar do sentimento claustrofóbico causado pelo apartamento de Lizbeth. O suor em sua pele evaporou ao sol, provocando calafrios.

— É uma história que Lizbeth sempre disse que queria que ele escrevesse. Ela provavelmente não existe, mas é importante para ela. *Era* importante para ela. Era — corrigiu, aflito por ter acabado de se referir a ela no presente, como se ainda estivesse ali. — Não deve levar mais de uma semana, mais ou menos, dependendo de quanto tempo você pretende dedicar ao trabalho todo dia. Você quer o emprego?

Ela não precisava pensar. Claro que queria.

— Sim — respondeu e de imediato quis contar para alguém. Mas a única pessoa que ela conhecia, e que estaria minimamente interessada nessa conexão com Roscoe Avanger, era seu antigo chefe no sebo, Kello, e ele era ridiculamente contra tecnologia. Ele nem mesmo tinha um telefone na loja.

— Tudo bem. Não jogue nada fora antes de olhar tudo. Cada uma das caixas.

Frasier olhou para o apartamento, com um suspiro profundo. Ele costumava exalar vigor, mas, de alguma forma, parecia mais frágil essa manhã. Ocorreu a Zoey que talvez o choque da morte de Lizbeth o tivesse atingido em cheio, e ele estava de luto. Ela se sentiu envergonhada por não ter percebido isso antes.

— Sinto muito — falou. — Sobre a Lizbeth, quero dizer. Você a conhecia bem?

— Eu a conhecia há muito tempo. Não é exatamente a mesma coisa.

Ele entregou a chave de Lizbeth a Zoey e, então, voltou ao escritório. Os alvoroceiros o seguiram até que ele fechou a porta.

Os pássaros ficaram perdidos por um momento, partindo em seguida para a próxima distração.

Charlotte tinha acabado de sair da porta ao lado, trazendo a vespa consigo. Ela andou ostensivamente pelo jardim, na direção do portão, porque o caminho estreito era muito pequeno para a moto. Os pássaros, como era de se esperar, mergulharam sobre ela. Um deles, gorducho, pousou no assento e gorjeou como um copiloto rabugento enquanto ela empurrava a vespa.

Pomba, de algum lugar sobre a parede baixa de pedra que separava os terraços de Lizbeth e Charlotte, arrulhou, altiva, ante o comportamento deles.

— Charlotte! Ei, Charlotte! — gritou Zoey. Charlotte virou a cabeça, e Zoey conseguiu discernir o milésimo de segundo em que ela considerou ignorá-la. Infelicidade emanava dela em ondas. Zoey a chamou de volta. — Venha ver isso.

Charlotte se recompôs e empurrou o estribo lateral, permitindo que os pássaros pousassem na vespa.

Zoey a conduziu até a porta de Lizbeth.

— Meu Deus — disse Charlotte. As palavras dela desapareceram dentro do apartamento, como se fossem mais um item para a coleção de Lizbeth.

— Você disse que conseguia ouvir Lizbeth mudando as coisas de lugar. Sabia disso?

— Não fazia ideia — respondeu. Zoey a examinava. Charlotte usava um vestido florido curto e bermuda preta de ciclista. O cabelo estava torcido para cima, e ela usava óculos de sol prateados no estilo aviador. Ela se virou, e Zoey pôde ver o próprio reflexo neles. O cabelo escuro e curto de Zoey estava caindo sobre a testa, parecendo a franja que sua mãe costumava usar. Ela gostou daquele vislumbre de si mesma. À exceção da cor, Zoey achava que quase nada nela lembrava a beleza de sua mãe. — Por que as portas estão abertas?

— Quando Frasier veio destrancá-las, agora há pouco, elas já estavam abertas — respondeu Zoey. — Ele acha que esqueceu de chavear ontem, mas eu vi alguém se esgueirando por aqui ontem à noite. Frasier me empregou para limpar tudo isso. Você sabia que Lizbeth trabalhou para o *Roscoe Avanger*? Ao que parece, ele quer uma ideia para uma história que ela daria a ele. Não é o máximo? Roscoe Avanger pode estar finalmente escrevendo um livro novo!

De todo aquele dilúvio de informação, Charlotte se concentrou na que era, para Zoey, de longe a menos interessante.
— Espere. Frasier te deu um emprego?
— Sim.
— Que beleza — disse Charlotte, afastando-se. — Ótimo.
Surpresa, Zoey a seguiu.
— O que foi?
Charlotte alcançou a vespa e levantou o estribo. Os alvoroceiros voaram, formando uma nuvem. Ela empurrou a moto na direção da viela sem dizer uma palavra, até que Zoey parou de segui-la.

Capítulo Quatro

Aquela era a última coisa que Charlotte queria fazer, então é claro que, no único dia em que ela teria acolhido o tráfego de braços abertos, não havia nenhum. Levou só dez minutos, seguindo a rodovia costeira que contornava a ilha, para chegar no Pavilhão do Açúcar — um galpão colossal da época de ouro do comércio de doces, quando navios traziam cargas de açúcar para os doceiros.

O galpão não tinha mais utilidade depois que o comércio havia acabado na ilha durante a Grande Depressão, e, portanto, o edifício ficou em ruínas. Por fim, estava tão destruído que todo mundo parecia esperar que ele simplesmente desabasse no oceano. E é aí que entra Margot Tulip, de Charleston. Ela comprou o galpão e, para surpresa de todos, em vez de demoli-lo e construir um hotel, entregou o prédio ao filho Asher — um homem apático com ambições frustradas de se tornar um artista. Asher restaurou o lugar e alugou espaços incrivelmente baratos para um grupo eclético de artistas locais, os quais considerava sua tribo, muito embora ele tivesse mais dinheiro do que qualquer um deles veria durante a vida toda. Restaurantes e cafés logo se instalaram nos espaços com vista para o cais, e abracadabra. Atração turística instantânea.

No dia anterior, depois de descobrir que Benny tinha levado seu dinheiro, Charlotte ligou para vários artistas, colegas no Pavilhão do Açúcar, mas nenhum retornou a ligação. Enfim, ela decidiu recorrer a Asher e ligou para o escritório dele. Ao contrário dos outros, ela não ficou surpresa quando ele não respondeu; eles não se falavam há meses. Agora não tinha escolha. Havia a pequena questão da perda dos 1.700 dólares que ela levava na mochila. Ela tinha um leitor de cartão de crédito no celular, mas muitos clientes ainda pagavam em dinheiro. E, se tinha dinheiro vivo, ela sempre, sempre carregava consigo. Queria poder tocá-lo e saber que continuava lá. Um hábito antigo que havia adquirido quando fugiu.

Chegou no estacionamento à beira-mar e tirou o capacete. O dia estava quente e nublado, com nuvens brancas e longas estiradas pelo céu azul como caramelo puxado. Ela ficou olhando para a água, deixando o vento soprar a umidade do seu rosto e cabelo. Tinha passado a primeira parte da vida sem nem sequer saber nadar, e agora não conseguia se imaginar longe do oceano. Era livre e aberto para todos verem, não cercado por florestas e escondido como o acampamento em Vermont onde ela havia crescido.

Enfim, juntou coragem e entrou no cavernoso Pavilhão do Açúcar, com seu piso de concreto e um teto tão alto que as vigas de aço desapareciam na escuridão repleta de ninhos de gaivota. Enormes luminárias fluorescentes pendiam do teto e iluminavam o prédio, que foi dividido em filas e mais filas de estandes ocupados por artistas vendendo, conversando e criando — marceneiros, ceramistas, pintores, fotógrafos, fabricantes de bonecas e até mesmo estilistas de roupas feitas à mão.

O balcão de informações ficava à direita da entrada, na parte de dentro. Ela foi até lá e disse que queria falar com Asher. Queria que ele soubesse que havia uma razão muito boa para a ligação da noite passada. E não era porque ela queria o estande de volta, ou porque *o* queria de volta.

Quando Asher finalmente surgiu de dentro do escritório, a mão de Charlotte involuntariamente apertou o capacete que estava carregando.

— Charlotte — falou, em um tom bastante profissional, enquanto se aproximava dela. — O que posso fazer por você?

Ela estivera trabalhando ali por quase um ano e meio antes que ele lhe dirigisse a palavra. Seu estande de hena era próximo o suficiente do balcão de informações para que conseguisse ver Asher indo e vindo. Havia algo reluzente nele, um brilho irresistível de confiança, com seu cabelo escuro encaracolado e aquelas camisetas polo de cores berrantes que ele gostava de usar. Às vezes ele piscava para ela quando notava a sua atenção, mas nada além disso. E ele piscava para qualquer um. No entanto, por uma razão que só ficou clara depois, um dia, no inverno passado, Asher foi até ela para observá-la trabalhando. Ele conversou com os clientes dela enquanto ela desenhava, encantando-os de tal maneira que as gorjetas foram ótimas. Nos intervalos entre clientes, ele tocava os desenhos nos braços de Charlotte e perguntava sobre cada um deles, encarando-a por alguns segundos a mais.

E foi o suficiente.

Sempre acontecia assim. Ela ficava sozinha por anos, porque se proteger de qualquer um que pudesse machucá-la era tudo que a Charlotte adolescente sempre quis, e agora devia isso a ela; então aparecia alguém como Asher para expor as rachaduras de sua armadura.

Depois daquele dia fatídico, o desejo dela por ele ficou insuportável, e, todos os dias, ela aguardava o galpão fechar mais cedo durante o horário de inverno. Depois que todos saíam, ela ia até o escritório, e eles passavam a tarde fazendo amor. De vez em quando, Charlotte o convencia a ir com ela até o Alvoroceiro, mas Asher nunca a levou para sua casa em Charleston. Nunca perguntou nada pessoal a ela, nunca perguntou sobre seu passado. Ela quase esqueceu que tinha um, o que era um sentimento inebriante.

— Liguei para você ontem — falou Charlotte.

— Eu sei. Estou ocupado.

— Foi só porque eu preciso das informações de contato do Benny, o escultor de madeira que ocupava o estande na frente do meu.

Asher cruzou os braços e balançou sobre os calcanhares, considerando o pedido.

— E por que você precisa das informações de contato do Benny?

Ele pretendia dificultar as coisas. Charlotte segurou a vontade de bater nele com o capacete.

— Obviamente, porque preciso falar com ele.

— Mas por quê?

— É assunto meu.

— Eu vi vocês saindo juntos ontem. Ele te ajudou na mudança.

— Asher. — Charlotte suspirou. — Quanto antes você me passar o telefone e endereço dele, mais rápido eu vou embora.

Asher sorriu brevemente, um sorriso peculiar que refletia em seus olhos acinzentados e que sempre fazia com que ele parecesse sincero. Era incrível observar a rapidez com que ele ligava o modo sedutor.

— Talvez eu não queira que você vá embora.

Mas o desejo não estava mais ali, o que, perversamente, a deixou esperançosa. Já imaginou como seria muito mais fácil a vida se ela nunca mais desejasse alguém? Para uma mulher que não queria criar conexões, ela ainda acabava presa a elas com os homens, e eles eram sempre assim — uma chama abrasadora que, de uma hora para outra, se apagava. Talvez Asher a tenha curado. Talvez ela tenha extravasado tudo e agora, finalmente, pudesse ser a pessoa que a Charlotte adolescente queria ser.

— Paige está de quantos meses agora? — perguntou.

Ele deu um pequeno passo na direção dela.

— Você sabe que não é a mesma coisa com ela.

Na verdade, ela não sabia. Asher soube da gravidez da noiva, Paige, quando começou a ficar com Charlotte. Na verdade, a *gravidez* foi o motivo de ele começar a sair com ela. Em seu mundo de eterno adolescente, Asher pensou que recorrer aos velhos hábitos significaria não ter que encarar as futuras responsabilidades. Mas Charlotte nem sequer sabia que *existia* uma Paige.

— Isso não vai funcionar agora, Asher. Nem tudo é assim tão fácil, mesmo para você.

Ele se inclinou e falou suavemente no ouvido dela:

— Ah, Charlotte, você era muito, mas muito fácil.

Ela recuou e o encarou com desprezo.

Nas suas costas, Charlotte ouviu uma voz.

— Asher! Eu e Paige acabamos de voltar de uma consulta médica. Ela está na cafeteria. Vá encontrá-la.

Charlotte se virou e viu uma mulher mais velha parada ali, com cabelos platinados típicos da alta sociedade. Ela usava um vestido evasê curto e sapatos beges de salto — algo que, desde que chegou à Carolina do Sul, Charlotte passou a chamar de Uniforme da Mulher Rica do Sul. Asher sorriu para a mãe e a beijou na bochecha ao passar por ela.

Margot esperou que ele desaparecesse antes de se dirigir a Charlotte.

— Posso ajudar em alguma coisa, Charlotte?

Ok, ela tentaria de novo.

— Eu preciso das informações de contato de alguém que trabalhava aqui. Benny. Ele tinha um estande na frente do meu.

Uma nuvem de suspeita atravessou o rosto de Margot.

— Por que você está procurando por ele?

— Ele me ajudou na mudança. Mas agora não consigo encontrar algo importante e queria perguntar se ele sabe onde está — respondeu, também não querendo entrar em detalhes com ela.

Margot pareceu considerar a resposta.

— Você não precisa das informações de contato dele — falou, finalmente. — Ele está trabalhando aqui agora, na Usher's Woodworks.

Charlotte franziu as sobrancelhas. Isso não fazia sentido. Se ele já tinha outro emprego aqui, por que falou sobre encontrar outro espaço com ela? E será que ele era tão burro a ponto de pensar que ela não o encontraria exatamente no lugar onde se conheceram?

Ela virou para se afastar, mas Margot a segurou pelo braço com a mão bronzeada e cheia de veias.

— Eu nunca me desculpo pelo Asher. Sei o tipo de homem que ele é. Sou casada exatamente com o mesmo tipo de homem. Mas tenho um neto a caminho a qualquer momento e vou protegê-lo, mesmo que ele não faça isso. Eu sei como é ser traída. Você vai superar. E vai superar mais rápido se nunca mais voltar aqui.

Era absurdo pensar que a rica e controlada Margot, que teve o privilégio das escolhas a vida inteira, pudesse ensinar Charlotte qualquer coisa a respeito de sobreviver a traições. Charlotte tinha sobrevivido à própria infância. Margot nunca saberia a força que tinha sido necessária para isso. Charlotte soltou o braço.

— Eu já superei isso — falou, afastando-se, e, ao passar, pegou um guia do balcão.

Ela checou o guia e localizou a Usher's. Era uma dos estandes grandes e vendia cadeiras feitas à mão. Mas parecia que agora estavam incluindo coisas menores do tipo pague e leve, como estatuetas. Benny estava em uma mesa longa, sentado com outros escultores, esculpindo os pássaros que eram a sua marca registrada. Ele era jovem e atraente, mas tinha aquela aparência desleixada que os homens bonitos às vezes usam para esconder a beleza — cabelo comprido, barba rala, tatuagens. Ele lhe pareceu um rapaz tão bom, talvez só um pouco imaturo, mas não alguém capaz de roubar.

O que ele estava fazendo ali?

Quando ela parou na frente dele, ele olhou para cima e empalideceu. Ela o encarou, esperando.

—Eu estava tentando fazer com que você se sentisse melhor, ok? — Benny se inclinou e falou baixinho. — Todo mundo sabe o que o Asher e a mãe dele fizeram com você. Eu só queria que você visse que não precisa deste lugar e que ficaria bem. Você consegue trabalho fazendo as suas henas em qualquer lugar.

Não queria te contar que já tinham me oferecido um espaço compartilhado aqui.

O que Asher *e a mãe dele* tinham feito para ela? Charlotte balançou a cabeça, frustrada. Não estava entendendo, nem queria entender.

— Não estou nem aí para onde você trabalha, Benny. Só quero meu dinheiro de volta.

Ele se afastou da mesa e indicou que ela deveria segui-lo para fora do estande.

— Que dinheiro?

Ela parou, desviando do fluxo de turistas nos corredores amplos.

— O dinheiro que você pegou da minha mochila antes de sair do meu apartamento no meio da noite.

— Eu não roubei dinheiro nenhum de você! — Ele jogou o cabelo comprido sobre o ombro com uma sacudida nervosa da cabeça.

— Tudo bem, Benny. Vou chamar a polícia.

Claro que ela não chamaria, mas ele não sabia disso.

— Charlotte, eu juro. Eu estava te fazendo um favor. Asher e Margot deram assistência a todos que receberam a notícia do aumento do aluguel e não poderiam bancar. Nós compartilhamos o espaço agora, ou trabalhamos para outras empresas. Mas não fizeram isso com você, porque Margot queria *você* fora.

Ela olhou ao redor imediatamente, como se buscasse provas disso. Mas o lugar era grande demais. Ela sabia o quanto era importante para os artistas estar onde as pessoas pudessem encontrar seu trabalho com facilidade. Graças a Margot, eles conseguiram preservar seu sustento.

Foi por isso que ninguém retornou as ligações dela.

Charlotte nunca tinha se sentido particularmente intimidada por Margot, não como alguns dos outros artistas ali. Não que ela não compreendesse um respeito saudável pela pessoa a quem você pagava aluguel, mas a última década da sua vida

OUTROS PÁSSAROS 45

tinha sido de constante movimento, então, quando um ciclo chegava ao fim — ela apenas seguia em frente.

Mas ir embora e ser expulsa eram duas coisas completamente diferentes.

De repente, ela precisava sair dali. Na verdade, não conseguiria sair rápido o suficiente. Tinha que se reorientar. Benny correu atrás dela.

— Charlotte, eu não roubei nada! Eu saí. Fui atacado por aqueles passarinhos. Entrei na caminhonete e fui embora. Só isso. Espere, espere. — Ele parou na frente dela e andou de ré, encarando-a. — Tinha uma mulher parada na calçada, perto da viela que dá no seu apartamento. Não sei se ela era sem-teto ou se mora lá, tinha uma aparência desagradável. Estava fumando um cigarro, muito suspeita. Eu não tranquei a porta quando saí. Talvez tenha sido ela. Talvez ela tenha entrado e roubado o seu dinheiro.

Isso a fez parar.

— Como ela era? Não, esqueça. Não quero saber — falou, empurrando-o para passar.

No fim das contas, não importava quem havia pegado o dinheiro.

Só importava que ele tinha sumido e que ela não podia fazer absolutamente nada a respeito.

Capítulo Cinco

O sol estava começando a se pôr, projetando sombras pelo quarto, e Charlotte estava deitada em sua cama. Estava ouvindo a música que ecoava enquanto Zoey limpava a casa de Lizbeth. Era uma sensação tão estranha ter música no Alvoroceiro! Charlotte estava realmente começando a gostar. Mas, então, sem aviso, a música parou. Zoey deve ter encerrado o dia.

O súbito silêncio fez com que o quarto de Charlotte parecesse estar submerso. Até mesmo os pequenos enfeites de bola de vidro, que ela tinha pendurado no teto com arame de pesca, davam a impressão de bolhas de ar flutuando na superfície da água. Charlotte cresceu ouvindo esse costume antigo sobre como essas esferas de vidro, chamadas de bolas de bruxa, foram usadas por séculos para proteger as casas de fantasmas e espíritos malignos. A mãe, uma mulher muito criativa, costumava replicá-las a partir de videiras, a única coisa que ela tinha para trabalhar. Ela contava aos clientes sobre suas propriedades místicas na barraca de beira de estrada onde o acampamento vendia xarope de bordo e a escassa quantidade de vegetais que conseguiam cultivar.

Charlotte agora as colecionava, e elas ainda carregavam todo o simbolismo.

Estava tentando se proteger dos fantasmas de seu passado.

Pegou o telefone na mesa de cabeceira para verificar o saldo bancário novamente, mas se conteve. Ela sabia o valor.

E sabia quanto tempo ia durar. Em vez disso, pegou o controle remoto e ligou sua pequena televisão, só para preencher o silêncio.

Alguns momentos depois, ela se virou de bruços e deu um grito abafado de frustração em seu edredom, batendo no colchão com os punhos para reforçar. Contudo, nem mesmo um bom acesso de raiva ajudou.

Só uma coisa ajudaria.

Ela se inclinou sobre a beirada do colchão, tateou em busca da cesta que mantinha debaixo da cama e puxou-a para fora.

Não levou nada quando deixou Vermont aos 16 anos, exceto a bolsa de dinheiro que havia roubado do acampamento, algumas roupas e esse diário. Mudar-se tanto quanto ela se mudava não era fácil. Viajar para uma nova cidade às vezes causava uma ansiedade tão intensa que ela mal conseguia respirar. Então manteve esse diário, para reler quando as coisas ficassem difíceis. Nele havia uma longa lista de lugares em que a Charlotte adolescente queria morar e as regras que regeriam sua vida quando finalmente fugisse. Ter conseguido riscar tantos itens da lista sempre a fazia se sentir melhor. Isso a lembrava de que tudo tinha valido a pena.

Ela folheou as páginas finas cobertas com a caligrafia sinuosa de menina, demorando-se mais nas páginas sobre Pepper Quint.

Trancei o cabelo de Pepper hoje e disse a ela que nunca deveria cortá-lo, porque era muito bonito. Queria que meu cabelo fosse igual ao dela.

Eu contei a Pepper que queria ser artista de hena porque era a coisa mais linda do mundo. Ela não sabia o que era hena, então expliquei. Pegamos um livro sobre isso na biblioteca e o escondemos para que o pastor McCauley não visse o que estávamos lendo. Passamos o dia todo praticando desenho nas pernas para que o jeans cobrisse o nosso trabalho. Ela era muito boa nisso. Bem melhor do que eu.

Chorei hoje, depois da minha sessão com o pastor McCauley. Ele me bateu quando eu disse que sabia que ele era uma farsa. Não foi com força. Mas mesmo assim. Ele odeia que eu saiba. Contei aos meus pais o que ele fez, E ELES FICARAM DO LADO DELE. Mas, quando contei a Pepper, ela me abraçou e me deu uma laranja que tinha levado para a merenda. Mais tarde, esvaziei todo o ar dos pneus do carro dele. Não sei como Pepper aguentou isso todos esses anos. Ela nunca pensou em ir embora, até eu aparecer. Este é o único lugar que ela já conheceu. Ela achou que era normal. Mas não é. Finalmente a convenci de que NÃO é normal. Eu queria que meus pais nunca tivessem se filiado à Igreja de McCauley. Eu queria que nunca tivéssemos nos mudado para cá, para o acampamento.

O diário era a história de duas garotas — Pepper, que sempre vivera no acampamento miserável onde residiam os seguidores de Marvin McCauley e não sabia como ter seus próprios sonhos, e Charlotte, que se mudou para lá mais tarde com sua família e não tinha nada *além* de sonhos.

Charlotte conseguiu sair daquela vida.

Pepper, não.

Enfiada em um envelope improvisado colado na contracapa do diário, havia uma foto que a professora do sétimo ano havia tirado para o anuário escolar. Nem Charlotte nem Pepper puderam pagar o anuário, e o pastor McCauley não teria deixado que elas o guardassem de qualquer maneira, então o Sr. Hartman deu a elas essa foto no final do ano letivo. Elas estavam paradas em frente às janelas da sala de aula, com os braços apoiados nos ombros uma da outra, duas garotas magras e desalinhadas que pareciam felizes naquele momento, naquele único momento.

Charlotte se virou de lado e colocou a foto no travesseiro ao seu lado. Acima, as bolas de vidro brilharam, lançando luz sobre as meninas.

Seus olhos se fecharam lentamente. Ela estava presa naquela terra imaginária entre o sono e a vigília — nem aqui, nem ali —, quando pensou ter ouvido algo além do murmúrio da televisão. Um clique. Então outro. Algo como uma maçaneta abrindo e girando, apenas para ser impedida pela tranca interna. Seu cérebro queria acordar para dizer que alguém estava tentando invadir. Mas seu corpo estava exausto demais, e ela escorregou para um nada profundo e sem sonhos.

Quando Charlotte abriu os olhos na manhã seguinte, a primeira coisa que viu foi a foto no travesseiro ao seu lado. Ela sempre ficava sentimental quando pensava em Pepper. Ou, talvez, estar sentimental a fizesse pensar em Pepper. De qualquer maneira, estava cansada de ficar remoendo.

Havia música vindo do apartamento de Lizbeth de novo. Zoey de volta ao trabalho. Charlotte rolou e olhou para o teto. Os enfeites de bola de bruxa balançavam levemente no ar frio que soprava do ar-condicionado.

Ela suspirou e esfregou os olhos.

E então percebeu que o ar-condicionado não estava ligado.

Então por que elas estavam se movendo?

Ela abriu os olhos novamente e viu que agora as bolas estavam paradas. Devia ter sido sua imaginação.

A boa noite de sono trouxe alguma clareza sobre seus próximos passos. Número um, precisava procurar novos lugares para seu estúdio de hena. E rápido. Número dois, Zoey. Charlotte nunca socializou com os vizinhos. Não tinha sentido algum, considerando todas as vezes que ela se mudou. Mas Charlotte estava envergonhada por ter se comportado de forma tão distante ontem. Nada disso foi culpa de Zoey. Charlotte lhe devia um pedido de desculpas.

Ela se levantou e colocou a foto e o diário novamente debaixo da cama. Em seguida, arrastou uma cadeira para o centro do quarto e desamarrou uma das bolas de bruxa. Ela desceu e foi até a porta ao lado.

O terraço de Lizbeth agora tinha um arsenal de produtos de limpeza empilhados perto das portas, que estavam escancaradas. Lá dentro, Zoey estava de costas para ela. Ela vestia short, camiseta, luvas de borracha amarelas e galochas roxas axadrezadas.

— Pare de me incomodar! Você está agindo como aqueles pássaros lá fora. — Ela falava mais alto que a música. — Não é da sua conta se eu quiser fazer isso. Mas, se você está tão preocupada, eu vou terminar mais rápido se você parar de derrubar as coisas.

Charlotte olhou em volta para ver com quem ela estava falando, mas não havia ninguém. Ela bateu no batente da porta.

Zoey se virou, e Charlotte viu que ela estava usando uma máscara branca. Zoey largou a caixa de revistas que estava segurando e empurrou a máscara para o alto da cabeça. Com seu cabelo curto, sobrancelhas arqueadas e orelhas ligeiramente salientes, ela parecia uma elfa muito alta. Era tão jovem, tão nova no mundo. Olhar para ela era quase doloroso para Charlotte.

— Parece que você já está abrindo uma clareira — disse Charlotte.

Zoey tinha limpado uns bons 3 metros de caixas a partir das portas do terraço. Não demoraria muito para que ela chegasse à porta do quarto, se a planta fosse parecida com o apartamento de Charlotte. Mas quem sabia quanta tralha ainda havia ali?

— É *tudo* papel — respondeu Zoey, como se não pudesse acreditar em sua boa sorte. Ela tirou as luvas e baixou a música no celular. — Coisas inúteis, como recibos antigos, jornais e lixo postal de décadas atrás. Não encontrei nenhum móvel ainda.

Charlotte levantou a bola de vidro. Era do tamanho de uma maçã e uma das mais bonitas, transparente no topo com matizes que chegavam ao lavanda borbulhante na base. Um dos sopradores de vidro do Pavilhão do Açúcar a havia feito.

— Eu vim para te dar um presente para a casa nova. Bem-vinda ao Alvoroceiro.

Uma expressão de surpresa surgiu no rosto de Zoey. Ela saiu para o terraço e pegou a bola. A luz do sol atingiu os três filetes de vidro suspensos no interior e os fez brilhar como pingentes de gelo.

— É chamada de bola de bruxa — explicou Charlotte, enfiando as mãos nos bolsos de sua bermuda. — Esses filetes de vidro servem para capturar os espíritos que entram na sua casa e prendê-los dentro da bola, para te proteger. Se a bola quebrar, significa que você tem um fantasma particularmente forte. Não tem um pingo de verdade nisso, mas dá uma boa história.

Zoey procurou um lugar para posicioná-la, decidindo por uma caixa de tamanho industrial de sacolas recicláveis. Ela recuou e a admirou.

— Você que fez?

— Não. — Charlotte deu de ombros. — Eu apenas as coleciono.

— Eu amei. Obrigada.

— Também é um pedido de desculpas. Estou tendo alguns problemas, mas eles não têm nada a ver com você. Acabei de perder meu emprego — comentou, deliberadamente omitindo o dinheiro perdido. Zoey tinha visto Benny sair naquela noite, e Charlotte não queria que ela fizesse a conexão e fosse à polícia. — Ontem, meu primeiro pensamento foi que Frasier deveria ter *me* oferecido o trabalho de limpar este lugar. Mas ele não sabia. Então, por que deveria me oferecer? Eu me sinto ridícula.

— Não se sinta ridícula — afirmou Zoey sem hesitar. — Vou dizer a ele que mudei de ideia e que você se ofereceu para assumir. Vou até te ajudar. De graça.

— Não se preocupe com isso. Tenho tudo sob controle.
— Era fora de cogitação alguém pensar o contrário.
Zoey a examinou.
— Onde você trabalhava?
— Eu tinha um estande no Pavilhão do Açúcar, do outro lado da ilha. Eu trabalho com hena. — Ela tirou as mãos dos bolsos para mostrar para Zoey, apenas para que aqueles olhos escuros parassem de sondar os seus.
— Uma vez eu fiz uma hena em uma feira de rua, na frente do sebo onde trabalhei no ensino médio — disse Zoey. — Videiras, em todos os meus dedos, assim. Só que não ficou tão bonita quanto a sua.
— As vinhas simbolizam a perseverança. Flores significam alegria. O Sol representa o amor eterno. E a Lua, aqui, é o poder da mudança. — Charlotte apontou para o próprio joelho. — Aves são mensageiros entre o Céu e a Terra. — Ela indicou um pavão desenhado no outro joelho. Aves sempre foram seus desenhos favoritos. Então ela tocou um círculo desenhado na perna, na altura da bainha da bermuda. — Isso é uma mandala. Representa o universo.
Zoey pareceu impressionada.
— Eu não tinha ideia de que tudo significava alguma coisa.
Charlotte colocou as mãos de volta nos bolsos.
— Em todos os meus anos, nunca encontrei algo que não significasse nada.
Suas palavras pareceram fazer Zoey parar.
— Quantos anos você *tem*?
— Sou muito mais velha que você — respondeu Charlotte.
— Tenho 26.
— Isso não é ser *muito mais* velha — disse Zoey com uma risada. — Vou fazer 19 anos em algumas semanas.
Charlotte sorriu pela primeira vez no que pareceu uma eternidade. Teve uma época em que 19 anos também lhe pareceram algo exótico, por estarem *tão perto* dos 20.

— Mas, me conte, o que te traz aqui? Está na faculdade? — perguntou. A ilha tinha uma grande economia turística sazonal, então metade da força de trabalho de verão era formada por universitários.

— Começo meu primeiro ano na Faculdade de Charleston no segundo semestre.

— Bom, vou deixar você trabalhar.

— Espere — chamou Zoey, antes que Charlotte pudesse se virar para ir embora. — Por acaso você viu alguma coisa ontem à noite, ou ouviu algo incomum?

Charlotte subitamente se lembrou do som que, quando ela havia adormecido, tentou penetrar em suas camadas de exaustão.

— Pensei ter ouvido o barulho da maçaneta. Mas eu provavelmente estava sonhando. Por quê?

— Você não estava sonhando! — exclamou Zoey. — As portas do terraço de Lizbeth estavam abertas de novo essa manhã, assim como ontem. E eu sei que tranquei.

— Talvez tenha sido o Frasier.

— Eu já perguntei. Não foi ele. — Zoey fez um pequeno gesto, como se não quisesse que ninguém além de Charlotte visse que estava indicando as duas unidades do outro lado do jardim. — Você acha que pode ter sido *ela*?

— Lucy? — perguntou Charlotte, e Zoey assentiu. — Não. Agora, se você estivesse acusando Lizbeth, eu não ficaria surpresa. Eu nem posso te dizer quantas vezes eu a encontrei tentando espiar pelas portas do meu apartamento quando pensava que eu não estava em casa.

— Ainda assim, provavelmente é melhor garantir que as nossas portas estejam trancadas até sabermos com o que estamos lidando.

— Não se preocupe com Lucy — frisou Charlotte, estendendo a mão para apertar o ombro de Zoey. O gesto não era típico dela, e ela se sentiu envergonhada por fazê-lo.

— Então quem poderia ser?

Charlotte pensou sobre isso.

— Talvez tenha sido alguém que ouviu falar da morte de Lizbeth e quis dar uma olhada no apartamento para fazer uma oferta rápida com base no estado do lugar. Isso acontece o tempo todo. As pessoas são horríveis.

— Como eles teriam uma chave?

— Se a porta não tiver uma tranca interna, uma fechadura é muito fácil de abrir.

Ela podia ver que Zoey estava morrendo de vontade de saber como ela sabia disso. Mas, antes que ela pudesse perguntar, uma porta se abriu no jardim, fazendo barulho. Zoey se virou bruscamente, pensando que, por meio de mágica, apenas com o poder da sugestão, pudesse ter invocado Lucy, a vizinha invisível do Alvoroceiro.

Mas era o extravagante homem ruivo que morava no apartamento ao lado de Lucy. Zoey ficou visivelmente desanimada. Ela era jovem o suficiente para pensar que o drama era algo que você precisava procurar. Não sabia que o drama não precisa ser perseguido, pois ele sabe exatamente onde você mora.

— Você o conhece? — perguntou Zoey quando o homem saiu, caminhando no sentido oposto ao delas. Ele sempre usava o cabelo penteado em um topete moderno, curto nas laterais e comprido em cima. E se vestia como um hipster, com velhas botas de caminhada, shorts cargo e camisas xadrez para fora da calça. Mas havia algo nele, na maneira como se movia, que fazia Charlotte pensar que ele era uma alma velha na pele de um homem jovem.

— Esse é o Mac. Acho que ele trabalha em um restaurante. Às vezes, quando ele cozinha, todo o jardim fica com cheiro de... — Charlotte hesitou enquanto elas o observavam caminhar até as caixas de correio.

Zoey olhou para ela com expectativa.

— Como o quê?

— Lar.

Mas não, na verdade. Pelo menos, não do lugar de onde ela fugiu. Aquele cheirava a lama, suor e o cheiro peculiar que um telhado tem quando está tão molhado que está prestes a desabar. A comida desse homem cheirava como um lar *deveria* cheirar.

— Ele parece ser legal — disse Zoey quando Mac chegou às caixas de correio. Ele deixou cair as chaves e se abaixou para pegá-las.

— Você está interessada nele? Aposto que ele tem idade para ser seu pai.

— Meu pai tem 73 anos. Ele tem 30, no máximo — afirmou Zoey. — Eu só quis dizer, já que todos moramos aqui, não deveríamos ser amigos?

Não havia uma boa maneira de responder a isso sem diminuir o entusiasmo de Zoey. Charlotte só podia esperar que ela se mudasse para um dormitório no segundo semestre. Lá ela poderia fazer amigos da sua idade, naquele universo enclausurado de faculdade onde tudo é novo e teórico. Onde o mundo real está a anos e anos de distância.

De repente, houve um estrondo, e elas se viraram para ver que a bola de bruxa de Zoey havia rolado da caixa e se estilhaçado no terraço de concreto.

— Parece que você tem um fantasma — brincou Charlotte.
— Deixa que eu limpo.

Ao pegar uma vassoura que estava no terraço, Charlotte podia jurar que tinha ouvido Zoey murmurar:

— *Pomba!*

Capítulo Seis

Mac Garrett ouviu vozes ao sair de seu apartamento, então fechou as portas do terraço rapidamente. Lizbeth Lime estava sempre à espreita, procurando algo para reportar. Levou um momento para lembrar que ela não estava mais ali.

Ele se virou e percebeu que as vozes pertenciam a duas mulheres que estavam no terraço de Lizbeth. Ele não reconheceu a de cabelo escuro, mas a outra era sua vizinha Charlotte. Seu longo cabelo esvoaçante estava solto hoje, e a bermuda jeans permitia uma visão dos desenhos acastanhados que desbotavam em sua pele. Ele não sabia o que eram os desenhos. A princípio, presumiu que fossem tatuagens, mas, com o passar dos anos, percebeu que mudavam de semana para semana, o que era uma infinita fonte de fascínio. Ela estava desenhando em si mesma? Ou outra pessoa estava fazendo isso? Por quê?

Mac vivia no Alvoroceiro há quase oito anos, mais do que qualquer outra pessoa, exceto as irmãs Lime, que exalavam um ar de permanência tão intenso que parecia que estavam ali desde o início dos tempos. Ele se lembrava de quando Charlotte havia se mudado dois anos atrás, recordava o dia exato de primavera. Vários homens esguios de sandálias a ajudaram a mover alguns móveis velhos e, depois, tomaram cerveja no terraço dela até que Lizbeth apareceu e gritou com eles. Dois anos era muito tempo para aguentar uma coisa dessas.

Em vez de caminhar até o beco, Mac decidiu desviar para as caixas de correio na curva em U do prédio, ao lado do escritório de Frasier. Ele raramente recebia correspondência física, mas era uma boa desculpa para se aproximar. Enquanto tirava as chaves do bolso, tentou ouvir a conversa.

Suas chaves de repente escorregaram de sua mão e caíram na calçada com um estrondo. Mac deu uma espiada e viu as mulheres olhando para ele. Ele se curvou, seus joelhos estalando, pegou as chaves e destrancou a caixa de correio. Que surpresa. Não tinha nada lá. Acabou ficando ali por mais tempo do que o necessário, inclinando-se para que a porta da caixa escondesse seu rosto. Fechou os olhos, envergonhado. Esperava que elas não tivessem percebido que ele estava bisbilhotando.

Depois de alguns momentos, ele finalmente fechou a caixa, revelando a garota de cabelos escuros agora ao seu lado. Ele se assustou.

— Oi — disse ela. Estava carregando uma caixa de revistas. Parecia ser pesada a ponto de curvá-la para trás. — Eu sou a Zoey.

Ela estendeu desajeitadamente uma mão, tentando equilibrar a caixa na outra.

— Mac — respondeu, apertando a mão dela gentilmente para não a derrubar. Ela era mais jovem do que ele tinha presumido à distância. Tinha quase a altura dele, 1,80 metro, mas era magra como um palito.

— Você trabalha em um restaurante? — perguntou ela do nada.

Ele estava saindo para cuidar de alguns assuntos essa manhã, então vestia roupas casuais, e não o dólmã branco de chef.

— Popcorn. — Quando ela o olhou inexpressiva, ele acrescentou: — Eu trabalho no Popcorn. Fica no Hotel Mallow Island Resort.

— Charlotte disse que sua casa cheira muito bem, às vezes. — Ela acenou para o terraço de Lizbeth, onde Charlotte varria algo com uma pá de lixo.

Mac e Charlotte nunca conversaram nada além de comentários educados sobre o tempo, do tipo que os vizinhos compartilham de passagem. Ele nunca imaginou que ela prestasse muita atenção nele, mas *ela notava quando ele cozinhava*. Mac se deu conta de que estava encarando Charlotte e desviou o olhar. No entanto, a garota percebeu. Ele sentiu seu rosto corar, o que sabia que era aparente apesar da sua espessa barba ruiva. *Sempre dá para saber o que você está sentindo*, Camille costumava dizer. Era a maldição de sua pele clara e sardenta.

— O que está acontecendo na casa de Lizbeth agora? — perguntou, como meio de distração. — Você está se mudando?

— Não. Acabei de me mudar para a quitinete. Frasier me contratou para limpar a casa de Lizbeth — respondeu Zoey.

— Você sabe alguma coisa sobre a irmã dela?

— Lucy? Quase não a vejo. Mas acho que ela e Lizbeth não se davam bem. Elas nunca se falavam, pelo menos não que eu tenha visto.

Zoey rearranjou o peso da caixa e cambaleou para trás.

— Pode deixar que eu seguro isso — disse Mac, guardando as chaves no bolso e pegando uma das caixas.

— Obrigada. Vai para a lixeira de reciclagem.

Ela o seguiu para fora do jardim, na direção do beco. Lá, ele colocou a caixa na lixeira azul do Alvoroceiro, que estava quase cheia.

— Lizbeth devia ter muito para reciclar — comentou Mac, batendo as mãos para tirar a poeira vinda da caixa.

— Você nem imagina. Estou me exercitando para caramba carregando essas coisas até aqui.

— Bom, não culpe o Frasier. Tenho certeza de que ele não poderia colocar as lixeiras mais perto do prédio sem provocar a ira de Roscoe Avanger.

Zoey olhou para ele com curiosidade.

— E por que Roscoe Avanger poderia opinar sobre isso?

— Foi ele quem comprou esses antigos estábulos e os salvou de serem demolidos há algumas décadas.

Zoey se virou para olhar para o prédio cinza de pedra.

— Foi *Roscoe Avanger* que reformou este lugar?
Mac assentiu.
— E ele sempre compra de volta os apartamentos quando os proprietários querem vender. Acho que ele é um pouco territorial.
— Ah! — exclamou Zoey, voltando-se para Mac como se ele entendesse. — Eu sabia que não era alguém se esgueirando para dar uma olhada no apartamento de Lizbeth para comprar!
— Como é?
— Nada. Desculpe — respondeu ela. — Eu não sabia de nada disso quando me mudei. Herdei a quitinete da minha mãe.
— Então você deveria ler o livro que Roscoe Avanger escreveu sobre o Alvoroceiro, se conseguir encontrar um exemplar.
— *Sweet Mallow*? Eu tenho um. Mas não me lembro deste lugar ser mencionado nele.
— Não o *Sweet Mallow*, o outro. O livro pequeno, de não ficção. *Dançando com os Alvoroceiros*. É sobre a reforma que ele fez na propriedade e sobre dar aos pássaros um lar permanente no jardim.
— Eu não fazia ideia de que Roscoe Avanger tinha escrito outro livro!
— Tenho quase certeza de que só foi vendido na ilha. Acho que foi uma publicação independente — explicou Mac.
— Eu nunca li, mas Frasier fez as ilustrações. Ele me contou sobre isso uma vez, quando perguntei sobre os desenhos dos pássaros na parede do escritório dele.
Zoey não respondeu, obviamente ainda pensando no livro, então ele achou que era a deixa para ir embora. Às vezes era difícil saber. Ele invejava as pessoas que tinham a habilidade natural de entrar e sair de conversas. Camille costumava dizer que era porque ele ficava esperando que as pessoas se despedissem, quando ele sabia muito bem que dizer tchau não era um pré-requisito para partir.
— Bem, foi um prazer conhecê-la — disse.

Havia seis vagas reservadas para os residentes do Alvoroceiro no estacionamento, que ficava entre os fundos da Confeitaria Açúcar e Afeto e o portão da frente para o jardim, mas apenas Mac, com seu Chevy Tahoe, e Frasier, com sua velha caminhonete, estacionavam ali. Ele caminhou em direção ao seu SUV, mas Zoey chamou seu nome, e ele se virou.

Ela apontou para o ombro esquerdo dele.

— Você tem um pouco de farinha, bem aí.

Ele não precisou olhar para saber que não era farinha.

— É fubá. Obrigado.

Pare com isso, Camille, pensou ele irritado enquanto limpava o ombro com a mão.

Passava da meia-noite quando Mac voltou do trabalho. Ele enfiou a chave na fechadura, mas parou com uma estranha sensação de estar sendo observado. Ele se virou e olhou em volta. Não havia ninguém. Então pensou em olhar para cima e viu Zoey sentada em sua varanda, suas longas pernas balançando na beirada. Aquela quitinete estava desocupada desde que ele havia se mudado. Ele sempre se perguntou por quê.

Já era tarde, e ele quase pediu que ela fosse dormir. Mas, quando saiu de casa e foi morar sozinho, não devia ser muito mais velho do que ela. *Temos asas que não podemos ver*, Camille costumava dizer. *Fomos feitos para voar para longe.*

Zoey acenou para ele. Mac sorriu e acenou de volta antes de abrir as portas. Ele enfiou a perna primeiro, para o caso da Madame tentar sair correndo. Ela nunca demonstrou interesse pela vida fora do apartamento, mas ele não queria correr nenhum risco.

Ele acendeu a luz e jogou as chaves na mesinha de centro. Madame levantou a cabeça do sofá e miou com a voz rouca.

— Oi, linda — falou.

Os únicos pelos tricolores que restavam em Madame eram na barriga, que ela rolou e deixou que ele coçasse. A metade superior de seu corpo era um mapa de velhas cicatrizes, suas orelhas queimadas até virarem minúsculas folhas enrugadas. Quando ele a trouxe para casa pela primeira vez, deixou o rádio ligado para ela enquanto estava no trabalho — antes de perceber que ela era surda.

Três anos atrás, Madame havia sofrido queimaduras graves atrás do hotel. Um dos lavadores de pratos do Popcorn jogou um cigarro nela, sem perceber que ela estava coberta de gasolina e óleo por dormir embaixo dos carros no estacionamento dos funcionários. O lavador de pratos, Nigel, tirou a camisa e apagou as chamas, depois veio correndo para a cozinha, dizendo: "Eu não sabia! Só estava tentando assustá-la!"

Mac parou o que estava fazendo e pegou a gata de Nigel. Ele vinha alimentando-a com sobras há meses, e todo mundo sabia disso. Sem dizer uma palavra, saiu e dirigiu até uma clínica de emergência em Charleston. Nigel nunca mais voltou ao trabalho. Várias pessoas disseram que Mac o assustou só com o olhar, mas Mac não sabia que olhar tinha sido aquele. Por muito tempo, ele presumiu que fosse raiva, até que encontrou Nigel há mais ou menos um ano. Nigel se desculpou novamente e disse: *"Cara, aquele olhar que você me deu. Eu ainda não consegui tirar isso da minha cabeça. Foi como se eu tivesse matado sua avó, como se tivesse arrancado seu coração do peito."*

Depois de semanas no veterinário, Madame estava bem o suficiente para receber alta, logo Mac a trouxe para casa no Alvoroceiro. E a escondera de Lizbeth Lime e de Frasier desde então. Animais de estimação eram expressamente proibidos para proteger a população de pássaros no jardim. Mas não era como se Madame tivesse a agilidade, ou mesmo o desejo, de pegar qualquer um daqueles pássaros. Francamente, ele estava mais preocupado com o que aqueles pássaros malucos fariam com sua doce e gorda gata se Madame saísse de casa.

Ele foi direto para o chuveiro para tirar o cheiro de cozinha. Quando saiu, Madame estava sentada no tapete do banheiro. Ela pulou na banheira e bebeu um pouco da água que pingava da torneira enquanto Mac se secava.

Depois de vestir a calça do pijama e uma camiseta, ele foi até o sofá e sentou-se pesadamente. Ligou a televisão e passou pelos canais, esfregando os joelhos doloridos. Alguns minutos depois, pensou ter ouvido algo e apertou o botão do mudo no controle remoto. Houve um rangido vindo do jardim, como se o portão estivesse abrindo lentamente. Ele esperou para saber se era Lucy Lime. Ela nunca aparecia durante o dia, mas às vezes ele a ouvia sair à noite. Quando não ouviu o som da porta se fechando, ele se levantou e abriu as cortinas. As luzes da trilha do jardim estavam escondidas por samambaias e rosas americanas, atribuindo à área um suave brilho esverdeado, quase como o fundo do mar. Ele viu uma sombra se mover perto das duas unidades do outro lado.

Ele pensou em Charlotte sozinha lá, agora que Lizbeth tinha morrido. Lizbeth tinha sido uma chata, mas, se algo estava acontecendo, certo ou errado, ela seria a pessoa que perceberia e entraria em ação. Foi assim por anos. Ele abriu as portas e deu um passo para fora. Os pássaros farfalhavam nas árvores baixas de brugmânsia, cantando sem entusiasmo enquanto se preparavam para dormir. Um carro distante descia a rua do Comércio. Fora isso, reinava o sossego que só o início da madrugada pode trazer. Ele observou o jardim por mais alguns momentos, mas não havia movimento. Olhou para cima para ver se Zoey ainda estava na varanda, mas a jovem já tinha ido dormir. Mac sentiu, naquele momento, que ela estava esperando que ele chegasse para se recolher, como se estivesse cuidando dele.

De repente, ele se questionou por que ela tinha perguntado sobre Lucy mais cedo. Ele olhou para o lado, para o terraço desarrumado do apartamento da antiga vizinha. Nas poucas vezes que ele realmente a viu, Lucy parecera rude, mas de uma forma um tanto derrotada. Era como se a vida tivesse jogado muitas bolas curvas que ela não conseguiu pegar, fazendo com que ela se resignasse a apenas ser atingida. Ele nunca pensou que houvesse algo perigoso nela.

Trate de voltar para cá, imaginou Camille dizendo.

Ele entrou e sentou-se no sofá novamente. Madame deu um pulo e se acomodou em seu colo, ronronando. Ele ficou em transe por um tempo, na frente da TV, até que estava quase dormindo. Mas nunca se permitia dormir em outro lugar que não fosse no quarto, pelo menos não desde que Camille morreu, cinco anos atrás, e ele começou a acordar coberto de fubá.

Da primeira vez que aconteceu, foi relativamente fácil ignorar. Ele era um chef cuja especialidade eram pratos feitos com fubá — inspirados em Camille —, então pensou que o fubá provavelmente estava em suas roupas por causa do restaurante. Mas então aconteceu de novo na noite seguinte. E ele ignorou mais uma vez, agora achando que o estresse pela morte de Camille o levara a perambular, sonâmbulo, pela própria cozinha. Contudo, aconteceu de novo. E de novo. Semanas se passaram, e todas as manhãs foram iguais, ele acordando em sua cama polvilhada com fubá. Sua namorada na época, uma beldade exigente chamada Evalina que trabalhava na recepção do hotel, começou a surtar com isso quando dormia lá. Ela odiava a maneira como o fubá grudava em seu cabelo, parecendo caspa. Ela o mandou parar de fazer isso e ficou com raiva quando ele disse que não conseguia.

Ele desejou boa noite a Madame, que já sabia que não podia entrar no quarto enquanto ele dormia. Ele fechou a porta e pegou um lençol branco e limpo da pilha que sempre mantinha no canto, sobre a poltrona de couro. Estendeu o lençol sobre a colcha, onde aterrissou flutuando no ar por um momento gracioso, como uma nuvem, antes de cobrir a cama. Então se arrastou para debaixo das cobertas, puxando o lençol sobre a cabeça.

Quando amanheceu, ele acordou e deslizou suavemente para fora das cobertas.

Sonolento, nessa rotina já de cinco anos, juntou as pontas do lençol branco que cobria a cama e foi ao banheiro. Lá, Mac sacudiu na banheira todo o fubá que havia caído sobre o lençol durante a noite. Ele abriu a água e a observou escorrer pelo ralo. Em seguida, virou e se olhou no espelho chanfrado sobre a pia do banheiro. Seu cabelo e barba não pareciam mais ruivos. Polvilhado finamente com fubá, ele parecia uma versão muito mais velha de si mesmo. Mac suspirou e abriu a torneira da pia.

HISTÓRIA DE FANTASMAS

Camille

Às vezes, parece que quase não estou mais aqui. Sem peso. Flutuando. Isso me lembra da primeira vez que meu irmão John me levou a Wildman Beach. Era uma caminhada de uma hora, e ele não queria que sua irmãzinha o acompanhasse e o atrasasse. Durante toda a infância, eu senti o cheiro do oceano em nossa casa, que ficava bem no centro da ilha, e ele me atraía como uma torta quente no forno. Isso, combinado com o fascínio de fazer algo que até então só John tinha permissão para fazer, me transformava em uma peste. Quando eu fazia beicinho, vendo John partir nas escuras manhãs de verão, minha mãe costumava dizer: *"Use sua imaginação e você pode estar lá quando quiser."* Mas eu não queria imaginar. Eu queria a coisa real. Acontece que a coisa real quase me matou. Mamãe finalmente obrigou John a me levar, quando eu tinha 8 anos. Meu irmão sabia que eu não sabia nadar, mas mesmo assim me arrastou para a água na primeira vez, dizendo que a única maneira de aprender era ir o mais longe possível e voltar por conta própria. *"Se você realmente quiser voltar"*, disse ele, *"vai lutar contra a correnteza."*

Eu quase me afoguei. John me puxou para fora, e eu não estava respirando; todos pensaram que eu estava morta. Mas eu *queria* voltar — para o meu velho cachorro Bembom, para minha boneca surrada, Mosey, e para minha mãe e seu pão de milho, que ficava esperando na mesa da cozinha, seco apenas o suficiente para se desintegrar em um copo de leite. Eu era uma criança rechonchuda, e, assim, aquela sensação de leveza, quando eu quase morri, foi assustadora. Eu estava acostumada com o peso me mantendo no chão, cada passo uma reverberação reconfortante da terra vindo dos meus pés descalços.

Agora já não me importo tanto com essa falta de peso, não como antes. Estou apenas esperando para que finalmente me deixem ir. De certa forma, é bom ser lembrada, é bom que alguém no mundo ainda precise de mim, ainda precise, ao menos, da lembrança de quem eu fui. É isso que me mantém aqui.

Meu Macbebê me mantém aqui.

Ele foi a maior surpresa da minha vida. Porque, até que ele apareceu na minha porta, eu nunca pretendi ter filhos. Nunca fiquei grávida, e estava tudo bem. Eu tinha muitos irmãos e irmãs, sobrinhas e sobrinhos, então vi muitos nascimentos e muito cocô de bebê. Quando cresci, tudo o que eu queria era deixar isso para trás. Eu até gostava de crianças. Elas podem ser fofas e engraçadas, com tudo o que tem direito. Mas eu não gostava de como elas tiram tanto de você. Conheci mulheres que tinham bocas demais para alimentar porque não conseguiam manter seus maridos longe delas. E conheci mulheres sem filhos que se anularam porque pensavam que só valiam alguma coisa se tivessem um bebê. E todas essas mulheres, todas tinham pedaços faltando. Elas estariam andando pela estrada, e eu poderia ver os buracos nelas, por onde o sol atravessava. Eu nunca soube por que elas pareciam tão normais e tão felizes por terem todos aqueles buracos, até meu Macbebê chegar.

Ele encontrou meu corpo depois que eu morri, e eu faria de tudo para que não tivesse sido assim.

Nunca quis colocar esse fardo sobre ele.

Eu estava cozinhando pão de milho na minha cozinha quando, simplesmente, parti. Tão fácil quanto pode ser. Eu estava pronta dessa vez. Macbebê vinha me ver todos os dias depois que ele se mudou. Ele me levava ao supermercado e a todas as minhas consultas médicas. Naquele dia ele veio com todos os ingredientes para uma torta milionária, que eu disse que queria fazer para nossa sobremesa de domingo. Ele me encontrou no chão, coberta de fubá como neve. Eu tinha ido embora, ou assim pensei, até ouvi-lo chorar, chorar como nunca o ouvi chorar antes, e isso me trouxe de volta para ele, onde estou desde então.

Um dia ele estará pronto para me deixar partir. Até lá, estou aqui, leve, mas não infeliz, esperando para ser lançada como um desejo, ou um balão, flutuando até aquele lugar aonde vai a esperança.

Essa é a diferença entre mim e aquela Lizbeth. Ela não tem os buracos certos.

Ela está me evitando, assim como o outro fantasma do prédio, embora eu saiba que ela me reconhece de quando era uma garotinha aqui na ilha.

Ela precisa de ajuda para entender os motivos certos para ficar.

E os motivos certos para partir.

Capítulo Sete

Frasier estava sentado em seu escritório, olhando para o envelope marrom ainda fechado na mesa à sua frente, onde estivera durante todo o dia anterior, quando bateram à porta.

— Aconteceu de novo! — exclamou Zoey, e por um momento Frasier viu a mãe dela, nitidamente.

Ele tinha conhecido Paloma, é claro, naqueles poucos anos que ela viveu no Alvoroceiro. Ele se lembrava de sua volatilidade, da maneira como ela sacudia os braços quando estava irritada e das brigas incessantes entre ela e Alrick Hennessey, o homem que mais tarde seria o pai de Zoey. Alrick comprou o apartamento para Paloma e a instalou no prédio, longe dos olhares indiscretos de Charleston, quando ela era mais jovem do que Zoey era agora. Paloma sabia sobre sobrevivência mais do que uma adolescente deveria saber. Ela fora charmosa e calculista. Tinha que ser, pois estava sozinha, em um país estrangeiro, com apenas o fantasma de seu irmão morto como companhia. Zoey não parecia ter a mesma paixão ou os instintos de sobrevivência da mãe, e, como ela havia crescido sob o domínio de Alrick Hennessey, ele nem precisava se dar ao trabalho de imaginar por quê. Mas, agora, testemunhando a frustração dela, considerou que poderia tê-la subestimado.

Sem outra palavra, Zoey se virou e foi embora. Frasier precisava se distrair do envelope marrom, então foi com ela.

Ela chegou ao terraço de Lizbeth e esperou por ele.

— Veja, está destrancada de novo — anunciou Zoey, indicando a porta entreaberta. — Eu sei que tranquei, quando terminei ontem. Juro. Já são três dias que isso acontece. Por que alguém está se esgueirando por aqui? O que isso significa?

Ele empurrou a porta com o dedo, e ela se abriu facilmente. Ele girou a maçaneta e, em seguida, curvou-se para examiná-la. Além de alguns arranhões óbvios que poderiam estar lá desde sempre, parecia tudo certo. Então examinou o interior do apartamento. O chão de pedra se expandia em um arco, na área em que as caixas já haviam sido removidas, e isso iluminou o ambiente como o amanhecer. Devagar, pequenos pedaços de Lizbeth estavam indo embora. Frasier não entendia por que isso o deixava triste. Ele odiava essa bagunça e estava feliz em vê-la desaparecer.

— Mexeram em alguma coisa?

— As caixas nas quais eu estava trabalhando ontem não foram movidas. Mas, quanto ao resto, eu não saberia dizer. Não vou lá atrás até limpar a frente, para o caso de uma avalanche.

— Você viu alguém com uma lanterna de novo, ontem à noite?

— Bem, não. — Ela cruzou os braços sobre o peito. — Mas eu estava cansada e fui deitar mais cedo do que de costume, logo depois que Mac chegou em casa.

— Então eu acho que a explicação lógica é que há algo errado com a maçaneta propriamente dita. Vou substituí-la em breve. Vá em frente. Você está fazendo um ótimo trabalho.

Ela parecia mais calma ao pegar uma caixa de papelão que estava do lado de dentro das portas e estendê-la para ele.

— Enquanto você está aqui, poderia me dizer o que devo fazer com isso?

— O que é?

— Só algumas coisas que achei importantes o suficiente para guardar — respondeu Zoey, ainda segurando a caixa. Frasier não sabia por que estava relutante em aceitar. — São as únicas coisas que encontrei, até agora, que não eram lixo.

Ele olhou dentro da caixa e viu que continha uma impressão emoldurada de um barco de pesca abandonado em uma praia, um colar com a palavra "Duncan" escrita em cursiva com arame e um vaso de vidro que ele imediatamente reconheceu como o que ele dera a Lizbeth em seu aniversário de 40 anos, cheio de flores baratas. O fato de ela tê-lo guardado não era nenhuma surpresa, era a culpa que ele sentia pelo gesto lamentável, tão de última hora, já no final do dia, e como ela tinha ficado emocionada ao recebê-lo.

— Ninguém quer essas coisas — disse Frasier, mais bruscamente do que pretendia.

— Nem mesmo *Lucy*?

— A única pessoa que quer alguma coisa aqui é Roscoe. E ele está procurando por algo que provavelmente nem existe.

— Mas não parece certo jogar essas coisas fora.

Lá estava ela de novo. Aquela tristeza confusa.

— Tudo bem. Use seu bom senso, e Oliver tomará a decisão final.

— Quem é Oliver? — perguntou Zoey enquanto colocava a caixa no chão.

Frasier pensou no envelope marrom em seu escritório.

— O filho dela.

— Ela tem *um filho*?

— Ele não vem visitá-la há anos.

— Ele está vindo pra cá?

— Duvido muito. Continue.

Ele voltou para o escritório antes que ela pudesse fazer mais perguntas. Os alvoroceiros tinham se reunido na frente da sua porta, saltitantes, à espera dele. Quando entrou, o velho Otis tentou entrar junto.

— Agora não, Otis — falou, e Otis deixou muito claro seu descontentamento quando Frasier fechou a porta na cara dele.

Lizbeth estava pairando perto de seus arquivos. Ela sempre quis dar uma olhada neles; queria saber tudo sobre todos que viviam aqui. Se ele não trancasse a porta todas as noites antes de ir para casa, tinha certeza de que ela teria entrado, pegado todos os arquivos dos residentes e os colocado em suas caixas.

Frasier sentou-se à escrivaninha e olhou para o envelope, acariciando sua longa barba crespa. Ele conhecia um detetive particular em Charleston, um ex-colega de escola da ilha, a quem pediu um favor e conseguiu obter rapidamente as informações de que precisava. Como muitos dos meninos da região, na época, Robert poderia facilmente ter seguido o caminho da criminalidade, mas era um policial aposentado e agora usava suas habilidades incomuns de bisbilhoteiro para flagrar maridos traidores. Frasier e ele se reuniam para tomar umas cervejas de vez em quando. Falavam sobre os garotos baderneiros com quem cresceram, a maioria já falecido há muito tempo, e, em silêncio, trocavam olhares do mesmo alívio culpado por terem sobrevivido relativamente ilesos.

Frasier pegou o envelope. Ele o rasgou e tirou um único pedaço de papel.

A única coisa escrita nele eram dez números.

Ele pegou o telefone e discou antes que perdesse a coragem.

NORRIE BEACH, CALIFÓRNIA

Oliver acordou de repente, tentando descobrir por quê.
Um pesadelo? Uma cãibra muscular?
Seja qual fosse o motivo, estava bem acordado agora. Ele lentamente se desvencilhou de Garland, que tinha se enrolado nele durante o sono, como uma videira. Foi até a janela do quarto dela, abriu-a e respirou fundo algumas vezes. O ar da manhã era estranhamente doce. O aroma o lembrou das brugmânsias que deviam estar florescendo em Mallow Island, o que o deixou zonzo. Ele foi direto para o chuveiro dela e ficou lá por meia hora, tentando se livrar do cheiro.

Ele nunca deveria ter concordado com isso, uma semana com Garland, na casa do pai dela, na pitoresca e endinheirada Norrie Beach. Vários amigos de Garland também estavam lá, mas não precisavam se preocupar em encontrar um lugar para ficar agora que haviam deixado seus dormitórios na universidade. Eles já tinham apartamentos em cidades onde os empregos os esperavam. E, se por acaso esses planos fracassassem, sempre poderiam voltar para a casa dos pais. Tinham um lugar macio para pousar. Oliver não tinha esse luxo, mas aqui estava, fingindo não ter nenhuma preocupação no mundo. Ele fez várias entrevistas antes da formatura, até mesmo uma boa oferta em San Diego, mas Garland disse que o pai dela lhe daria aquele emprego no Rondo, e, assim, ele definitivamente se mudaria para Norrie Beach. Ele deveria estar procurando um lugar para morar nesse momento, mas ela tinha a semana toda planejada. Oliver não tinha ideia do que faria quando a semana terminasse. Dormir no próprio carro, possivelmente.

No entanto, valeria a pena. Ele queria aquele emprego no Rondo mais do que já quis qualquer outra coisa.

Oliver disse a si mesmo que era porque tinha ganhado tantos prêmios por suas práticas ecológicas. Quem, com especialização em hotelaria e em ciências ambientais, não gostaria do Norrie Beach Rondo? Ele não queria acreditar que tivesse algo a ver com o fato de o resort parecer pertencente ao Velho Sul, no cenário pré-Guerra Civil, com suas colunas brancas, grandes varandas e árvores gordas. Ele não queria acreditar que tivesse algo a ver com Mallow Island.

Até ele colocar os olhos no Rondo, nada sobre essa área costeira o lembrava de casa. E foi exatamente por essa razão que ele escolheu o lugar. A mãe e ele eram como extremos opostos de um ímã, repelindo-se mutuamente. A força dela o empurrou para tão longe que apenas o Oceano Pacífico o deteve. O terapeuta que ele consultou em seu primeiro ano na faculdade, quando estava lutando para encontrar o equilíbrio, avisou que ele deveria se preparar para eventuais gatilhos. Ele poderia se afastar fisicamente de casa, mas se distanciar emocionalmente seria mais difícil.

    Mais tarde, naquela manhã, exausto pela falta de sono, Oliver estava parado diante da mesa do brunch, observando os quitutes. Garland dera à governanta instruções específicas sobre o que deveria ser servido. Por alguma razão, essa semana era muito, muito importante para ela. Ele pegou um *pain aux raisins* e uma xícara de café e atravessou as portas francesas abertas, com suas cortinas brancas ondulando na brisa clorada.

    Estavam todos à beira da piscina — Garland, sua melhor amiga Heather Um, sua segunda melhor amiga Heather Dois, seu melhor amigo gay, Roy, e seu melhor amigo hétero, Cooper. Era assim que ela se referia a eles, como se fossem todos personagens em sua casa de bonecas. Eram todos magros, bronzeados e estavam relaxados em espreguiçadeiras como um pedaço de seda, mal registrando suas ressacas da noite anterior com as mimosas que agora escorregavam por suas gargantas.

    — Você trocou de perfume? — perguntou Oliver a Garland enquanto se sentava ao lado dela.

    — Não — respondeu ela, levando o pulso ao nariz. Ela tinha cabelos ruivos escuros, olhos grandes e um nariz pequeno que não combinava com seu rosto. De acordo com Heather Dois, que ele suspeitava que nem sequer gostava de Garland, apesar de ser sua segunda melhor amiga, ela havia feito uma plástica no nariz quando tinha 17 anos. — Por quê? Você não gosta do meu perfume?

    — Sim. Não. Quer dizer, é claro que eu gosto — emendou rapidamente, sabendo que não podia se dar ao luxo de irritá-la. O Rondo estava em jogo. Cada coisa que ele possuía estava enfiada em seu carro, estacionado na garagem de Garland bem ao lado do Range Rover do pai dela, cujas chaves ele tinha escondido bem demais para Garland encontrar. Ela havia perdido a carteira de motorista há dois anos.

    — Só pensei ter sentido um cheiro diferente antes.

— Eu acho que você cheira maravilhosamente bem — disse Cooper, com uma piscadela de sua poltrona à esquerda dela.

— É porque você está sempre farejando em volta dela — comentou Roy de maneira imperiosa. Seu rosto estava voltado para o sol, e ele mal movia os lábios.

Cooper latiu como um cachorro.

Garland riu e jogou uma almofada nele.

— Seu animal.

— Você teve notícias do seu pai? — perguntou Oliver.

Garland revirou os olhos e ajustou os minúsculos triângulos de seu biquíni verde, afastando-os um pouco, o que imediatamente chamou a atenção de Cooper para seus seios. Oliver se perguntou se deveria se preocupar mais com o flerte entre Garland e Cooper, com a maneira como os olhos dela se voltavam para ele quando pensava que ninguém estava olhando. Mas será que Oliver tinha o direito de sentir ciúmes? Garland e ele estavam dividindo uma cama (foi uma surpresa quando ela o acomodou no quarto dela, quando ele chegou no dia anterior), mas ainda não estavam dormindo juntos (de novo uma surpresa, já que ela era bastante ousada e obviamente acostumada a conseguir tudo que queria).

— Não — respondeu Garland. — Graças a Deus.

Ele a tinha conhecido apenas dois meses antes, quando fora de carro até Norrie Beach para a entrevista no Rondo. Ele pensou que tinha corrido bem, apesar do suor quase encharcar seu único terno. Garland o abordou no saguão depois, apresentando-se como a filha do proprietário. Ela convidou Oliver para almoçar e então grudou nele como cola, seus motivos ainda um mistério. Ela o visitou várias vezes antes de ele se formar, entrando sorrateiramente em seu dormitório na pequena faculdade perto de Ridgecrest, aquela que ele escolheu baseado apenas no fato de ter sido a única dessa costa que lhe ofereceu uma bolsa integral. Às vezes ela queria dar uns amassos, mas geralmente queria falar sobre seus dois anos na UCLA antes de ser reprovada. Ela tirava dezenas de selfies deles juntos para enviar para seus amigos da casa de bonecas, querendo que eles acreditassem, por algum motivo, que ela e Oliver eram mais próximos do que realmente eram. Assim, Oliver agora se encontrava na posição insustentável de não saber como manter o interesse dela, porque não sabia de onde vinha. Ela segurava o Rondo na frente dele como uma cenoura.

— Mas você não disse que seu pai voltaria para casa logo? — perguntou.

— Quem sabe? — Garland deu de ombros. — A madrasta-monstro provavelmente vai mantê-lo no mar por semanas, só para me irritar.

— Deveríamos nos juntar a eles! Estão navegando perto da Grécia, certo? — questionou Heather Um, sentando-se em sua poltrona animadamente.

Oliver ficou tenso. Ah, Deus. Ele não tinha dinheiro para uma viagem ao exterior. Nem sequer tinha passaporte. Até vir para a Califórnia, não tinha viajado para lugar algum, exceto aquela vez que levou Roscoe Avanger a um resort em Palm Beach, na Flórida, onde o escritor daria uma palestra. Roscoe quebrou o pé e pediu a Oliver que o levasse. Foi a primeira vez que Oliver, então com 16 anos, se hospedou em um hotel. Tinha mudado a sua vida, saber que existiam lugares assim, grandes baluartes de conforto e limpeza. Ele não queria ir embora, voltar para a loucura de sua mãe.

— Hum, *não* — respondeu Garland. — Eu já fico bastante com a madrasta-monstro em casa, muito obrigada. E ela nem sabe que está me fazendo um favor.

— Sim, ela é uma cobra — disse Heather Dois, vendo sua chance de subir na hierarquia. Heather Um corou de vergonha.

Garland não escondia seu ódio pela madrasta, Jade. Elas estavam constantemente em guerra pela atenção do pai de Garland. Pelo que Oliver pôde perceber, o pai dela jogava uma contra a outra e usava seu ressentimento mútuo para conseguir o que desejava. Garland queria que as pessoas acreditassem que ela era como sua mãe, uma pequena e gentil socialite da Costa Leste que morreu quando Garland tinha 10 anos. Mas

Oliver conhecia seu pai hoteleiro de reputação e achava que Garland definitivamente preferia o pai. Não que Oliver fosse dizer isso a ela. Ele tentava falar o mínimo possível. Na noite anterior, em um restaurante da moda absurdamente caro em Norrie Beach chamado Symbiotic, Garland zombou dele enquanto todos davam o embriagado pontapé inicial para a semana juntos.

— Meu quieto e *maravilhoso* Oliver — anunciou Garland. — Por que você não fala mais com esse sotaque? Tudo o que você faz é observar, observar e observar, como se estivesse fazendo anotações.

Cooper riu e fez um brinde a Oliver, imitando uma típica dama sulista.

— Para o maravilhoso e *pequeno* Oliver.

Mais tarde, Cooper pagou a conta de toda a bebida, mas não da comida, e Oliver teve que verificar secretamente o saldo do cartão de débito em seu celular para ver quanto restava do seu emprego como recepcionista no Motel 6. Um trabalho que ele largou para vir para cá.

Heather Dois tinha cutucado Oliver debaixo da mesa e sussurrado:

— Não se preocupe. Eu pago.

E isso, no mínimo, fez Oliver se sentir pior.

— De quem é esse celular tocando? — perguntou Garland, fazendo todos na piscina pegarem seus dispositivos ao mesmo tempo. — É o meu?

— Não, é meu — afirmou Oliver, deixando de lado seu café e bolo e sacando o celular do bolso do short. Ele estava esperando por notícias do Rondo há semanas, verificando o site várias vezes ao dia para ver se o cargo de gerente ambiental ainda estava listado. Quando olhou para a tela, reconheceu o código de área, mas não o número. Ele ponderou se deveria ou não atender. Pressionou "aceitar" e colocou o telefone no ouvido, sem dizer nada para o caso de ser ela. Ele não tinha ouvido uma palavra de sua mãe em quatro anos, quando ele mudou de número e deletou os contatos.

— Oliver? — disse a voz do outro lado. — Oliver? É o Frasier.

A identificação era desnecessária, porque Oliver reconheceu a voz de seu velho amigo imediatamente.

— Frasier. Olá.

Oliver não perguntou como ele tinha conseguido esse número. Frasier tinha seus truques.

— Filho, não há maneira fácil de te dizer isso. Lizbeth morreu. Sinto muito.

Oliver parou. O sorriso que tinha começado a se formar ao ouvir uma voz familiar desapareceu. Ele olhou diretamente para os diamantes da luz do sol da manhã dançando na superfície azul da piscina. Os outros ouviam tudo descaradamente. Ele tentou não mostrar seu choque, tentou não demonstrar nada.

— Oliver? — perguntou Frasier, frente ao silêncio dele.

— Sim, estou aqui. — Ele limpou a garganta. — Como?

— Parece que ela caiu de uma escada e uma estante tombou em cima dela.

Era certo que terminaria assim, com o mundo desabando ao redor dela. Oliver não conseguiu salvá-la nem fazê-la buscar ajuda, por mais que tentasse. Ele era apenas uma criança, muito menor do que a responsabilidade que sentia.

— Você precisa de mim para alguma coisa? — perguntou.

— Não. Mas tem a questão do apartamento. Não o que está dentro dele, é claro. Ela sempre quis que isso fosse para Roscoe, que sorte a dele! — respondeu Frasier. — Está sendo limpo enquanto falamos.

— Eu não quero nada — replicou Oliver.

— Você quer vender?

Ele hesitou, tentando acompanhar o rumo da conversa.

— Vender o quê?

— O apartamento.

— Era dela? Eu pensei... — Ele achava que o grande Roscoe Avanger estava apenas deixando ela morar lá, de graça, porque ela trabalhou para ele e ele sentia pena dela e de Oliver.

— Estava no nome dela — disse Frasier. — Ela era a dona. É seu agora. Você quer vender?

— O quê... Sim.

— Ok. Entrarei em contato. Me passe um endereço onde eu possa encontrá-lo.

— Vou te mandar uma mensagem — respondeu Oliver, não querendo que Frasier soubesse que ele não tinha um endereço permanente e que estava em um perrengue tão grande. Ele deveria estar prosperando longe de Mallow Island. — Este é o número do seu celular?

— Sim. Você está bem, filho?

— Eu me despedi há muito tempo.

— Eu sei que sim. — Frasier fez uma pausa. — Você está bem aí na Califórnia? Ainda está na faculdade?

— Acabei de me formar. Olha, eu tenho que ir.

— Certo. Sinto muito, Oliver.

Oliver desligou e enviou para Frasier o endereço de Garland. Ele pediria a ela que encaminhasse qualquer correspondência para ele quando conseguisse sua própria casa.

— Quem era? — perguntou Garland enfim, quando ficou claro que Oliver não explicaria a ligação.

— De casa, um velho amigo da minha mãe — respondeu Oliver, colocando o telefone de volta no bolso e pegando sua xícara de café, mas sem tomar um gole. Sua mão tremia ligeiramente. — Ele acabou de descobrir que eu me formei.

— Meu doce garoto sulista de Mallow Island — disse Garland. — Me leva lá um dia.

Oliver não respondeu.

— A mãe de Oliver morreu quando ele tinha 10 anos, assim como a minha — informou Garland aos outros. Ele nunca disse isso. Ela apenas presumiu, criando sua própria narrativa a partir do pouco que Oliver havia contado. Ele nunca tinha falado sobre sua mãe com ninguém além do terapeuta da escola. E apenas Frasier sabia como era ruim quando morava com ela.

Enquanto as vozes deles flutuavam ao seu redor, Oliver olhou para a água da piscina, seus olhos lacrimejando por trás dos óculos porque o sol estava tão forte.

Não era por outra razão, disse a si mesmo.

Não era mesmo.

Capítulo Oito

Charlotte tinha ido para a cama com a intenção de levantar cedinho para procurar novos lugares na ilha para fazer suas henas. No entanto, aqui estava ela, ainda na cama, contemplando aquelas malditas bolas de bruxa por tanto tempo que seus olhos pareciam arenosos.

De repente, Zoey ligou a música, e Charlotte piscou para sair de seu estupor. Hora de se mexer. Estava apenas perdendo tempo. Ela saiu da cama e encontrou algumas roupas, então pegou sua mochila e caminhou até a vespa azul na sala de estar. Ela sempre a mantinha dentro de casa à noite, por receio de que seria muito fácil roubá-la, privando-a do seu único meio de transporte. Às vezes, ela realmente desejava ter um carro, mas esse era o meio de transporte maluco com o qual a adolescente Charlotte sonhava. Estava prestes a levantar o suporte, mas parou.

Ela não queria, mas não queria mesmo, fazer isso.

Ainda não. Não hoje.

Charlotte colocou a mochila no chão e, em vez disso, seguiu o barulho que vinha do apartamento vizinho. Ela bateu no batente da porta, e Zoey ergueu os olhos de uma caixa que estava examinando.

— Oi. Quer companhia? — perguntou, porque *eu quero companhia* era muito mais difícil de dizer.

— Claro! Entre — respondeu Zoey. — A porta de Lizbeth foi destrancada novamente esta manhã. Você não ouviu nada de novo ontem à noite, não é?

— Não. — Charlotte deu um passo à frente para se sentar em um caixote de laranjas vazio ao lado dela.

— Acho que é Lucy. E se for ela, por quê?

— Não se preocupe com Lucy. Ela é inofensiva.

Zoey parecia na dúvida:

— Mas como você sabe? Como alguém sabe? Ninguém nunca a vê. Ah! Você nunca vai adivinhar o que o Frasier acabou de me dizer. Lizbeth tem *um filho*.

— Nossa. Não sabia disso. — Ela tinha dificuldade em imaginar Lizbeth como mãe, embora não soubesse a razão. Mulheres que não tinham nada a ver com a maternidade tinham filhos o tempo todo. Era só olhar para a própria mãe.

— Frasier disse que ele não vem para casa.

— Algumas pessoas estão mais felizes deixando o passado no passado — comentou Charlotte, estendendo a mão e puxando uma caixa para si. Ela levantou as abas e examinou o interior. — Então, tem uma história supostamente escondida em todo esse papel?

— Isso é o que o Frasier diz. Quer caçar o tesouro comigo?

Charlotte hesitou. Ela sabia, no fundo, que não encontraria um bom lugar para sua hena na ilha. *O* reduto das artes era o Pavilhão do Açúcar. A única área que atraía mais turistas era a rua do Comércio, e seu fascínio eram principalmente as confeitarias, padarias e restaurantes que ocupavam os prédios antigos onde os famosos doces de marshmallow da ilha eram vendidos. Ela não teria que se esforçar muito para conseguir um emprego de garçonete, mas era o último recurso. Logo ela teria que procurar um espaço fora da ilha. E, se tivesse que deixar a ilha para trabalhar, poderia muito bem se mudar para outra cidade da lista do seu diário e se poupar dos deslocamentos de todo dia. Era uma bola de neve, tudo levando a um só lugar.

Algum lugar que não era ali.

Ela estava se sentindo emocionalmente esgotada, e, quando isso acontecia, a verdadeira Charlotte, aquela que ansiava por permanência, conexões e simplesmente *ficar parada*, começava a espiar pelas rachaduras. Ela odiava a ideia de deixar a quente e doce Mallow Island. Estava aqui há mais de dois anos — mais do que havia passado em qualquer lugar desde que deixou o acampamento em Vermont — e se sentia acomodada na ilha, se é que era esse o verdadeiro sentimento.

Só por hoje, ela se permitiria não pensar em se mudar novamente. Ela se sentaria ali, com a jovem e impetuosa vizinha, e examinaria as caixas.

Amanhã ela pensaria em partir.

— Ok, estou dentro — respondeu Charlotte, pegando um par de luvas de borracha e uma máscara.

Ela começou imaginando que cada caixa conteria algo fascinante, mas, além de uma ou outra quinquilharia, acabou sendo sempre, basicamente, a mesma coisa. Só papel inútil. Nada que parecesse uma história de Roscoe Avanger. Zoey disse que cada item precisava ser examinado caso a história fosse, na verdade, ideias rabiscadas em pedaços de papel aleatórios. No entanto, o que não estava claro para Charlotte era como alguma coisa que pudesse interessar a um dos autores mais famosos dos Estados Unidos pudesse estar em uma caixa no apartamento de Lizbeth Lime. Aquele era um lugar onde você colocaria algo que queria perder, não encontrar. Depois de um tempo, ela resmungava dramaticamente quando abria uma caixa, apenas para encontrar panfletos de vendas de garagem e de animais de estimação perdidos, de décadas atrás, que Lizbeth obviamente tinha arrancado de postes e colecionado.

Mas Zoey estava fascinada com tudo isso. Ela ria quando encontrava caixas de catálogos de Lillian Vernon e Harriet Carter da década de 1990, ou cardápios manchados que pareciam ter sido resgatados de lixeiras de restaurantes da rua do Comércio. E, quando encontrou uma caixa com os diários de Lizbeth, escritos na adolescência e em seus 20 anos, foi como se tivesse encontrado um veio de pedras preciosas. Charlotte achou que era, de longe, a coisa mais interessante a ser descoberta e quis lê-los, mas Zoey os colocou de lado, respeitosamente, na caixa que havia reservado para o filho de Lizbeth — embora tenha afirmado que ele não voltaria para casa e que não tinha pedido que nada fosse guardado.

Algumas horas depois, ao abrir a terceira caixa seguida de correspondências de publicidade endereçadas a pelo menos sete ex-residentes diferentes do Alvoroceiro, a maioria dos quais tinha morado no apartamento de Charlotte, ela balançou a cabeça e disse:

— Preciso de uma pausa. E você?

Zoey, profundamente absorta em analisar uma caixa com ordens de restrição emitidas contra Lizbeth pelas empresas da rua do Comércio cujas lixeiras ela havia revirado, não respondeu. Charlotte a cutucou:

— Você está ouvindo a mesma música há horas.

— Ah, desculpe. — Ela tirou as luvas e desligou a música, uma canção da banda National sobre começar uma guerra.

Charlotte se levantou e se espreguiçou, sentindo uma dor familiar nos ombros, uma dor que ela geralmente sentia depois de passar horas debruçada em uma maratona de sessões consecutivas de hena durante os movimentados meses de verão.

— Está tarde. Devíamos almoçar.

— Juntas? — perguntou Zoey, surpresa.

Charlotte riu.

— Sim, juntas.

— Tenho algumas coisas que comprei no mercado da esquina. Você quer que eu vá buscar?

— Claro.

Zoey saiu correndo, como se tivesse medo de que Charlotte mudasse de ideia.

Enquanto Zoey corria até sua quitinete, Charlotte moveu os caixotes de laranja para o terraço de Lizbeth e virou um deles de cabeça para baixo para servir de mesa. Ela estava limpando as mãos com alguns lenços quando Zoey voltou com uma sacola de compras, parando no terraço de Charlotte e apontando para a mesa e as cadeiras que estavam ali.

— Podemos sentar aqui? — perguntou.

Charlotte tinha comprado o conjunto de móveis externos em um bazar de caridade local quando se mudou, pensando em tardes como essa, suavemente perfumadas com o ar salgado e o doce aroma das flores da brugmânsia, exatamente o tipo de verão da costa sul sobre o qual se lê nos romances. Ela deveria ter notado a grande pista de que nenhum dos outros residentes tinha móveis de terraço. Estava prestes a rejeitar a ideia de Zoey, mas se conteve.

— Eu ia dizer que não podemos porque Lizbeth vai sair e gritar conosco pelo barulho, se ficarmos sentadas aqui — disse, aproximando-se. — Vai levar algum tempo para me acostumar a realmente aproveitar o terraço.

— Ela devia se sentir sozinha — comentou Zoey, enquanto as duas se sentavam —, apenas com aquelas caixas como companhia.

— Tenho a impressão de que as caixas a deixavam mais feliz do que as pessoas.

Zoey colocou sobre a mesa, com um gesto de *ta-rã*, um pão de forma branco, um grande saco de batatas chips Lay's e dois pratos cor-de-rosa vívido. Charlotte sorriu para ela com algo que parecia quase carinho. O cabelo curto e escuro de Zoey estava espetado, e Charlotte quis estender a mão e alisá-lo.

— Sabe, o mercado da esquina é principalmente para turistas — contou Charlotte. — É provavelmente o lugar mais caro da cidade para comprar mantimentos. Há um supermercado normal no centro da ilha, onde vive a maioria dos moradores.

— Por ora estou limitada a lugares onde posso chegar a pé. Não me importo. Assim que meu carro chegar, vou dirigir por aí. — Ela pegou uma fatia de pão e colocou no prato. Em seguida, empilhou um montinho de batatas chips e colocou outra fatia de pão por cima. Então achatou o sanduíche com a mão, as batatas quebrando com uma crocância satisfatória. Em resposta ao olhar curioso de Charlotte, ela explicou: — Sanduíches de batatas chips me lembram da minha mãe.

Ah. Isso Charlotte compreendia. A memória alimentar foi uma das poucas coisas verdadeiramente boas que ela guardou da própria infância. Às vezes, ainda comia leite com chocolate sobre arroz quente, algo que Charlotte e Pepper comiam quando se esgueiravam famintas para a cozinha do acampamento, depois de escurecer, durante um dos jejuns forçados do pastor McCauley. Ela ainda se lembrava de como era gostoso, uma sopa doce.

Zoey obviamente interpretou mal seu silêncio reflexivo e acrescentou:

— Eu realmente não sei cozinhar. Quero dizer, eu sei que vou dar um jeito, mas é muita coisa para pensar. Estou sempre anotando alguma coisa. Sabe o que percebi esta manhã? Não sei onde cortar meu cabelo aqui. Vou ter que procurar um salão. Estou feliz que meu apartamento já estava mobiliado. Porque, como você compra um sofá? Eu não faço ideia. Essa coisa de ser adulto não é para os fracos.

Nunca foi dito nada mais verdadeiro. Charlotte começou a preparar seu sanduíche.

— O que você vai fazer quando o apartamento de Lizbeth estiver pronto? Antes das aulas começarem, quero dizer. Morar aqui não é barato.

Zoey deu de ombros.

— Eu herdei um dinheiro da minha mãe, junto com o apartamento dela aqui. Ela morreu quando eu tinha 7 anos. O dinheiro que ela conseguiu com meu pai no acordo de divórcio foi guardado até eu completar 18 anos, no verão passado. Era o suficiente para um carro e para a faculdade, e uma pequena renda por alguns anos, se eu quisesse viver assim. Mas eu não quero. Eu quero fazer alguma coisa, só não sei o quê. — Ela encarou o sanduíche e então olhou de volta para Charlotte com aqueles olhos escuros, obviamente desesperada por alguma orientação. — Você sempre soube o que queria fazer? Onde você queria estar?

Charlotte não achava que sua vida era uma bússola que alguém deveria seguir, mas respondeu honestamente:

— Eu tinha uns 12 anos quando decidi que queria viajar e fazer henas. Fui viver sozinha aos 16 anos. Morei em todo lugar. — Ela achatou o sanduíche do jeito que Zoey havia feito.

— O que você vai fazer agora que perdeu o emprego? — perguntou Zoey.

A pergunta do dia.

— Não sei. Não vai ser fácil encontrar outro espaço para trabalhar com hena aqui, então acho que vou ter que encontrar outra coisa até definir meus próximos passos. — Ela deu uma mordida no sanduíche, colocou a mão na boca e disse: — Isso não é nada mal.

Zoey parecia exageradamente satisfeita por alguém além dela gostar de algo tão estranho, como se esse tipo de camaradagem, essa semelhança, não fosse familiar para ela.

— Então, onde está o seu carro? — Charlotte perguntou enquanto mastigava.

— Um serviço de transporte está trazendo até aqui. Não gostei da ideia de dirigir sozinha desde Oklahoma.

— E o seu pai? Ele não quis vir com você para ajudá-la a se instalar?

Algo, uma pequena emoção, passou pelo rosto de Zoey. Ela balançou a cabeça negativamente. O pão branco estava grudando no céu da boca de Charlotte, então ela se levantou e disse:

— Vou pegar uma bebida. Quer uma Coca?

— Sim, obrigada.

Quando voltou com uma cerveja para ela e uma Coca-Cola para Zoey, Charlotte a encontrou observando a porta de Mac, do outro lado do jardim.

— Eu te disse que procurei o site do restaurante onde ele trabalha? Popcorn. Já ouviu falar?

— Fica no Mallow Island Resort Hotel. É bem famoso por aqui — respondeu Charlotte, entregando a Coca-Cola a Zoey antes de se sentar.

— O nome é Popcorn, porque eles são especializados em coisas feitas com fubá de milho. O site chama de "Fusão Retrô Gourmet Sulista". Ele é o chef *executivo*.

Charlotte sorriu.

— Você está ligeiramente obcecada.

— Eu sei — admitiu Zoey, com certo entusiasmo. — Mas vocês são tudo que eu tenho. Ele é muito legal. Eu sabia que seria.

Charlotte tomou um gole da garrafa marrom de cerveja local de marshmallow, que descobriu quando se mudou para Mallow Island. Ela tinha comprado na noite em que Benny e ela beberam juntos, e sobraram algumas poucas e preciosas garrafas. Estava tentando saborear seus últimos goles, mas o gosto era mais amargo do que ela lembrava, provavelmente porque a fez pensar no dinheiro roubado. Ela colocou a garrafa na mesa e começou a descascar o rótulo.

— *Charlotte* — sussurrou Zoey alguns momentos depois.

Charlotte olhou para ela. Zoey estava com o olhar fixo à frente.

— *Charlotte* — falou novamente.

— Por que você está sussurrando?

— *Veja* — disse Zoey, indicando com os olhos.

Mac tinha aberto as portas do terraço e estava saindo de costas como sempre fazia, como se sair de ré fosse um ritual de superstição. Ou ele estava tentando impedir que algo saísse atrás dele, como um animal de estimação. Isso era improvável. Fazia parte do contrato de locação. Era expressamente proibido animais de estimação. Nem mesmo pássaros. Roscoe Avanger não queria que nada colocasse em risco sua preciosa população de pássaros no jardim.

Ele vestia uma calça xadrez preta e branca e um dólmã de chef. E calçava aqueles crocs engraçados que os cozinheiros costumam usar. Para sobreviver no decorrer dos anos, Charlotte passou um bom tempo trabalhando como garçonete e bartender. Pagava as contas quando sua hena não era suficiente para seu sustento, mas era algo que evitava, a menos que não houvesse outra opção. A adolescente Charlotte não queria trabalhar em restaurantes quando crescesse, não depois de todo aquele tempo no acampamento onde as crianças tinham que cuidar do refeitório, servindo os mais velhos para só então comer o que sobrasse. Se não fosse pelos cafés da manhã e almoços fornecidos pela escola, nenhuma criança do acampamento teria uma refeição completa.

Quando Mac se virou depois de fechar as portas, elas viram que ele carregava uma bandeja branca. Ele caminhou na direção delas, com seu lindo cabelo ruivo e barba bem cuidada captando os reflexos da luz do sol e fazendo-o parecer efervescente, como refrigerante.

— Espere — disse Zoey, estendendo a mão para agarrar o braço de Charlotte. — Ele está trazendo *comida* para a gente?

Ela estava agindo como se elas fossem camponesas sendo visitadas por um príncipe caridoso. Charlotte teve que rir.

Mac se curvou sobre a travessa enquanto atravessava o jardim, protegendo a comida dos pássaros, que haviam saído de seus esconderijos nas árvores de brugmânsia e agora se aglomeravam ao seu redor, chilreando alto.

— Oi, Mac — cumprimentou Zoey quando ele entrou no terraço. — Você conhece a Charlotte, não é?

Mac assentiu.

— Trocamos acenos e ois ao longo dos anos, mas Lizbeth não tornava exatamente fácil parar e conversar. — A pronúncia acentuada, como a de Frasier, era distintamente a de Mallow Island, um sotaque local que sempre soou para Charlotte como se eles estivessem chegando à parte boa de uma história.

— Bom, Zoey mais do que compensou por isso — comentou Charlotte. — Fiquei sabendo bastante sobre você por conta dela. Na verdade, a única pessoa de quem ela fala mais é da Lucy.

— É porque eu nunca a vi — disse Zoey, melancólica. — É como se ela só saísse quando acha que todos estão dormindo.

— Zoey acredita que alguém está invadindo o apartamento de Lizbeth à noite — explicou Charlotte a Mac.

— Por que alguém faria isso? — perguntou ele.

— Boa pergunta — ambas responderam ao mesmo tempo.

Mac olhou para elas com curiosidade, mas parecia não saber como responder.

— Bom, estou de saída e só queria trazer algo para você. Uma espécie de presente de boas-vindas. Donuts de fubá com alecrim e cobertura de limão e tortinhas de broa de milho com ricota e tomates.

Ele colocou a travessa na mesa, e Charlotte e Zoey se inclinaram para olhar. As tortinhas eram pequenas e perfeitamente redondas, com bordas recortadas como as bainhas dos vestidos de domingo. Tomates roxos decoravam o topo, obviamente cortados por alguém realmente hábil com facas. Os donuts pareciam ainda quentes do forno, a cobertura escorrendo no prato. O aroma herbal do alecrim e o cheiro intenso do limão fizeram Charlotte imaginar uma estrada longa e arenosa. Tinha uma velha senhora cozinhando ao ar livre em algum lugar daquela estrada. Um *lar*. Charlotte piscou, e a imagem se foi.

Ela se virou para Zoey.

— Humilhou os nossos sanduíches de batata frita, não é?

— Eu nunca vou conseguir cozinhar assim — comentou Zoey, balançando a cabeça.

— Nem eu. Isso é apenas uma coisinha que você preparou na hora que estava saindo? — perguntou Charlotte, fitando Mac com um sorriso.

— Sim.

Ela quis fazer uma brincadeira, mas ele respondeu sinceramente, e ela percebeu, envergonhada, que ele *realmente* tinha preparado a comida rapidamente.

— Bom, o cheiro é incrível.

— Ei, Mac, tem vaga no seu restaurante? — questionou Zoey. — Charlotte precisa de um emprego enquanto procura outro lugar para trabalhar com a hena.

A expressão dele era de finalmente ter entendido algo.

— Sempre quis te perguntar o que era isso — disse ele, apontando para as pernas nuas de Charlotte. Ela observou quando um rubor subiu pelo pescoço dele até a barba. — É um belo trabalho.

— Obrigada. A maior parte está desaparecendo, agora. — Ela alisou distraidamente as coxas, onde por meses no inverno passado ela escondeu as iniciais de Asher nos desenhos que fazia em si mesma, esperando que ele notasse que ela o queria tanto que ele estava gravado em sua pele. Muito tempo atrás, Charlotte e Pepper leram, no livro que pegaram na biblioteca, sobre como a noiva de um casamento hindu tinha as iniciais do noivo escondidas na hena para ele encontrar na noite de núpcias. Quando meninas, elas ficaram fascinadas com a ideia de algo tão romântico, exótico e distante. Mas se Asher alguma vez notou suas iniciais enquanto faziam amor, ele nunca disse nada.

— Você está mesmo procurando emprego? — perguntou Mac.

— Não um trabalho em restaurante, não. Eu tinha um estande no Pavilhão do Açúcar, mas tive que sair por causa do aumento do aluguel. Vou encontrar algo para sobreviver. Sem problemas.

Ele hesitou, no silêncio que se seguiu; então virou-se e saiu sem dizer mais nada.

— Tchau, Mac! Não te falei? — disse Zoey enquanto pegava um donut.

Charlotte fez o mesmo. Assim que o mordeu, o sabor do limão explodiu em sua boca e foi imediatamente suavizado pelo alecrim. O fubá de milho não deixava o donut pesado ou arenoso, mas lhe dava um leve sabor terroso. Era tão perfeito em sua falta de pretensão... claramente pensado não para impressionar, mas para proporcionar conforto e afeto genuíno.

— Você tem razão. Gente boa — afirmou, não totalmente convencida de que isso era uma coisa positiva. Gente boa, em sua experiência, significava uma de duas coisas: ou estava escondendo algo mais sombrio, logo abaixo da superfície, ou fazia você baixar suas defesas e acreditar que havia mais pessoas assim no mundo do que realmente havia, o que sempre levava à decepção.

De qualquer forma, ela não estava acreditando muito.

Capítulo Nove

Zoey acreditava em coisas que outras pessoas nunca acreditariam. Ela tinha aceitado isso há muito tempo. Se havia uma coisa que Pomba havia lhe ensinado ao longo dos anos, era que *invisível* nem sempre significava *imaginário*.

Então, na manhã seguinte, quando ela encontrou a porta de Lizbeth destrancada novamente pela quarta vez consecutiva, nem se preocupou em contar a Frasier ou Charlotte. Nada havia sido levado, ou sequer movido, até onde ela podia ver. Mas algo estava acontecendo, e, só porque ela era a única que acreditava que Lucy estava por trás disso, não significava que Lucy *não* estava por trás disso.

Além disso, a única outra explicação era que alguém estava invadindo para dormir ali.

E isso era ainda mais improvável do que um pássaro invisível.

Zoey ficou parada na porta do quarto escuro de Lizbeth, ajustando a máscara facial e puxando as luvas de borracha mais para cima nos antebraços. Caixas suficientes haviam sido retiradas da sala de estar para ela confiar que podia entrar com segurança no quarto, o que a deixou animada, apesar do cheiro forte de sujeira que emanava de lá. Com certeza esse era o lugar onde Lizbeth passava a maior parte do tempo, o que significava que, provavelmente, também era onde guardava os itens mais importantes para ela. A história de Roscoe

Avanger? Evidências de seu filho, Oliver, ter morado aqui? Algo que Lucy estivesse procurando? As possibilidades eram infinitas.

— Ok, eu vou entrar — falou para Charlotte.

— Boa sorte. Me mande um cartão postal — respondeu Charlotte, rolando a música no telefone de Zoey antes de começar a trabalhar nas caixas encostadas na parede mais distante, perto da cozinha estreita. Quando Charlotte apareceu novamente esta manhã, pronta para trabalhar em seu short, botas de caubói vermelhas e uma camiseta em que se lia CERVEJARIA MALLOW ISLAND: BEBA SEUS DOCES, Zoey resistiu à vontade de cumprimentá-la com um abraço; tinha a impressão de que Charlotte não gostava muito de contato físico. Ela era tão cautelosa que Zoey a observava com o canto do olho, para não a assustar com muito interesse. Queria saber mais sobre ela e gostaria de poder contar a Charlotte a própria história. Mas ela só tinha contado ao pai sobre Pomba, e ele não acreditou nela. Era uma sensação estranha, quando realmente pensava sobre isso, não ter ninguém no mundo que soubesse tudo sobre ela e a amasse mesmo assim.

Pomba deu um arrulho raivoso do lado de fora.

Bem, ninguém que ela pudesse ver, de qualquer maneira.

Seu pássaro estava seriamente descontente com esse trabalho, mas Zoey não se importava. Ela ainda estava brava porque Pomba quebrou o presente de boas-vindas que ganhara de Charlotte há dois dias. Ela nunca tinha ganhado uma coisa real e física que dissesse *"estou feliz por você estar aqui"*. Charlotte deu a Zoey outra bola de bruxa ontem à tarde, depois que encerraram o dia de trabalho, e dessa vez deixou que escolhesse dentre as dezenas penduradas no teto de seu quarto, que era a coisa mais mágica que Zoey já tinha visto. Ela poderia ter passado a noite toda deitada no chão, olhando para elas. E escolheu uma verde, que agora estava guardada em segurança em uma das gavetas de sua cômoda, porque Pomba desenvolveu uma fixação pelo objeto quando Zoey o levou para a quitinete. Era óbvio que ela queria punir Zoey enquanto esse trabalho durasse.

O maior problema de Pomba parecia ser a ausência de um lugar para se empoleirar no apartamento de Lizbeth. Nas poucas vezes que tentou, causou uma verdadeira tempestade de papéis. Então ela passava os dias no pátio, arrulhando irritada e rabugenta, derrubando material de limpeza — o que uma vez fez Charlotte dizer: "Está ventando muito lá fora". Quanto mais rápido Zoey terminasse, mais feliz Pomba ficaria. Ela reagiu da mesma forma quando Zoey conseguiu seu emprego de meio período no Sebo do Kello. Pomba sabia que Zoey não precisava do dinheiro. Não que Kello, um velho acadêmico que havia se tornado um cabeça oca, pagasse muito. Na maioria das vezes, ela voltava para casa com caixas de livros em vez de um salário. Mas aquele trabalho, como esse, não era motivado pelo dinheiro. O que exatamente Pomba esperava que ela fizesse com seu tempo quando não estava na escola, especialmente depois que sua melhor amiga Ingrid se mudou, sempre foi um mistério. Às vezes ela parecia ofendida por Zoey não achar que sua presença invisível era suficiente.

Zoey sempre ficaria grata por Pomba ter entrado em sua vida depois que sua mãe morreu, voando para dentro de seu quarto, um belo dia, como um sonho. Por muito tempo, o amor de Pomba foi o único amor que Zoey sentiu. A princípio, ela não percebeu que ninguém mais podia sentir a presença de Pomba e falou sem parar sobre seu novo pássaro de estimação para o pai. Ela queria passar todo o tempo com ele depois da morte da mãe, abraçá-lo, sentar em seu colo, contar histórias sobre Pomba para ele. Ele aturava isso por alguns minutos, depois a afastava. Ele não a queria lá, mas ela não tinha para onde ir. Encontrar outro lugar para ela morar nunca foi uma opção. Sua reputação perante a família sempre foi muito importante para o pai. Eles eram um clã próspero de juízes e políticos de Oklahoma, e Alrick tinha sido uma espécie de ovelha negra toda a sua vida, com uma longa lista de empresas falidas. Ele encontrou algum sucesso mais tarde na vida, com uma empresa de importação e exportação em Charleston, onde conheceu a mãe de Zoey em um clube masculino. Alguns anos depois, irradiando sucesso, ele vendeu o negócio por muito dinheiro e voltou para Tulsa com sua jovem e exótica noiva e seu novo bebê. Mas qualquer aprovação que ele esperava finalmente obter de seus irmãos e irmãs nunca veio. Não com a volátil Paloma ali, sempre criando confusão.

Pomba era dominadora desde o início, mas sempre foi um equilíbrio bem-vindo ao desinteresse do pai, e Zoey nunca havia desejado uma existência longe dela. Mas algo tinha mudado em seu relacionamento com seu pássaro, discretamente, desde que ela chegou a Mallow Island. Ir para lá foi a última ruptura com o único mundo que ela já conhecera, e dele só havia restado Pomba. Ela era uma relíquia de infância, como um bicho de pelúcia ou um cobertor de segurança, e Zoey não queria se despedir dela. Para onde ela iria? Será que ela significaria tanto para outra pessoa quanto significou para Zoey? Mas Zoey também não sabia como encaixá-la nessa vida que ela tinha que forjar sozinha.

Ouvindo a agitação de Pomba do lado de fora, naquela manhã, Zoey enfiou a mão no quarto de Lizbeth e tateou em busca de um interruptor. Quando ela o encontrou, a luz fraca do teto acendeu e iluminou as esperadas torres de caixas, mas também uma cama que parecia um ninho sujo, com lençóis que não eram lavados há tanto tempo que formavam picos rígidos, como cristas de ondas paralisadas antes de quebrar. Havia também uma frágil mesa de bambu que sustentava um barulhento computador e um monitor antigo que mais parecia um carro compacto. Havia uma estante grande caída no meio da sala e livros espalhados por toda parte.

— Finalmente encontrei alguns móveis! — Ela entrou e pegou um dos livros. Era um exemplar de *Sweet Mallow*. Zoey olhou para ele, depois para a enorme estante tombada, e de repente lhe ocorreu. — Charlotte, acho que descobri onde aconteceu.

— Onde o que aconteceu?
— Onde Lizbeth morreu.

Na mesma hora, Charlotte apareceu ao seu lado, e Pomba chegou voando, suas asas fazendo um som frenético. Zoey apontou.

— Frasier disse que uma estante caiu sobre ela.

Charlotte parou por alguns momentos antes de agir.

— Certo. Primeiro, precisamos pegar todos esses livros. Então podemos levar a estante até a sala de estar, para Frasier dar um jeito nela. — Ela entrou no quarto, chutando alguns livros com as botas. — Ele deveria, pelo menos, ter limpado esta área. Ele deveria ter te *avisado*.

O rompante assustou Zoey. Ela percebeu que Charlotte devia pensar que a descoberta a deixou chateada.

— Ei, Charlotte, eu estou bem. De verdade. — Charlotte não parecia convencida. — *Você* está bem?

— Sim. Sim, claro que estou — disse Charlotte, sem olhar para ela, enquanto começava a juntar os livros.

Zoey se juntou a ela e logo descobriu que eram todos exemplares do mesmo livro — centenas e centenas de cópias de *Sweet Mallow*. Ela os reconheceu do seu tempo no Kello. Alguns tinham a capa com a arte retrô original, alguns tinham a capa do pôster do filme e outros tinham a capa mais moderna, que mostrava uma foto das costas de um jovem afro-americano em um uniforme do exército da Primeira Guerra Mundial, com a cabeça baixa e a mão de uma pessoa mais velha descansando suavemente em seu ombro, como se para confortá-lo. Todas as cópias estavam gastas, e algumas estavam onduladas, como se tivessem caído na água, mas cada uma delas tinha as mesmas quatro passagens específicas destacadas, como se Lizbeth quisesse ter certeza de que as palavras estavam todas no mesmo lugar:

> *A história é conhecida por suavizar as coisas. Às vezes, isso é a única coisa que pode torná-la palatável. Portanto, não é de surpreender que, mesmo em*

Mallow Island, na Carolina do Sul, o passado não seja tão doce quanto o nome sugere.

As segundas chances não devem ser desperdiçadas. Essa é uma das lições mais valiosas que podemos aprender na vida.

Histórias não são ficção. Histórias são tecidos. Elas são os lençóis brancos nos quais envolvemos nossos fantasmas para que possamos vê-los.

Parece estranho que fingir ser outra pessoa tenha me deixado mais feliz do que quando era apenas eu mesmo. É quase como se, depois de superar a culpa de amar meu futuro mais do que amei meu passado, minha antiga vida desaparecesse e se tornasse um faz de conta, e minha vida presente, meu segundo nascimento.

Muitos dos livros que chegavam ao Kello também estavam grifados, e Zoey sempre foi fascinada pelo que chamava a atenção de outros leitores. Alguns clientes não gostavam de livros assim, como se fosse um crime contra a literatura. Mas Zoey achava que era um crime muito maior esquecer passagens como essa, tão bonitas que deixavam você sem fôlego.

De tudo, até agora, os livros haviam sido as coisas mais difíceis de se jogar fora do apartamento de Lizbeth. Mas eles estavam em péssimo estado e tiveram que ir para a lixeira de reciclagem. Mesmo Kello, com seus padrões questionáveis sobre o que era vendável, não os aceitaria. Zoey salvou um exemplar, o mais bem cuidado, que havia sido autografado pelo próprio Roscoe Avanger:

Para Elizabeth Lime, felicidades, Roscoe Avanger.

Ele escreveu o nome dela errado, mas Zoey decidiu manter o livro para Oliver.

Após a última leva de livros para a lixeira, Charlotte disse:

— Não me importo de mexer no quarto, se você quiser ficar aqui, na sala.

Era obviamente a última coisa que Charlotte queria fazer, então Zoey disse:

— Está tudo bem. Estou curiosa. Guardamos todos os nossos melhores segredos em nossos quartos, não é?

— Guardamos mesmo.

Charlotte se sentou e abriu outra caixa.

— Ora, isso é novidade — falou, inclinando a caixa para que Zoey pudesse ver. — Chapéus de festa de aniversário usados. Você acha que Roscoe Avanger escreveu algo neles?

Zoey sorriu. Talvez *devesse* tê-la afetado mais, ver onde Lizbeth havia morrido. Mas, curiosidade à parte, ela achava que havia um estranho distanciamento em mexer nos pertences pessoais de alguém que não conhecemos em vida. Era como se Lizbeth Lime nem fosse real, como se fosse apenas uma história.

Tudo isso era apenas uma grande história.

Zoey tentou imaginar como teria sido se a própria mãe tivesse deixado tudo isso para trás. Quando os pais se separaram, Paloma colocou todos os seus pertences em um depósito. Então, de acordo com Alrick, ela começou a tirar do ex-marido tudo o que podia no divórcio. Depois que ela morreu, Alrick afirmou que não sabia sobre a unidade de armazenamento até que foi tarde demais, e todos os pertences abandonados de Paloma foram leiloados para estranhos. Zoey se lembrava de morar em um quarto de hotel chique com a mãe, na época em que ela e o pai brigavam pelo acordo do divórcio. Paloma sempre ria e dizia à filha que elas teriam momentos maravilhosos quando voltassem para Mallow Island. Ela assinou os papéis do divórcio no dia em que morreu. Deixou Zoey, na época com

7 anos, no quarto do hotel, na companhia de uma faxineira que pagara para ficar de olho nela, enquanto saía para beber e comemorar com seu advogado, um homem que, segundo Zoey lembrava, costumava passar a noite com Paloma. O policial que levou Zoey até seu pai, após o acidente de carro, fez uma mala com as roupas dela. Mais tarde, Zoey encontrou algumas das coisas de sua mãe misturadas por engano com as suas — um par de luvas de couro cor de lavanda, uma pulseira de ouro torcida e com nós e um ousado batom vermelho, cuja cor se chamava *Bye Bye Birdie*. O policial também colocou na mala uma foto da mãe dela, que por certo encontrou em algum lugar do quarto do hotel, provavelmente porque pensou que Zoey poderia querer tê-la consigo nos dias e meses difíceis que viriam. Foi uma gentileza pela qual ela sempre seria grata, porque de outra forma Zoey dificilmente se lembraria de como era sua mãe.

Cerca de uma hora depois, Zoey estava examinando velhas cartas de fãs endereçadas a Roscoe Avanger, que Lizbeth lera tantas vezes que a oleosidade de seus dedos tinha deixado as páginas finas como papel de arroz. Ela ergueu os olhos de repente quando Pomba, que não tinha saído da sala desde que Zoey descobrira a estante, saltou sobre a mesa de Lizbeth e derrubou uma caixa de panfletos de uma venda de biscoitos das escoteiras, de décadas atrás.

— Pomba! — exclamou ela com raiva. — Vá para fora e faça novos amigos!

— O quê? — perguntou Charlotte da sala.

— Nada — gritou Zoey de volta.

Ela começou a juntar os panfletos, e foi quando a encontrou.

A princípio ela pensou que fosse uma conta antiga, o que chamou a atenção porque, a essa altura, já tinha percebido que o único método para a loucura de Lizbeth era que cada uma de suas caixas continha coisas semelhantes.

Mas não era uma conta antiga.

Ela correu para mostrar a Charlotte, com todos os tipos de explicações passando por sua cabeça.
— Encontrei uma apólice de seguro de vida.
— Ela colecionava isso também?
— Não, é a única. E se for *isso* que Lucy está procurando? — questionou Zoey enquanto saía.
— Do que você está falando? — perguntou Charlotte.
Ela caminhou pelo jardim até a porta de Frasier, tentando esconder os papéis para o caso de Lucy estar olhando. Ele abriu na terceira batida, e ela segurou os papéis em seu rosto.
— Lizbeth tinha uma apólice de seguro de vida — afirmou. — Não é grande, mas Oliver é o beneficiário.
— Provavelmente expirou — comentou Frasier, nem um pouco surpreso. Ele pegou os papéis da mão dela e ajeitou os óculos quadrados para ler.
— É do ano passado. Não acho que tenha expirado. Você acha que ela estava com medo que isso acontecesse? Que ela sabia que ia morrer? Ou que talvez estivesse em perigo?
— Lizbeth não se preocupava com a morte, assim como não se preocupava com a vida — explicou ele, virando uma página. Vários alvoroceiros aproveitavam a porta aberta e entraram no escritório com ar de quem procurava algo para reclamar, como se fossem minúsculos inspetores de saúde e segurança.
— E por que então ela teria um seguro de vida?
— Ela fez várias apólices ao longo dos anos, quando conseguia juntar o dinheiro. E daí deixava que expirassem. Ela fazia isso pela única razão pela qual fazia todas as coisas, para ter mais papel para colocar em sua coleção. — Ele terminou de ler e dobrou os papéis. — Como se ela já não tivesse papel suficiente.
— Ah — lamentou Zoey, sem jeito. — Entendi.
Ela pensou que finalmente tinha descoberto o motivo de Lucy estar invadindo a casa. Começou a imaginar que Lizbeth tinha tanto medo da irmã que contratou o seguro para o caso

de Lucy fazer algo com ela e que a única esperança de Lizbeth era alguém encontrar o documento e ligar os pontos antes que a irmã encontrasse a apólice e a destruísse.

Zoey não estava particularmente orgulhosa de si mesma e se sentiu desanimada. Tudo o que Lucy fazia era ficar no canto dela, e Zoey criou algo nefasto a partir disso. Não apenas isso, ela estava *animada* por fazer parte de um drama que era, mesmo na versão inventada de Zoey, extremamente triste em sua essência.

Ela não se mexeu, e Frasier esperou pacientemente que ela finalmente decidisse o que queria dizer. Era Lucy quem estava invadindo a casa de Lizbeth, Zoey ainda tinha certeza disso. Ela sentiu o cheiro da fumaça do cigarro naquela noite, quando passou por ela. Mas e se Lucy estivesse fazendo isso apenas porque estava de luto e precisava lidar com a perda, cercada pelas coisas de sua irmã? E estava fazendo isso à noite porque talvez achasse que não era bem-vinda. Talvez ela só estivesse esperando um convite.

— Lucy está bem? — finalmente perguntou Zoey.

Frasier pensou seriamente antes de responder:

— Essa é uma pergunta complicada de responder, quando se trata de Lucy. Por quê?

— Ela sabe que pode entrar e dar uma olhada quando quiser, não é? Eu não iria perturbá-la.

— Eu não acho que ela gostaria de fazer isso. — Ele começou a espantar os pássaros de seu escritório, balançando a apólice de seguro. — Você encontrou mais alguma coisa?

— Não. Mas coloquei um exemplar de *Sweet Mallow*, que Roscoe Avanger autografou para Lizbeth, na caixa para Oliver. — Ela deu um passo para o lado enquanto os pássaros saíam pulando, com as penas eriçadas de indignação. — Escute, já que Oliver não vai voltar para casa, há um endereço para onde eu possa enviar as coisas que separei para ele?

— Zoey...

— Você poderia pelo menos perguntar? — insistiu. Ela tinha sua própria caixinha com as coisas de sua mãe, e isso significava tudo para ela. Certamente a caixa significaria algo para Oliver também, um dia. Quando Frasier hesitou, ela perguntou: — E se *eu* perguntar a ele?

Frasier suspirou e se virou para escrever algo em um post-it. Ele entregou a ela e, em seguida, fechou a porta.

Quando Zoey voltou para o apartamento de Lizbeth, ela acenou com o post-it para Charlotte.

— Adivinha o que é isso?

— Nós deveríamos estar tirando papéis, não trazendo mais — respondeu Charlotte.

— É o número de telefone de Oliver Lime.

— Ah, então é *por isso* que estamos fazendo isso. — Charlotte sorriu para ela. — Existem maneiras mais fáceis de conseguir um encontro, sabia?

— Vou mandar uma mensagem para Oliver e perguntar se ele quer que eu envie a caixa com alguns itens que separei. — Ela olhou para o número. — Você acha que Lucy gostaria de se juntar a nós para almoçar, algum dia?

Surpresa, Charlotte se recostou em um caixote.

— Meu palpite seria que não. Isso é uma reviravolta e tanto. Ela passou de invasora a convidada de honra?

— Eu só comecei a pensar que, já que Oliver não vai voltar para casa, Lucy não tem mais família no Alvoroceiro. E se ela estiver se sentindo sozinha? Como Lizbeth era.

Charlotte recomeçou a vasculhar a caixa à sua frente.

— Você tem um bom coração, Zoey.

Zoey sorriu:

— Obrigada.

— Tem um fascínio estranho por essa família, mas um bom coração.

Mais tarde, naquele dia, Roscoe Avanger, sentado na varanda dos fundos, serviu-se de um pouco de uísque. Com um suspiro, ele tomou o primeiro gole.

E aí estava, essa maldita mesmice.

Ele odiava as noites, o modo como elas se estendiam como um discurso prolixo. A partir das cinco, ele se permitia uma bebida. Então caminhava ao redor da sua propriedade e cumprimentava o cachorro do vizinho, um golden retriever chamado Pateta, através da cerca. Depois ele nadava na piscina do quintal. Em seguida, tomava banho. Logo após assistia à televisão e comia o que Rita deixava para o jantar, geralmente guisado de frango, linguiça e arroz, que alguma vez ele disse que gostava e agora era tudo o que ela fazia. Depois disso, horas e horas se arrastariam antes que ele estivesse razoavelmente cansado e pudesse ir para a cama. Durante essas horas, ele perambulava pelos cômodos da casa, familiarizando-se de novo com seus lindos pertences. Às vezes vasculhava o guarda-roupa, experimentando ternos caros que não usava há décadas para ter certeza de que ainda serviam.

O único lugar que ele cuidadosamente evitava era seu escritório. Tudo ali era um santuário para *Sweet Mallow*, quinquilharias que o decorador de interiores tinha insistido que o inspirariam. Ele contratou o decorador logo depois de comprar a grande casa antiga na histórica Julep Row, no bairro mais rico de Mallow Island. Ele sonhava em morar aqui quando menino, quando andava de bicicleta roubada para cima e para baixo, na rua, até que os proprietários das casas chamassem a polícia. Seu avô, o único parente vivo desde que sua mãe morreu e seu pai foi embora, sempre batia nele quando ele chegava em casa. Roscoe gritava que o odiava, que ele não tinha ideia de como era querer ser outra pessoa, que fingir ser o dono de uma bicicleta roubada e andar em um bairro legal era a única maneira de fugir das coisas que o assombravam. Se ao menos todos pudessem vê-lo agora. Mas poucas pessoas se lembravam daquele garotinho. Teve uma época em que ele gostava do escritório — das capas de livros emolduradas, do pôster original do filme, da grande foto dele na festa do Oscar, que ficava acima da vitrine onde ele guardava a estatueta que havia ganhado por coescrever o roteiro do filme. Mas, com o passar dos anos, começou a odiar o cômodo, que parecia zombar dele.

Ele não escreveu por quase três décadas depois de *Sweet Mallow*, pois estava muito ocupado desfrutando de sua própria glória. Participou de turnês de palestras, recebeu prêmios, fez discursos de formatura. Mas, quando esses convites pararam de aparecer, ele se concentrou no único lugar onde sempre seria uma estrela: a própria Mallow Island. Começou a comprar e reformar propriedades antigas, preservando a velha ilha da sua juventude, continuando a deixar uma marca duradoura em uma cidade que o rejeitou quando menino e lhe deu o sucesso que teve como homem. Isso lhe dava algo para fazer quando seus dedos ficavam trêmulos, loucos para tamborilar o teclado novamente. Quando viu aquela velha estrebaria pela primeira vez, algo despertou nele. Ele se apaixonou pelo lugar, e pelos pássaros, e pensou que finalmente tinha algo a mais para compartilhar com o mundo. *Dançando com os Alvoroceiros* era um livrinho ilustrado, não mais do que um conto longo, publicado de forma independente. Sua arrogância o convenceu de que as pessoas adorariam qualquer coisa que ele escrevesse, então por que daria uma fatia do bolo a uma editora? Mas, no final, ninguém ficou tão fascinado pelo lugar quanto ele. Ele deveria saber. Não foi colocado nesta terra para contar a própria história. Desde *Dançando com os Alvoroceiros,* duas décadas se foram, e nem um único dia havia se passado sem que ele pensasse em escrever.

Mas agora era um eremita. Não escrevia mais e, depois do Alvoroceiro, até parou de comprar propriedades. Roscoe era um homem velho e estava cansado de ser famoso. Ele se certificou de que ninguém o reconhecesse quando saísse, mas ainda era um peixe grande nessa pequena cidade, então não era por falta de tentativa. A excursão de bonde por Mallow Island ainda passava por sua casa todos os dias, e os turistas ainda tentavam tirar fotos de sua casa através do portão e dos tufos de musgo espanhol. O curso de extensão da faculdade ainda tinha *Sweet Mallow* como seu único requisito de leitura, mas ele não se sentia mais na obrigação de fazer uma palestra lá todos os anos. Até a própria governanta raramente o via. Rita sempre saía por volta das 17 horas, e a partir daí ele tinha a casa só para si, livre para ser improdutivo sem plateia. Rita cuidava de tudo de que ele precisava no dia a dia. Ela fazia suas compras, cuidava dos reparos domésticos e deixava bilhetes na geladeira para lembrá-lo das consultas médicas e das ligações perdidas. Além disso, sempre havia guisado de frango guardado para ele. Ela era como uma fada, entrando e saindo de sua vida.

E, se nos últimos anos Rita tinha sido a fada na história da sua vida, então era lógico que Lizbeth Lime fosse o duende.

Ah, Lizbeth.

A gentileza não era algo que vinha facilmente para ele, com a maioria das pessoas. Certamente, não com Lizbeth. Ela havia trabalhado para ele por quase vinte anos, fazendo sabe-se lá o quê. Algo a ver com a internet. Tanto quanto ele sabia, tinha sido o primeiro e único trabalho dela, que ele só tinha oferecido porque Oliver obviamente precisava de alguma estabilidade. Ela nunca se deixou abater pelas rejeições arrogantes dele quando ela afirmava que a vida dela daria um grande livro. Lizbeth dizia que, se ele soubesse o que ela havia sofrido nas mãos de sua irmã, ele entenderia. Era como uma criança tentando chamar a atenção com um segredo. Mas, como todas as pessoas que já disseram ter uma história que ele deveria escrever, ela havia perdido muito tempo pensando em fazê-lo, e agora não havia mais tempo. Uma vez ele a desafiou a colocar tudo no papel, apenas para que ela parasse de falar sobre isso. Segundo ela, já estava escrita, só precisava encontrar. E foi assim que passou seus últimos anos. Ela nunca encontrou o que estava procurando, o que não o surpreendeu. Muito pouco o surpreendia na velhice.

Não havia uma história no apartamento de Lizbeth, disso ele tinha certeza. Mas ele achava que devia a Lizbeth pelo menos olhar. Não tinha certeza de como se sentiria, se realmente houvesse algo. Provavelmente, não muito mal. Depois de acumular arrependimentos suficientes na vida, eles param de feri-lo. São apenas mais uma coisa que você coleciona, como manchas da idade ou bibelôs feios. Você quase nem os nota mais.

Quando Roscoe vestiu seu pijama com monograma e foi para a cama naquela noite, ele finalmente se permitiu reconhecer o que não admitiria à luz do dia, quando era muito mais fácil ainda se sentir irritado com ela.

Ele sentia falta de Lizbeth Lime.

Realmente sentia falta daquele velho pássaro.

HISTÓRIA DE FANTASMAS

Lizbeth

Eu li *Sweet Mallow* pela primeira vez quando o pai de Oliver, Duncan, me disse que era seu livro favorito. Isso foi antes de Oliver. Foi o único tempo, em toda a minha vida, em que *tudo* estava bem. Claro que não duraria, porque então Lucy roubou Duncan de mim. Ela era horrível comigo, simplesmente horrível, e ninguém *nunca* acreditou em mim. Nem mesmo você, tenho certeza. Você provavelmente acha que estou inventando tudo isso. Mas Duncan era meu, meu único amor verdadeiro. Ele estava se esforçando tanto para ficar sóbrio, e ela o corrompeu com seu vício, porque me odiava. O resultado foi ambos indo para a prisão, acusados de falsificação de receitas. Ele morreu de overdose logo depois de ser solto.

Foi assim que acabou. A única coisa que me restava dele era *Sweet Mallow* e o quanto nós dois o amávamos.

Bem, e Oliver.

Mas não tive muito a ver com Oliver depois que ele nasceu, além de dividirmos a mesma casa com minha mãe. Minha mãe simplesmente o *amava*. Ela brincou de trenzinho com a papinha dele na colher, ensinou Oliver a usar o penico e o levava para a creche. Ela prestava muito mais atenção nele do que tinha prestado em *mim*, quando eu tinha a mesma idade. Então deixei que eles tivessem seu pequeno festival de amor e me trancava no quarto o dia todo, fingindo que escrevia. O que eu estava realmente fazendo era empilhar e organizar as correspondências inúteis que recebíamos em caixas. Eu colecionava papel escrito desde criança, mas piorou quando fiquei mais velha. Nunca entendi de fato por que fazia isso, mas me dava conforto. Talvez eu tenha pensado que, se reunisse palavras suficientes, poderia me reescrever totalmente um dia. Quando não estava colecionando, lia *Sweet Mallow* repetidamente, demorando-me nas passagens de que Duncan mais gostava.

Eu sempre soube que Roscoe Avanger morava na ilha, mas nunca sonhei que conheceria o autor do livro de que eu e Duncan gostávamos mais do que tudo no mundo. Até que eu o *conheci*. Depois de conhecer Duncan, foi o melhor dia da minha vida. Roscoe estava reformando o Alvoroceiro na época e foi almoçar na Confeitaria Açúcar e Afeto. Antes de finalmente deixar o cabelo crescer, ele costumava disfarçar a careca com um chapéu e esconder o rosto sob grandes óculos, porque odiava quando as pessoas o incomodavam em público enquanto tentava fazer coisas normais. Mas passei tanto tempo olhando para a foto do autor, em seu livro, que o reconheci imediatamente. Corri até ele, sacolejando Oliver no carrinho. Oliver não reclamou. Ele não reclamava de nada. Às vezes ficava tão quieto que eu esquecia que ele estava ali. A presença de Oliver foi a única coisa ruim naquele dia, mas eu não tive escolha a não ser tê-lo comigo, pois minha mãe tinha morrido de ataque cardíaco enquanto dormia poucos meses antes, deixando-me com ele. Esse nunca foi o plano. Ela sempre disse isso. Eu nunca deveria ficar responsável por Oliver.

Roscoe ficou irritado com a minha intromissão e não mediu palavras para me dizer para deixá-lo em paz. Ele sabia que não importava o quão rude ele fosse. Ele tinha certeza de que, quando um leitor se apaixona por um livro, não tem escolha a não ser se apaixonar pelo autor também. Mas pareceu amolecer quando viu Oliver olhando para ele. Ele se abaixou para falar com o bebê, oferecendo-lhe um pouco do queijo dinamarquês que estava comendo. Então, de repente, ele me ofereceu um emprego. Bem desse jeito. Sei que ele sentiu pena de Oliver, embora devesse sentir pena de mim. Ele não tinha ideia das coisas que eu tive que aguentar na minha vida.

A princípio, meu trabalho para ele era apenas verificar a correspondência de seus fãs, quando os leitores ainda escreviam cartas de verdade. Eu chorava com algumas delas, eram lindas. Eu enfim encontrei minha verdadeira família naquela pilha diária de envelopes, uma família de leitores que desejavam que os livros fossem sua vida real, assim como eu. O amor deles pelo livro me lembrava muito de Duncan. Roscoe me disse para me livrar das cartas assim que as examinasse, mas guardei todas em minhas caixas. Mais tarde, quando Roscoe ficou mais velho e rabugento com a internet, passei a moderar seu fã-clube oficial online e grupos de mídia social.

Mudei-me para o Alvoroceiro com Oliver não muito tempo depois que as reformas foram concluídas. Roscoe me deu um dos apartamentos, acho que pensava que a casa decadente que eu havia herdado da minha mãe estava em um estado muito ruim para Oliver morar. Ele não parecia se importar com o fato de eu ter crescido naquela casa horrível. Ainda assim, foi uma coisa generosa de se fazer, então, em troca, senti que era meu dever vigiar os residentes do Alvoroceiro, para que Roscoe soubesse que eles podiam ser terríveis e que eu era realmente a melhor coisa dali. Roscoe me chamava de bisbilhoteira, mas fazia a mesma coisa. Não há bisbilhoteiro maior do que um escritor, embora às vezes ele fizesse eu me sentir a pessoa menos interessante do mundo dele.

Quando Lucy finalmente saiu da prisão, comecei a receber ligações de policiais e assistentes sociais sempre que ela era encontrada dormindo em praias e bancos de parques pela ilha. Eu sempre desligava na cara dessas pessoas, dizendo que não fazia ideia do que estavam falando. Mas eu sabia exatamente por que ela estava de volta à ilha. Oliver. Assim como minha mãe, ela provavelmente pensou que poderia ser uma mãe melhor do que eu. Meu relacionamento com Oliver era complicado. Não era como se eu gostasse de tê-lo por perto, era só que eu estava... acostumada a tê-lo por perto, suponho. E eu odiava a ideia de Lucy pensar que ela poderia simplesmente aparecer e fazê-lo amá-la mais do que ele me amava, como fez com Duncan. Como fez com o nosso pai.

Provavelmente por causa do quanto eu reclamei das ligações, Roscoe encontrou Lucy e deu a ela um apartamento que ele havia comprado de volta depois que alguém se mudou. Ele não ganhou dinheiro com o Alvoroceiro. Já tem demais. Ele só gosta de poder escolher os residentes de acordo com o grau de solidão ou interesse que despertam nele, como se fossem todos personagens em potencial do seu próximo livro. Mas era exatamente isso que eu não queria, ela perto de Oliver.

Fiquei chocada da primeira vez que a vi. Oliver também ficou, a julgar pela maneira como a observou quando ela se mudou, com seus grandes olhos verdes, de trás de uma árvore no jardim. Se ele estava com medo ou fascinado por ela, eu não sei. A prisão a tinha mudado. Havia linhas profundas ao redor de sua boca e olhos, dando-lhe um ar ameaçador. E, se antes ela tinha sido exuberante e curvilínea, agora parecia ter sido reduzida a nada além de cartilagem. Ela não era mais bonita, e isso me deixava feliz, como se, quanto menos ela fosse, mais eu seria — algo verdadeiro apenas no universo das irmãs. No dia em que se mudou, eu sussurrei para ela que ela nunca, nunca deveria olhar para mim ou para Oliver, que eu não queria ouvir uma palavra dela, caso contrário eu a expulsaria mais rápido do que ela poderia dizer *Duncan*. Ela demorou muito para assentir, como se estivesse tendo problemas para entender minhas palavras.

Roscoe ficou imediatamente intrigado com Lucy, eu percebi. Mas, quando ele descobrisse a verdade, eu sabia que pensaria diferente. A história toda está em meus antigos diários, que nunca consegui encontrar. Tudo sobre Lucy ter me roubado Duncan, o nascimento de Oliver e o *brilhante* plano da minha mãe para ter uma segunda chance de criar um filho.

E como nenhum deles *jamais* parou para pensar em como suas ações me afetariam.

Assim que Roscoe ler os diários, ele vai adorar minha história.

Então ele vai ter que me amar.

Todos eles, finalmente, terão que me amar.

Capítulo Dez

NORRIE BEACH, CALIFÓRNIA

Naquela noite, Garland caminhou até o quarto e comentou:
— Chegou um envelope por encomenda expressa para você, está na mesa do saguão. Eu tive que assinar por ele. O carimbo é de Mallow Island. É um presente de formatura do velho amigo da sua mãe?

"Caminhou" é um eufemismo. Ela não podia fazer mais do que dar pequenos passos de passarinho em seu vestido justo.

Oliver largou o celular e observou, recostado nos travesseiros da cama, enquanto Garland borrifava perfume de um frasco que estava sobre a cômoda, algo sombrio e oriental, como abrir um baú antigo e perfumado. Ela não estava olhando para ele, e ele se perguntou qual era o problema. Talvez tivesse algo a ver com o envelope. Frasier não perdeu tempo enviando os papéis da venda do apartamento de sua mãe. Oliver pensou que, primeiro, haveria um longo processo legal. Ele não sabia se já estava pronto para lidar com isso. Sentia-se livre, agora que a força mais poderosa da sua vida, seu desejo de se distanciar de sua mãe, havia desaparecido.

— Fui presunçoso ao indicar seu endereço sem perguntar primeiro — falou, enfim. — Desculpe.

— Roy manda o traficante entregar a maconha dele aqui. Você realmente acha que eu me importo que você receba um presente de formatura? — Ela deu um tapa em sua coxa

111

quando passou por ele a caminho da porta. — Vamos. Nosso Uber logo estará aqui.

— Você teve notícias do seu pai? — perguntou Oliver ao se levantar.

Ela revirou os olhos.

— Não. Não se *preocupe*, Oliver. Você sempre foi assim tão preocupado?

— Sim — respondeu, simplesmente.

Eles voltaram do clube noturno perto do amanhecer, pegajosos de suor e bebidas derramadas. Todos flutuaram escada acima, mas Oliver permaneceu no saguão, observando-os. Heather Dois calçava apenas um sapato. As costas da camiseta de Cooper estavam cobertas de purpurina. Era como se todos fossem sobreviventes de algum desastre natural glamoroso. Ele esperou que desaparecessem em seus quartos; então pegou o envelope de cima da mesa do saguão — de onde brilhava, em um ameaçador tom de verde sob a luz da varanda que atravessava os vitrais. Ele queria examinar os papéis longe de olhares indiscretos, e essa poderia ser a sua única chance, dado o rígido cronograma de Garland baseado em seu slogan *"Vou mostrar a todos como sou maravilhosa, e vamos nos divertir esta semana, não importa o que aconteça"*.

Ele foi até a cozinha e encheu um copo com água, depois sentou-se à mesa para ler sob a luz fraca acima do fogão que a empregada sempre deixava ligada. Ela acordaria logo. Oliver se sentia estranho perto dela, sempre resistindo ao impulso de perguntar se ela precisava de ajuda.

Por vários momentos ele olhou para o envelope, que era fino como se contivesse apenas uma ou duas folhas. Imaginou que haveria pilhas de papel para examinar.

Apenas abra o envelope, disse a si mesmo. Não era como se ele contivesse um portal que o levaria de volta para casa.

Ele rasgou o envelope e tirou o que parecia ser uma apólice de seguro de vida.

Era um seguro de vida.

Sua mãe raramente fazia algo de bom para alguém e, quando o fazia, exigia um nível fenomenal de adoração em troca, como se fosse um grande sacrifício da parte dela pensar em uma necessidade que não fosse a própria. Então ele sabia que essa apólice não era sobre ele. Ela estava sempre assinando coisas só para poder colecionar mais papel para colocar em suas caixas. E ele era o beneficiário dessa vez, e não Roscoe Avanger, porque às vezes ela decidia que odiava Roscoe, e esse provavelmente tinha sido um daqueles dias.

Ele não tinha motivos para se sentir grato a ela, nem mesmo agora. Se não precisasse do dinheiro — e até essa pequena apólice de 5 mil dólares era muito dinheiro para ele agora, enquanto esperava aquele emprego no Rondo —, teria rasgado a apólice.

Ele pegou o telefone para enviar uma mensagem a Frasier, informando que havia recebido o envelope. Quando a tela ganhou vida, ele notou que tinha uma nova mensagem, com uma foto anexa, de um número desconhecido. A mensagem dizia:

> Oi Oliver, meu nome é Zoey Hennessey e acabei de me mudar para a quitinete no Alvoroceiro. Acho que Frasier já disse a você que me deu um emprego temporário antes de eu começar a faculdade. Estou limpando a casa de sua mãe para encontrar uma história para Roscoe Avanger. Frasier me contou que você não quer nada, mas eu não podia jogar essas coisas fora. Posso enviá-las para você se me der um endereço. Os pássaros estão inquietos esta noite. Tirei minhas sandálias na varanda enquanto escrevia isso para você, e vários deles simplesmente se aproximaram e tentaram pegar uma delas! O que eles iriam fazer com um único sapato? Frasier disse que eles gostam de roubar coisas. Pássaros loucos. Você sente falta deles? Sente falta da sua tia Lucy? Posso ver o apartamento dela daqui e acho que ela está lá, mas nunca a vejo sair.

O primeiro pensamento de Oliver foi para Lucy. A tia ainda estava lá. Ele imaginou que ela teria ido embora anos atrás. Ele sempre sentiu pena dela, como nunca conseguiu sentir de sua mãe. Talvez porque Lucy parecesse preferir a autopunição, enquanto sua mãe adorava culpar todo mundo, menos si mesma.

Ele leu o texto novamente, dessa vez demorando-se no nome de Zoey Hennessey. Ele se lembrava, de quando era pequeno, de uma linda mulher chamada Paloma Hennessey, dona da quitinete no Alvoroceiro. Ela tinha um sotaque estrangeiro. Sua mãe a odiava e resmungava "vagabunda" toda vez que ela estava ao alcance da voz, mas Paloma apenas ria, completamente imperturbável, como se fosse preciso mais do que um tipo como Lizbeth Lime para perturbá-la. Paloma tinha se mudado, mas ainda visitava Mallow Island de vez em quando e trazia sua filhinha consigo. Zoey deve ser essa filha.

Sem pensar, ele tocou na foto e na mesma hora desejou não ter feito isso. Zoey tinha tirado uma foto de uma caixa que continha alguns dos pertences de sua mãe. Nela estava seu colar perdido com o nome do falecido pai de Oliver, Duncan. A mãe estava convencida de que Lucy tinha entrado no apartamento e roubado. Ela costumava dizer a Oliver que Lucy roubara Duncan dela porque odiava ver Lizbeth feliz. Ela dizia que o vício em drogas de Lucy o destruiu e que, mais tarde, ele morreu de overdose por causa dela. Oliver não fazia ideia se isso era verdade ou não. A mãe sempre foi estranha em relação à irmã, e isso dizia muito. Ela achava que Lucy tinha sido a fonte de tudo que havia dado errado em sua vida. Deve ter começado muito cedo, porque a foto que Zoey enviou incluía vários dos antigos diários de sua mãe desde a juventude, e, quando ele a ampliou, viu escrito em um deles: *Este diário é propriedade de Lizbeth Azalea Lime. Não leia. Isso significa você, Lucy Camellia Lime, sua vaca estúpida!*

A visão da caligrafia maníaca dela fez seu estômago revirar, uma sensação enauseante piorada pelos tonéis de álcool que havia consumido naquela noite.

Ele costumava pensar, quando era menino, que poderia conter a compulsão de sua mãe em colecionar papéis. Ele esgueirava coisas para a lixeira a caminho da escola, apenas para encontrar tudo de volta quando chegava em casa. Os apartamentos do Alvoroceiro eram elegantes, porque Roscoe Avanger era um homem elegante e detalhista, mas também eram pequenos. A mãe dele tinha pegado o único quarto porque disse que precisava de privacidade para fazer seu trabalho, então Oliver se acomodou em um canto na sala, perto da janela. Ele fez paredes com as caixas dela e se recusava a deixá-la empilhar coisas em seu espaço, mas essa era uma batalha perdida. As coisas dela acabaram por expulsá-lo do apartamento.

Frasier deveria saber que sua mãe não teria, ali, algo tão organizado quanto uma história. Agora, por causa dele, uma garota estava vasculhando o passado de Oliver, pensando que o conhecia com base no que havia encontrado. Ele sempre manteve a vida que teve com a mãe longe de todos que conhecia, principalmente seus colegas.

Ele apagou a foto imediatamente. Em seguida, mandou uma mensagem para Frasier.

> Por favor, informe a Zoey Hennessey que não quero nada da casa da minha mãe e, especialmente, não quero ver fotos. Recebi a apólice. Obrigado por enviá-la.

Oliver pressionou "enviar" e colocou o telefone de volta no bolso. Bebeu o copo de água, pegou o envelope e subiu a escada enquanto a aurora despontava sobre o oceano ao longe. Ele parou no segundo andar e olhou pela janela.

Mas virou a cabeça quando um rangido vindo do corredor chamou sua atenção. Curioso, caminhou em direção ao som, que vinha do quarto de Cooper. A porta estava entreaberta, e ele espiou, apenas para ver Cooper e Garland transando. Ele não conseguia ver seus rostos, apenas as costas estreitas e as costelas proeminentes de Garland enquanto ela o cavalgava. Ela se movia com as mãos entrelaçadas no cabelo longo.

Ele recuou rapidamente. Não era o ato em si que o preocupava. Praticamente esperava por isso. O que o preocupava era, se Garland estava farta ele, em que isso afetaria suas chances de conseguir o emprego no Rondo?

Ele tentou encontrar uma maneira disso acabar bem. Quem sabe ela se sentiria culpada?

Esse era um nível abaixo do que ele já se encontrava. Oliver conseguiria o emprego por simples pena?

Ele não se importava. Não podia perder o Rondo. Tudo ficaria bem quando ele começasse a trabalhar lá. Tudo finalmente se encaixaria. Ele soube disso assim que viu o lugar, que o fazia lembrar de algo bom, algo que ele não conseguia identificar. Estar lá era o destino dele.

— Ela sempre consegue o que quer — sussurrou Heather Dois atrás dele. Oliver virou-se rapidamente e a encontrou em um roupão rosa curto, descalça no tapete Aubusson. — Garland nunca deu a mínima para Cooper no colégio, embora ele babasse por ela.

Oliver a conduziu para longe da porta, para que não fossem ouvidos. Ele não queria que Garland soubesse que ele sabia. Ainda não.

— Mas ele tem muito dinheiro agora. Ele não precisou esperar até os 30 anos para controlar seu dinheiro, como Garland.

— Ela quer o dinheiro dele? — perguntou Oliver baixinho, desejando depois não ter feito isso. Parecia ingênuo.

— Claro que ela quer o dinheiro dele. Ela estava bem desde que estivesse na faculdade e seu pai lhe desse uma mesada. Mas, quando foi reprovada, ele cortou o dinheiro e disse que ela precisava arrumar um emprego, o que ela se recusou a fazer. É por isso que ela ainda mora aqui. Ela tentou ficar com Cooper depois que foi reprovada, mas Cooper tinha se tornado um homem importante no campus. Ele não era o cachorrinho que tinha sido no colégio. Mas ela sabia exatamente o que fazer para chegar até ele.

— O que você quer dizer?

— Cooper odeia caras mais bonitos do que ele. É por isso que você está aqui. O pai de Garland deu a ela um ultimato antes de sair de férias. Quando ele voltasse, Garland precisaria estar empregada ou teria que se mudar. Cooper e o apartamento que ele acabou de comprar em Los Angeles são a rede de segurança dela. Você não sabia?

Não, ele não sabia. Mas provavelmente não deveria estar com raiva dela por usá-lo para conseguir o que queria, quando ele estava fazendo a mesma coisa. Ele esfregou os olhos, cansado.

— Você não gosta muito dela, não é?

— Não importa. Eu a conheço toda a minha vida. A pergunta mais importante é: *você* gosta dela?

Oliver tirou as mãos dos olhos e notou que Heather Dois tinha se aproximado dele, seu peito roçando o dele. Ela colocou os braços em volta do pescoço dele lentamente, sem parar de encará-lo com os brilhantes olhos azuis. Ele não conseguia se mexer. Só ficou lá, como se assistisse a coisa toda acontecer de fora do seu corpo enquanto ela colava seus lábios no dele. Ela tinha acabado de escovar os dentes. O gosto deixou Oliver com ânsia, e ele se afastou.

Ele não entendia essas pessoas. E não sabia quem ele era quando estava perto delas.

Oliver se virou sem dizer mais nada e voltou para o quarto que dividia com Garland. Ele se despiu, caiu na cama e estava dormindo antes que o rangido no corredor terminasse com um gemido abafado.

Zoey ouviu a voz de Frasier vindo da sala de Lizbeth, mais tarde, naquela manhã. Charlotte cumprimentou-o e perguntou quando ele removeria a estante de livros, que ela chamava de "estante da morte". Suas palavras eram entremeadas de censura.

Um momento depois, Frasier bateu na porta do quarto de Lizbeth. Pomba, que até então saltitava pelo chão, bicando e rasgando pedaços de papel enquanto Zoey a seguia cegamente, tentando fazê-la parar, voou para longe. Frasier levou a mão aos cabelos brancos e crespos, como se tivesse sentido o pássaro voar pela sala.

Zoey franziu as sobrancelhas. Ninguém, além dela, havia sentido Pomba antes.

— Eu não me importei em encontrar a estante ontem — disse Zoey antes que ele pudesse dizer qualquer coisa. Então, em voz baixa: — Acho que Charlotte ficou mais chateada com isso do que eu.

— Ela tem razão de ficar. Eu deveria ter removido a estante antes de pedir para você fazer isso. Às vezes, quando se trata das pessoas que eu gosto, percebo que não prevejo as coisas. Charlotte só está cuidando de você. — Ele entrou e sentou à mesa do computador, seus olhos percorrendo a sala. — Faz muito tempo que não vejo essas paredes. Olá, paredes.

Ele não disse mais nada. Ficou sentado lá, olhando em volta. Zoey, ainda ajoelhada, moveu a máscara para a cabeça e apontou para trás dele.

— Você sabia que o computador de Lizbeth ainda está ligado? Eu não quis desligá-lo para o caso de Roscoe querer dar uma olhada, checar se ela tinha algum tipo de documento. Quer dizer, eu não quis desligá-lo com receio de que não ligasse novamente. É bem antigo. Lizbeth estava logada em um fórum de discussão para fãs de *Sweet Mallow*, e o fórum ainda está ativo. Devo escrever para eles? Os fãs, quero dizer? Para contar a eles sobre Lizbeth?

Frasier girou para o computador e apertou a barra de espaço no teclado. O monitor ganhou vida. Ele olhou brevemente para o fórum de discussão antes de se virar.

— Se você quiser.

— Acho que Roscoe não gostaria que o fórum virasse um caos.

— Significou muito mais para Lizbeth do que jamais significou para ele.

— Ele não se importa com o que seus leitores estão dizendo? — perguntou Zoey, surpresa.

— *Sweet Mallow* ganhou vida própria depois de ser publicado. Roscoe nem pensa mais nele como um livro dele. Ele sempre quis superá-lo.

— Mac me disse que ele escreveu outro livro, *Dançando com os Alvoroceiros*. E que você ilustrou.

Frasier assentiu lentamente, quase como se considerasse a pergunta suspeita.

— Roscoe e eu nos conhecemos desde sempre.

— Deve ter sido uma ótima experiência trabalhar com ele.

— Foi há muito tempo.

— Como ele é?

— Velho, como eu. E rabugento. Os louros da fama não são tão confortáveis quanto parecem. Na verdade, se você perguntasse a ele, provavelmente ele diria que mais parecem espinhos.

Zoey hesitou, então imaginou que não faria mal perguntar:

— Você tem um exemplar sobrando, que eu possa ler, de *Dançando com os Alvoroceiros*?

— Não. Eu doei as malditas coisas anos atrás. E que bons ventos as levem. — Quando viu que ela ergueu as sobrancelhas, acrescentou em um tom mais gentil: — Sinto muito, Zoey. Se eu ainda tivesse um, eu daria a você.

— Lizbeth tinha centenas de exemplares de *Sweet Mallow*. Mas nenhum de *Dançando com os Alvoroceiros*. Por que será?

— Porque ela odiava os alvoroceiros. Gosto de desenhá-los, mas Roscoe deveria saber que a maioria das pessoas não gostaria de ler sobre eles. Eles são como crianças mimadas. Quem quer ler sobre crianças mimadas?

— Eu leria — respondeu Zoey. — Acho que eles são lindos e incomuns.

— Eu também. — Ele sorriu. — Há pássaros e há *outros* pássaros. Talvez eles não cantem. Talvez eles não voem. Talvez não se encaixem. Não sei quanto a você, mas eu prefiro ser um outro pássaro do que a mesma coisa de sempre. — Ele tirou o telefone do bolso da camisa e destravou a tela. — Agora, a razão de eu estar aqui. Oliver me mandou uma mensagem esta manhã.

Ele entregou o telefone para ela.

Zoey leu a mensagem, imaginando por que Oliver não havia respondido a ela. Tinha verificado seu telefone durante toda a manhã. Ela devolveu o telefone para ele.

— Não leve para o lado pessoal — disse Frasier. — Ele está sob muito estresse. Acabou de se formar na faculdade.
— Sério? Onde?
— Califórnia. Ele era inteligente quando era menino, interessado em tudo. Costumava passar muito tempo comigo, no jardim. A atividade favorita dele era procurar nas brugmânsias coisas que os pássaros tinham roubado, como se tivesse certeza de que um dia encontraria um grande tesouro.
— Então você o conhece desde sempre? — Ele assentiu.
— Quanto tempo faz que você trabalha aqui?
— Desde que Roscoe comprou o lugar.
Algo de repente ocorreu a Zoey, e parecia um raio de luz penetrando através de uma fenda em uma cortina escura. Ela se sentou sobre os calcanhares, vencida pela enormidade da descoberta.
— Então você conheceu minha mãe!
— Sim — respondeu Frasier, levantando-se como se ela tivesse dito algo alarmante. — Não muito bem, e não por muito tempo. Mas conheci.
— Como ela era?
Ele começou a recuar para fora da sala.
— Ela era dramática. E muito bonita. Fiquei triste quando soube que ela morreu.
— Como você ficou sabendo? — perguntou Zoey quando ele se aproximou da porta.
— Seu pai me contou depois que aconteceu. Onze, quase doze anos atrás. Ele disse que a quitinete estava sendo guardada para você, quando saísse de casa.

Seu pai havia dito isso a ela, sem nunca revelar abertamente que ela teria que se mudar quando se formasse, mas a sugestão estava lá. Ela soube, por sua madrasta Tina, que eles esperavam que Zoey se mudasse um ano antes, quando completou 18 anos, para concluir o ensino médio em Mallow Island. Talvez ela devesse ter feito isso, mas tinha acabado de receber seu dinheiro e não sabia nada sobre o que seria necessário para administrá-lo, ou mesmo como transferi-lo. Levou um ano inteiro para descobrir.

Ela tinha visto na página de Tina, no Facebook, que todos estavam planejando viajar para a Flórida, agora que os meios-irmãos gêmeos de Zoey estavam de férias da escola no verão. Tina fez isso não anunciando que eles estavam indo, isso seria óbvio demais, mas perguntando: *Alguém tem sugestões de resorts para uma estadia na Flórida?*

A Flórida era perto, próxima o suficiente para dar uma passadinha e visitar Zoey, se quisessem.

Mas eles não iriam.

— Você se lembra de *mim*? — perguntou para Frasier.

— Lembro. E eu lembro que Paloma te amava muito.

— Eu tenho procurado por ela aqui, qualquer vestígio dela — afirmou Zoey, impotente. — É como se ela nunca tivesse existido.

— Você está aqui, Zoey. Ela sempre existirá enquanto você estiver no mundo.

Ela sentiu lágrimas brotarem em seus olhos, o que a surpreendeu. Não era de chorar. Não fazia sentido. Sua família nunca teria reagido às lágrimas da maneira como ela gostaria. Ela supôs que era porque essa era a primeira vez que alguém dizia algo bom sobre sua mãe.

— Por que você não disse nada quando me mudei?

— Zoey, existem algumas histórias que não deveriam ser contadas — declarou ele ao sair.

Zoey apreciou o fato de ele querer poupar seus sentimentos, de não querer revelar um segredo que achava que poderia perturbá-la. Mas ele realmente não precisava ter se incomodado.

Seu pai tinha contado, há muito tempo, que sua mãe era uma prostituta quando ele a conheceu.

Capítulo Onze

Charlotte nunca tinha pensado muito em como eram os outros apartamentos do Alvoroceiro. Quando seguiu Zoey até a escada de metal para almoçar, mais tarde, naquele dia, ela não sabia o que esperar. Com certeza, não esse mar de rosa e branco. Ela parou. A quitinete era inegavelmente elegante, como algo saído de uma revista, mas totalmente desprovida de personalidade. Ela nunca teria imaginado que era aqui que Zoey passava a maior parte do tempo. Zoey, com toda a sua energia, imaginação e planos. Os únicos toques realmente adolescentes eram as roupas no chão e os livros espalhados, alguns deles em pilhas de mais de um metro de altura. O resto do espaço era dominado por uma cama-trenó branca ridiculamente grande encostada na parede da direita e, na parede da esquerda, um sofá de couro branco dos anos 1970.

— Bom — disse Charlotte —, é exótico.

— Eu sei — respondeu Zoey com uma risada, enquanto caminhava até a geladeira cor-de-rosa com uma gaiola de vime vazia em cima. Ela abriu o freezer e tirou duas caixas de sanduíches de frango.

— Acho que minha mãe deve ter redecorado pouco antes de morrer. A cômoda ainda tinha a etiqueta de preço.

Charlotte se aproximou da geladeira para olhar três fotos presas com ímãs.

— É ela? — perguntou, indicando a foto de uma mulher com traços incrivelmente simétricos. Ela era linda, o tipo de beleza pela qual os homens moviam montanhas, mas também havia algo duro e imprevisível nela enquanto olhava para a câmera, como se deixá-la irritada não fosse uma boa ideia.

— Sim — contou Zoey. — Acho que essa foto foi tirada logo depois que ela chegou nos Estados Unidos. Ela emigrou de Cuba.

— Você se parece com ela.

— Não, ela era linda.

— Você também é.

— Não como ela. — Zoey abriu as caixas e colocou os sanduíches no micro-ondas. — Ainda não consigo acreditar que Frasier a conhecia e não me disse nada.

Ela estivera falando sobre isso a manhã toda.

— Frasier provavelmente tem mais segredos do que todos nós juntos.

— Ele certamente faz um bom trabalho em guardá-los — reclamou Zoey, apertando os botões do micro-ondas.

— Quem é? — perguntou Charlotte, apontando para a foto de um velho vestindo uma camiseta tingida. O que restava de seu cabelo estava preso em um rabo de cavalo grisalho. — Seu pai?

— Não. Esse é o Kello. É o dono do sebo onde eu trabalhava. Eu queria uma foto dele para trazer comigo, mas ele odeia que tirem fotos dele. Ele me fez prometer não postar na internet. É um pouco paranoico com a tecnologia.

— Também não gosto de ter minhas fotos online. E esta?

Charlotte indicou a última foto. Era de Zoey e de uma garota mais gordinha sentadas em uma mesa de restaurante, com dois sundaes na frente delas. Elas pareciam jovens, cerca de 12 anos, tinham manchas de sorvete em seus narizes e estavam rindo disso.

— Esta é, ou era, minha melhor amiga, Ingrid.

— Era?

— Ela se mudou para longe cerca de um ano depois que a foto foi tirada. Essas são as três pessoas mais importantes para mim, então gosto de olhar para elas.

— E os outros amigos? — questionou Charlotte.

Zoey balançou a cabeça.

— Eu fiquei mais na minha depois que a Ingrid foi embora.

— Namorado? — Charlotte arqueou as sobrancelhas sugestivamente.

Zoey bufou, o que Charlotte interpretou como um não. O micro-ondas apitou, e Zoey brincou de batata quente com os sanduíches, ainda em seus sacos plásticos, antes de jogá-los nos pratos.

— Não me lembro de ter visto nenhuma foto na sua casa.

— Não tem ninguém do meu passado de quem eu queira me lembrar. — Então ela pensou na foto de Charlotte e Pepper que estava embaixo da cama. — Mas eu também tive uma melhor amiga, uma vez. Ela era o meu mundo.

— Sim! — exclamou Zoey. — Foi assim comigo e com a Ingrid. Eu costumava passar mais tempo na casa dela do que na minha. Quando meu pai, minha madrasta e os filhos da minha madrasta viajavam no verão, eu até pedia para ficar com a Ingrid. Dissemos que íamos manter contato, e não sei por que não o fizemos. Às vezes procuro por ela online, mas fico imaginando se ela mudou de nome. Talvez a mãe dela tenha se casado novamente e ela foi adotada.

Zoey colocou os pratos na mesinha de centro, em frente ao sofá de couro.

— Vocês também perderam o contato?

— Pode-se dizer que sim — respondeu Charlotte. — Ela morreu quando tínhamos 16 anos.

— Ah. Desculpe. — Zoey sentou-se pesadamente no sofá. — Foi quando você disse que saiu de casa. Aos dezesseis.

Charlotte assentiu, mas foi salva de mais perguntas por uma voz chamando do jardim.

— Olá?

Elas trocaram olhares e, em seguida, caminharam até a sacada para ver Mac parado na base da escada. Ele estava olhando para elas como se fossem donzelas em uma torre.

— Posso subir?

— Claro! — respondeu Zoey. — Estamos comendo sanduíches de frango. Você quer um?

— Não, obrigado — agradeceu Mac enquanto subia com cuidado pela escada em espiral. — Eu só queria dar algo para Charlotte.

Quando ele chegou à varanda, Charlotte pegou o pedaço de papel dobrado que ele estendeu para ela.

— São informações de contato do Popcorn, caso você mude de ideia sobre um emprego em um restaurante — disse Mac. Sua mão grande e sardenta segurava a grade da varanda com tanta força que os nós dos dedos ficaram esbranquiçados. Ele claramente não gostava de altura. — Também tem o nome e o número de uma amiga minha, chamada Flo, que administra a excursão por Mallow Island, que fica na esquina do restaurante. Fiquei sabendo que ela está procurando ajuda na bilheteria agora mesmo. Perguntei por aí e não encontrei ninguém que tivesse espaço para um estúdio de hena, mas isso pode mudar. Conheço o dono da galeria de arte da rua do Comércio, e ele tem uma grande circulação de pessoas. Acho que seria uma boa combinação... a arte tradicional dele e a sua, exótica. Vou ver se consigo convencê-lo a deixar você alugar um espaço lá.

Charlotte estendeu o papel de volta para ele, um pouco desconfiada.

— Obrigada, mas eu tenho tudo sob controle.

E se ter tudo *sob controle* significava ignorar completamente sua situação de desemprego e passar os últimos cinco dias com Zoey, então, sim, isso era totalmente verdade.

— Fique com o papel, de qualquer forma. Só por precaução — disse Mac e então desceu cautelosamente.

Charlotte observou Mac voltar ao apartamento dele. Ela não sabia bem o que pensar.

Zoey, observando Charlotte, comentou:

— Acho que ele gosta de você.

— Vamos — comandou Charlotte, descendo as escadas. — Quero conferir esta galeria.

Quaisquer que fossem os motivos dele, ela não olharia os dentes de um cavalo dado. Se Mac pudesse ajudá-la a encontrar um lugar para trabalhar na ilha, para que ela pudesse ficar e permanecer quieta por mais algum tempo, ela encontraria uma maneira de retribuir o favor para que eles ficassem quites.

Zoey pegou os sanduíches, e elas comeram enquanto caminhavam pelo beco até a rua. A Mallow Island Gallery ficava no final da rua e era um daqueles lugares turísticos que vendiam gravuras românticas de praias, em foco suave, que geralmente ficavam penduradas nos banheiros dos hóspedes. No Pavilhão do Açúcar, esse tipo de arte meiga e popular, mas muito barata, era desprezada. Mas Charlotte secretamente elogiou o proprietário por encontrar esse nicho. Não tinha concorrência aqui na rua do Comércio e era uma das poucas vitrines que não vendiam comida ou doces.

Elas tentaram abrir a porta, mas estava trancada. Havia um bilhete no vidro dizendo que o proprietário tinha ido nadar e estaria de volta em uma hora.

— Foi nadar? Você acha que isso acontece todos os dias? — Zoey colocou as mãos em concha ao redor dos olhos e olhou para dentro.

— Eu não ficaria surpresa — respondeu Charlotte. Os turistas estavam sempre com pressa de chegar a algum lugar, mas os moradores de Mallow Island pareciam se mover em sua própria velocidade, que era cinco vezes mais lenta do que o tempo real.

Zoey se afastou da vitrine da galeria. Ela viu um ônibus elétrico vermelho-vivo estacionado do outro lado da rua.

— É ali que o Mac disse que estão procurando alguém para a bilheteria.

Zoey estava atravessando a rua antes que Charlotte pudesse dizer a ela que não estava interessada em vender ingressos e, quando Charlotte a alcançou, já estava dentro do prédio cor de pistache.

Era um lugar estranhamente maravilhoso, cheio de móveis ecléticos pintados à mão. Tinha uma mesa de pebolim em um canto e um jogo de damas sobre uma mesa de centro, para que as pessoas pudessem jogar enquanto esperavam o próximo ônibus. O balcão parecia ter sido reaproveitado de um *saloon* do Velho Oeste. E, atrás dele, estava uma senhora idosa, com batom laranja, vestindo uma camiseta onde se lia MISS BONDINHO.

— Você já fez o passeio? — perguntou Zoey, enquanto pegava um folheto do balcão.

— Não.

— Eu também não! Vamos fazer juntas?

Charlotte hesitou. Ajudar Zoey com o apartamento de Lizbeth era uma coisa. Estava fazendo isso apenas como uma forma de se distrair. Sair em aventuras com Zoey era uma dinâmica totalmente nova, e ela não sabia o que fazer a respeito disso. Ela nunca se considerou uma amiga particularmente boa e teve pouquíssimas conhecidas mulheres desde que havia deixado o acampamento. Ela frequentemente se perguntava o que teria acontecido há dez anos se tivesse sido mais dedicada e corajosa. Sua melhor amiga a salvou, mas Charlotte não foi capaz de fazer o mesmo por ela.

Zoey estava olhando para ela com expectativa, e Charlotte finalmente sorriu. Uma tarde era uma coisa tão pequena de se pedir.

— Claro que sim.

Elas compraram os ingressos e correram, porque a próxima excursão estava prestes a sair.

— Se você nunca pegou o ônibus, obviamente não chegou aqui como turista — comentou Zoey, enquanto subiam a bordo.

— Não necessariamente. Embora a Carolina do Sul estivesse na lista de lugares para onde eu queria viajar. Procurei apartamentos em Charleston, mas não consegui encontrar nada de que gostasse. Ouvi algumas pessoas falarem sobre o Pavilhão do Açúcar, aqui, na cidade, então pensei em dar uma olhada. Quando entrei, parecia estar em um cenário de filme. Eu amei.

Zoey sentou-se e começou a ler o folheto da excursão.

— Talvez seja porque o filme baseado em *Sweet Mallow* foi filmado aqui.

— Talvez — respondeu Charlotte, sentando-se atrás dela no assento de vinil, que estava quente do sol e ligeiramente pegajoso por causa do protetor solar de seu ocupante anterior. — Nunca vi o filme.

— Você já leu o livro? — perguntou Zoey, virando-se para ela.

Charlotte balançou a cabeça.

— Nunca me interessei. Talvez eu devesse ter guardado um dos exemplares de Lizbeth.

— Você definitivamente deveria ler. Posso te emprestar o meu, se quiser. É um daqueles livros que dá vontade de ser escritor.

— Você quer ser escritora?

— Eu? Não — afirmou Zoey com uma risada. — Eu só amo ler. Literatura era minha disciplina favorita. Meu orientador disse que eu deveria dar aulas.

Charlotte pensou por um momento.

— Posso imaginar você como professora.

— Sério?

— Você é boa em arrebatar as pessoas com seu entusiasmo. — Os turistas ainda estavam entrando no ônibus, então Charlotte pediu: — Fale-me sobre o livro. Faça com que eu o ame tanto quanto você.

Zoey sentou-se de joelhos em seu assento, para que pudesse encarar Charlotte.

— Ok. Parte do livro é a história real da ilha, desde quando se chamava Summey's Landing e havia uma plantação de arroz aqui. E segue, falando sobre como um inglês comprou a ilha, devastada após a Guerra Civil, e descobriu a malva, ou *mallow*, crescendo aqui, nos pântanos. Foi ele que abriu todas essas lojas de doces e rebatizou o lugar de Mallow Island.

Mas, quando a Grande Depressão chegou, a maioria das pessoas ligadas ao comércio de doces foi embora, deixando esta comunidade peculiar descendente de escravos emancipados, opositores da Guerra Civil e fabricantes de doces europeus.

"A parte fictícia do livro", continuou a jovem, "é sobre dois homens que se encontram no exterior durante a Primeira Guerra Mundial. Eles são tão parecidos que poderiam ser gêmeos. Quando um deles, um homem chamado Henry Sparrow, morre, o outro, Teb Wayne, assume a identidade de Henry e retorna para a casa dele aqui, em Mallow Island. Henry havia contado a Teb muitas histórias sobre sua vida, então Teb tinha certeza de que seria capaz de pôr o plano em prática. Ocorre que quase tudo que Henry disse a ele era coisa inventada, e era mais difícil personificá-lo do que Teb havia pensado que seria. Mas Teb fica encantado com a ilha e passa a amar o avô cego de Henry, Silas Sparrow. O filme fala muito sobre o Velho Sul, as relações raciais e os fantasmas que assombram a cidade. Então, a polícia da cidade natal de Teb, em Ohio, aparece. Eles o procuravam por causa de alguns crimes que ele havia cometido antes de ir para a guerra. Teb era um órfão que foi para a guerra para escapar da pobreza e teve uma infância difícil.

"O velho Silas Sparrow faz um discurso famoso para a cidade, e todos na ilha se reúnem em torno de Teb: jovens, velhos, ricos, pobres, negros, brancos, todos convencem a polícia de que Teb é realmente Henry. A beleza do discurso é que você entende, de repente, que o tempo todo o velho Silas sabia que Teb não era seu neto. O fantasma de Henry tinha contado a ele. O fantasma também disse que Teb ficou com Henry quando ele estava morrendo, durante a guerra, e isso significou tudo para ele", conclui Zoey.

— Um fantasma, hein? — disse Charlotte. — Que reviravolta.

— Você não acredita em fantasmas? — perguntou Zoey, surpresa. — E as suas bolas de bruxa?

— Isso é só história. A vida real já é assustadora o suficiente.

— Você não me parece alguém que tem medo de alguma coisa.

Charlotte tinha ouvido isso por anos. E ela cultivou cuidadosamente essa imagem, viajando sozinha pelo país, em sua vespa. Nunca contaria a verdade a ninguém. Que ela estava com medo. O tempo todo. De tudo e de todos. Especialmente de si mesma.

— Não sou tão durona quanto pareço.

— Eu não acho que você seja durona — respondeu Zoey. — Você é apenas... reservada.

— Você acredita em fantasmas?

Zoey pensou por um momento.

— Eu nunca vi um. Mas isso não significa que não sejam reais. Há muitas coisas que não podemos ver e que são reais.

— Como o quê?

Zoey enxotou algo de cima da cabeça.

— Histórias. Aroma. Amor. Muitas coisas.

Ela se virou para a frente quando a senhora da bilheteria entrou no ônibus e se apresentou como Flo.

— Vocês já se perguntaram como o amado doce branco que conhecemos como *marshmallow* recebeu esse nome? — perguntou Flo. — Na verdade, tem o nome de uma planta verde e folhosa. Os confeiteiros que vieram para esta ilha, desde o início, costumavam usar a raiz da malva, conhecida como marshmallow, como espessante para preparar a iguaria. Hoje em dia, os marshmallows modernos são produzidos em massa, usando gelatina, e não contêm malva. Mas o nome pegou. Agora você pode ir para casa e impressionar sua família e amigos com essas curiosidades. De nada.

Todos no bonde riram. Até mesmo Charlotte.

O homem ao volante virou no final da rua do Comércio e dirigiu pela rodovia costeira. Flo apontou para o pântano, onde a planta marshmallow, com seus juncos altos, ainda podia ser encontrada crescendo tão densamente que quase obscurecia a água, dando a impressão de um grande campo de terra coberto de mato. Logo eles estavam passando pelo Hotel

Mallow Island Resort, que era uma casa grande, em estilo grego renascentista, situada no que pareciam ser quilômetros de jardins bem cuidados. Flo informou que ele já tinha sido o palacete de Edward Pelletier, referido pelos habitantes simplesmente como o inglês que comprou a ilha após a Guerra Civil, descobriu a planta marshmallow crescendo ali e encabeçou a breve explosão dos doces de marshmallow da ilha.

Zoey se virou para Charlotte e murmurou: *Mac trabalha lá!*

Charlotte sorriu e assentiu.

Em seguida o ônibus fez uma curva e passou pelo centro da ilha, um lugar perdido no tempo frequentado pelos habitantes locais. Os prédios eram todos baixos e antigos, como se estivessem se curvando para evitar o vento forte. Flo apontou os locais onde a adaptação cinematográfica de *Sweet Mallow* havia sido filmada, incluindo os degraus do tribunal onde Silas Sparrow fez seu famoso discurso. O ônibus finalmente serpenteou por uma longa rua residencial de um bairro exclusivo, com grandes casas antigas em cores vívidas como as da rua do Comércio, construídas pelo inglês para os fabricantes de doces trazidos da Inglaterra. Lá, o ônibus parou em frente à casa do próprio Roscoe Avanger. O ônibus quase tombou quando todos a bordo se esticaram, tentando ver a casa além do portão e das nogueiras. Até esta excursão, Charlotte não tinha percebido o quanto o livro e o escritor eram importantes para a ilha. Ele havia preservado tudo com uma história, como em uma redoma de vidro. Quanto desse lugar ainda existiria, ainda seria lembrado, se ele não o tivesse compartilhado com o mundo?

No calor da viagem de volta, ela observou Zoey olhar pela janela aberta, o vento esvoaçando seus cabelos escuros. Ela viu algo distante e triste no rosto de Zoey, o que a surpreendeu. Nunca pensou nela como nada além de feliz e radiante. Ocorreu a Charlotte que havia mais na história de Zoey do que ela queria revelar, a história de uma mãe forte e morta e de um pai que não a ajudou na mudança.

Ela deu um tapinha no ombro de Zoey.
— Você está bem?
Zoey assentiu.
— Eu só estava pensando que entendo por que minha mãe adorava este lugar.

Enquanto o ônibus estacionava em frente ao prédio na rua do Comércio, cerca de uma hora depois da partida, Charlotte pensou ter entendido por que ela amava tanto esse lugar também, por que ele se conectava de forma tão intensa com ela, e provavelmente Zoey e inúmeros outros. Mallow Island se reinventou várias vezes. E, assim como o doce propriamente dito, ninguém ali precisou permanecer como antigamente.

Zoey ficou do lado de fora, esperando Charlotte ir até a bilheteria para falar com Flo.

E, com base apenas na recomendação de Mac, Charlotte recebeu uma oferta de emprego na hora.

O ar estava cheio de umidade quando Mac voltou do trabalho naquela noite. Ele pegou a rodovia costeira e pôde ver a tempestade avançando em direção à ilha. Quando chegou em casa, as primeiras gotas grossas começaram a cair. Ele atravessou o estacionamento escuro e correu pelo portão do jardim enquanto a chuva aumentava. Destrancou a porta, quase chutando a pequena caixa branca que estava no terraço, com um bilhete colado nela. Ele pegou a caixa e entrou.

Colocou as chaves na mesinha de centro e sacudiu a chuva do cabelo. Segurando a caixa com uma das mãos, abriu o bilhete com a outra.

Consegui aquele emprego nos ônibus de excursão hoje. Como agradecimento, aqui está um enfeite chamado bola de bruxa. Eu os coleciono. Espero que você goste.
Charlotte

Ela havia desenhado padrões intrincados nas bordas do papel. Pétalas em forma de coração se transformaram em flores, e arabescos se tornaram folhas, todos conectados para parecerem rendas. Era semelhante aos desenhos que ele tinha visto decorando a pele de Charlotte ao longo dos anos. Mac abriu a caixa e tirou uma bola de vidro. Ele a ergueu e viu minúsculos filetes de vidro dentro, que o lembraram dos fios de massa caindo de uma colher.

Ele olhou, hipnotizado, enquanto girava a bola para frente e para trás, até que Madame miou do sofá.

Mac despertou de seu transe, sentindo-se envergonhado. E rapidamente colocou a bola, a caixa e o bilhete na mesinha de centro.

— Eu não estou sorrindo, *você* está sorrindo — falou ao se dirigir para o chuveiro.

Madame pulou e o seguiu, miando de novo.

— Ninguém gosta de um sabe-tudo, Madame.

HISTÓRIA DE FANTASMAS

Camille

Eu não quero que Mac fique sozinho. Ele precisa de alguém. Até eu me casei. Até eu tive filhos. Não meus próprios filhos, que fique bem claro. E só me casei porque precisava de um lugar para morar. Mas às vezes não importa como você chega lá, só importa chegar.

    Minha mãe morreu de câncer quando eu tinha 15 anos, então meu irmão John arranjou uma esposa, que logo encheu a pequena casa de bebês. Eu tinha que sair dali e me concentrei em um velho que morava no final da estrada. Ele estava sozinho porque nunca havia se casado e passava a maior parte do tempo bêbado. Mas era um bêbado triste, não um bêbado cruel. Eu não teria tolerado um bêbado maldoso. A casa dele era uma bagunça, e, quando crianças, costumávamos jogar nossas embalagens de balas no quintal porque achávamos verdadeiramente que era para lá que todo o lixo da vizinhança deveria ir. Um dia depois que minha cunhada deu à luz pela quinta vez em sete anos, e nada menos do que gêmeos, desci a rua até a porta dele e bati. Ele atendeu, todo curvado, e eu disse: *"Sou Camille, tenho 22 anos, trabalho muito e cozinho bem. Você tem uma casa, e eu preciso de um lugar para morar. Se você se casar comigo, eu cuido de você."* Ele provavelmente estava bêbado demais para realmente entender, mas pareceu pensar que era uma boa ideia. Então nos casamos. Limpei a casa dele, que era apenas uma casinha de papelão betumado, mas ficou bem bonita depois que cheguei lá. Ele ainda era um bêbado, mas minha comida e limpeza o mantiveram vivo por quase dez anos, e ele morreu pouco antes de completar 90.

Ele era um bom homem, no geral. Trabalhou para a ferrovia quando era mais jovem, até que suas costas cederam. Ele tinha uma foto emoldurada de si mesmo com outro homem, ambos de macacão, em frente a uma estrada ferroviária, e essa era a única coisa da qual ele cuidava. A princípio, disse que o homem era seu irmão. Mas então ele ficava bêbado e gritava: *"Eu amei aquele homem!"* Ele olhava para mim com lágrimas nos olhos e dizia profundamente, como se realmente quisesse que eu entendesse: *"Eu o amava."* Ele gostava dos homens, meu marido. Ou, provavelmente, apenas daquele homem. Eu nunca disse a ninguém. Naquela época, em um bairro como o nosso, você não tinha o luxo de amar quem quisesse. As pessoas o matariam por pensar que tinha esse direito.

O nome dele era Lowry, meu marido. Eu o enterrei com aquela foto. Achei que ele gostaria disso.

Depois que ele morreu, comecei a trabalhar no restaurante turístico que chamavam de Sea Food Paradise. Quando pegou fogo, as pessoas disseram que os caranguejos vivos escaparam dos tanques e caminharam em chamas até o oceano. Dias depois do ocorrido, chegou como sempre o caminhão com a entrega semanal de fubá. Porque, para quem não sabe, por aqui se comem bolinhos de chuva com frutos do mar. É assim que as coisas são. Fiz tantas dessas iguarias que acordava no meio da noite e descobria que estava na cozinha, fazendo bolinhos enquanto dormia. De qualquer forma, não havia lugar para entregá-lo, e, como estava pago e não podia ser devolvido, o dono mandou aquele maldito caminhão para mim. Acho que ele pensou que era algum tipo de presente para me manter feliz até que ele reconstruísse o lugar, o que acabou acontecendo. Ele chamou o novo restaurante de *Novo* Sea

Food Paradise, como se não servisse exatamente a mesma coisa. Mas, enquanto isso, fiquei com seis grandes sacos de fubá, quase da minha altura, que fizeram minha varanda dos fundos ceder com o peso.

Foi quando realmente começou. Quando comecei a cuidar das crianças do bairro. Eu precisava me livrar de todo aquele fubá antes que os carunchos e as mariposas aparecessem, então comecei a fazer muito pão de milho. Era verão, e aquelas crianças estavam com fome. Eles começaram a bater na minha porta, e eu lhes dava pães. Eu sabia quais daquelas crianças ficariam bem. Elas podiam não ter nada, mas ainda tinham um dos pais, geralmente a mãe, que as amava. Essas eram as que iam para casa depois de comerem o lanche da Cammie. Mas tinha crianças que eu sabia que não estavam bem. Geralmente meninos magros, com olhos grandes e inquietos, como cavalos assustados. Eles ficavam na minha varanda o dia todo. Alguns deles apareciam à noite, tremendo como galhos ossudos, e eu os levava para dentro e os deixava dormir no sofá. A maioria deles não ficava muito tempo no bairro, alguns anos, no máximo, antes que suas famílias fossem expulsas por não pagarem o aluguel, ou quando suas casinhas, deterioradas pela maresia e pela areia, fossem condenadas. Subindo a estrada, algumas casas foram construídas por organizações não governamentais, e isso mudou algumas coisas na vizinhança. Mas, aqui, do meu lado da rua, ainda tinha essa pobreza inimaginável. A maioria das pessoas nos Estados Unidos não consegue imaginar um mundo onde você não tenha *alguma coisa*. Mas eu via isso todos os dias, aquelas crianças que não tinham nada. Então, depois de toda uma vida não querendo filhos, acabei com centenas. Eu os alimentei e demonstrei que eles tinham, sim, algo. Tinham a minha comida. E comida é amor. Elas eram de todas as cores, porque esta é uma ilha colorida, mas todas tinham uma coisa em comum. Eram magras, magras, magras.

Até que meu Macbebê apareceu, tão grande quanto um peru de Natal.

Ele precisa disso. Precisa cozinhar para alguém que o ama. Precisa cuidar de outra coisa além daquela gata. Ela é uma coisinha doce, não me interpretem mal. Ela sabe que estou aqui. Às vezes eu sento com ela no sofá. Mas o amor de um gato não é igual ao de uma pessoa. Um gato não pode torná-lo completo.

E, caso você esteja se perguntando, um fantasma também não.

Capítulo Doze

Na manhã seguinte, Zoey estava sentada no sofá, navegando pelo Instagram. Alguns alunos do ensino médio estavam postando fotos de coisas que já tinham comprado para seus dormitórios. Todas as fotos incluíam travesseiros. Por alguma razão que ela ainda não havia sacado, mudar para um dormitório envolvia trazer uma montanha de travesseiros com você. Zoey tinha sua lista, que ela vinha atualizando o ano todo, a cada nova correspondência enviada pela faculdade e a cada novo artigo que lia sobre o que precisava. Teria que começar a comprar coisas em breve. Ela tinha uma contagem regressiva em seu telefone, marcando quanto tempo faltava para se mudar para o dormitório. Mas já planejava voltar aqui sempre que possível. Todo fim de semana, se pudesse. Quando perguntassem sobre sua casa, ela se imaginava dizendo: "Ah, eu moro em Mallow Island". Não em Tulsa.

Fez uma pausa na rolagem da tela. Sua madrasta tinha postado fotos do antigo quarto de Zoey, agora o novo e reluzente ateliê País das Maravilhas. O carpete fora arrancado e substituído por um piso de madeira clara. As paredes tinham sido pintadas de um verde-água suave e, acima das janelas que davam para a garagem, a frase VIVA SUA MELHOR VIDA fora aplicada com estêncil em uma fina caligrafia dourada. Uma das fotos mostrava Tina em uma escada perto da janela, com um pincel minúsculo na mão. Ela estava toda maquiada e com o cabelo preso no alto da cabeça. Vestia um macacão capri e uma camisa branca de botão com listras azuis. Sabia exatamente o tipo de pessoa que queria parecer nas redes sociais. E Zoey reconhecia que ela era tão preocupada com a estética na vida real quanto na online. Ela gostava que as coisas fossem bonitas. E compartilhava essa característica com o pai de Zoey. Mas, ao contrário dele, ela sabia como criar coisas bonitas, e não apenas colecioná-las. Ela pegou a casa grande, mas estranhamente decorada, que Alrick havia comprado quando ele, Paloma e a bebê Zoey se mudaram para Tulsa, uma casa cheia de antiguidades escuras que o pai de Zoey havia comprado porque achava que o fariam parecer importante, e transformou o lugar em uma verdadeira vitrine. Tina provavelmente fez aquele estêncil sozinha. Mas certamente não com aquelas roupas. Essas foram compradas apenas para a foto.

O quarto de Zoey parecia tão diferente. Ela examinou o espaço demoradamente, percebendo que o que mais a incomodava era que parecia *melhor*. Ela se lembrava de suas paredes brancas, do jogo de quarto azul surrado que tinha desde os 7 anos e das cortinas escuras, que sempre estavam fechadas porque o sol inundava o quarto de um jeito que o transformava no mais quente do segundo andar. Tina queria pintar as paredes e tirar o carpete enquanto o quarto ainda era dela. E Zoey sabia o quanto ela queria fazer isso, razão pela qual nunca deixou a madrasta tocá-lo.

Zoey imaginou se sua família achava que ela agora morava em um lugar tão deprimente quanto. Provavelmente sim. Eles com certeza presumiram que ela tinha levado sua vida tranquila, feia e repleta de livros com ela e agora estava enfurnada em um quarto escuro, lendo. Sem amigos, sem vida social.

Zoey pegou o telefone para tirar algumas fotos da quitinete e mostrar a eles como era mágica, mas desistiu. Algumas de suas roupas ainda estavam em caixas, havia livros por toda parte, e a pia tinha pratos que ela ainda não havia colocado na lava-louças porque sempre se esquecia de comprar as cápsulas para a máquina.

Houve uma batida na porta da sacada, e ela se assustou. Olhou para cima e encontrou Charlotte parada, com aquela peculiar luz matinal cor-de-rosa de Mallow Island atrás de si. Em vez de tirar uma foto da quitinete, Zoey tirou uma foto dela. Pensou em postá-la com a legenda: *Minha amiga criativa, Charlotte. Ela faz hena, dirige uma vespa e coleciona bolas de bruxa*. Não faria isso, é claro, porque se lembrava de Charlotte dizendo que não queria fotos suas online. Mas Zoey gostou da ideia de tê-la em seu celular, talvez para mostrar às pessoas na faculdade se perguntassem sobre sua vida em Mallow Island.

— Vi que a sua porta estava aberta — disse Charlotte. Ela estava vestindo sua camiseta oficial de MISS BONDINHO. — Eu só queria dizer tchau.

Zoey baixou o telefone. Ela quase tinha esquecido que esse era o primeiro dia de Charlotte nos ônibus de excursão. Seu coração pesou um pouco com a lembrança.

— Boa sorte. Obrigada por toda a sua ajuda, esta semana, com a casa da Lizbeth.

— Eu é que deveria te agradecer.

— Me agradecer? Por quê?

Charlotte parecia envergonhada:

— Era algo que eu precisava. Não pensei que fosse sentir falta, mas vou. Não do cheiro. Definitivamente não vou sentir falta do cheiro.

Zoey se levantou para se juntar a Charlotte na varanda, que ainda estava molhada da tempestade da noite anterior. Abaixo delas, no jardim, os alvoroceiros estavam engajados em seu ritual matinal de discutir em voz alta sobre absolutamente nada. Pomba quis sair bem cedo para se juntar a eles.

— Acho que vou terminar tudo hoje. Frasier disse que virá uma equipe para arrancar o *drywall* e desmantelar a cozinha e o banheiro.

— Então, a menos que Lizbeth tenha escondido algo nas paredes, não acho que Roscoe Avanger vai conseguir a história que deseja.

Zoey suspirou enquanto observava o jardim:

— Foi divertido pensar que ela existia.

— Talvez algumas histórias não devam ser contadas — disse Charlotte.

Isso foi exatamente o que Frasier disse. Mas Zoey estava desconfortável com o pensamento de histórias não contadas. O que acontece com elas? Para onde vão? Se você nunca compartilha suas histórias com pelo menos uma pessoa, isso significa que elas não eram reais, que nunca existiram de verdade?

A porta de Mac se abriu, e as duas o observaram sair de costas. Quando se virou, ele imediatamente ergueu a mão para acenar, como se as tivesse visto antes de sair. Seu cabelo ruivo, geralmente penteado e com gel, caía sonolento sobre a testa. Ele caminhou até a base da escada de Zoey.

— Fico feliz por ter encontrado você antes de você sair, Charlotte. Obrigado pela bola de bruxa.

— Você não tem que me agradecer —respondeu Charlotte. — É o mínimo que eu podia fazer.

— Ela também te deu uma bola de bruxa? — questionou Zoey. — Elas não são lindas?

— São. Mas preciso confessar que ela quebrou ontem à noite. Não sei como aconteceu. Eu me afastei e *bum*. — Ele levantou as mãos, com as palmas para cima, e flexionou os dedos como se estivesse liberando faíscas mágicas. — Apenas quebrou.

— Não se preocupe. Eu tenho outras — afirmou Charlotte, descendo os degraus. — Espere aqui, e eu vou buscar.

— Não, você não precisa fazer isso — disse ele, claramente nervoso. — Eu só não queria que você pensasse que eu não gostei.

Mac tinha uma confiança tão natural — algo que combinava com seu tamanho incomum — ao redor de todos com quem Zoey já o vira interagir. Isso é, todos exceto Charlotte. Com ela, Mac lembrava a Zoey de um elefante encontrando uma abelha. Charlotte parecia uma entidade tão desconhecida para ele que sua reação a ela era, às vezes, um curioso *O que é isso?* e, outras, um desesperado *O QUE É ISSO!* E, como uma autêntica abelha, Charlotte parecia alheia a isso, voejando por aí, tentando cuidar da própria vida.

Charlotte dispensou a preocupação dele com um gesto da mão.

— Eu insisto. Te devo. — Ela se dirigiu para seu apartamento, destrancou-o e desapareceu lá dentro.

Zoey, que tinha seguido Charlotte escada abaixo, olhou para Mac com estranheza. Ela via, agora, que a razão pela qual o cabelo dele estava pesado em torno da testa e das orelhas era porque tinha algum tipo de pó nele.

— Você tem — ela apontou para a cabeça dele — algo em seu cabelo.

Um lampejo de alarme transpassou por suas feições antes que ele percebesse e sorrisse.

— É só fubá. Coisa de chef.

Embora Zoey quisesse desesperadamente saber como aquilo havia acabado no cabelo dele, como se ele tivesse mergulhado de cabeça em um barril, ela resistiu. O que sabia sobre cozinhar?

— Quando Charlotte e eu fizemos o passeio de ônibus ontem, passamos pelo Hotel Mallow Island Resort. É um lugar bonito.

— Eles oferecem passeios a pé, chamados de Caminhadas das Borboletas, no jardim da frente. Você deveria fazer — comentou Mac quando Charlotte voltou.

— Você quer ir comigo, Charlotte? — perguntou Zoey. — Ou quem sabe até possamos comer no Popcorn um dia!

— Posso fazer isso acontecer — disse Mac. — É só me informar a data. Por minha conta.

Charlotte entregou a ele uma linda bola roxa.

— Não precisa. Você já fez o suficiente por mim.

— Eu adoraria cozinhar para você. Para as duas. Eu adoraria cozinhar para vocês *duas* — esclareceu, o pescoço começando a ficar vermelho. — Que tal quinta à noite?

— Sim! — respondeu Zoey antes que Charlotte pudesse recusar.

Com um aceno de cabeça, Mac se afastou.

— Ele é um vencedor do prêmio James Beard — afirmou Zoey. — Está no site. Não sei o que isso significa, mas acho que é importante.

— Bom, eu não sou vencedora de nenhum prêmio James Beard, mas vou fazer tacos para o nosso jantar quando chegar em casa, ok?

— Ok. — Zoey fez uma pausa e então ela articulou, porque sentiu que precisava: — Você sabe que aquele convite não era realmente para mim, não é?

— Ele é legal — respondeu Charlotte, tirando um elástico de cabelo do bolso da calça jeans. — Não sou definitivamente uma especialista, mas não é isso que homens legais fazem?

— Se ele te convidasse para jantar, só você, o que diria?

Charlotte colocou o elástico entre os lábios enquanto puxava os longos cabelos loiros em um rabo de cavalo.

— Eu diria que não gosto de comer fora sozinha — falou, com a boca cheia de elástico.

— Você sabe o que eu quero dizer.

— Você está vendo pelo em ovo. — Ela prendeu o cabelo. — Agora, eu tenho que ir. Não é um bom começo se eu me atrasar no meu primeiro dia, quando moro a segundos de distância.

Quando Charlotte saiu, com um rangido do portão do jardim, Zoey pensou em voltar à quitinete só para adiar a ida ao apartamento de Lizbeth. Quanto mais cedo começasse, mais cedo terminaria, e não queria acabar o trabalho e voltar a esperar que as coisas acontecessem.

Uma semana. Isso foi tudo que levou. Uma parte perversa dela desejava que a casa de Lizbeth fosse maior, de modo que levaria o verão inteiro para ser concluída.

Mas o fascínio daquelas últimas caixas acabou levando a melhor sobre ela.

— Vamos, Pomba — gritou para o jardim. — Este é o dia que você estava esperando.

Algumas horas depois, tendo examinado quatro caixas consecutivas de folhetos que variavam de ofertas de televisão — que Lizbeth obviamente tinha solicitado apenas para colecionar — a informações sobre toldos retráteis, sistemas de calhas e suplementos para disfunção erétil, Zoey de repente teve a sensação de que deveria se preocupar. Ela parou e olhou para cima, franzindo automaticamente a testa. Mas não havia nada com que se preocupar.

Foi quando ela percebeu que Pomba não estava com ela.

Quanto mais coisas foram retiradas do apartamento de Lizbeth na semana passada, mais tempo Pomba passou lá dentro com elas. A ave andava de um lado para o outro enquanto Zoey tentava ignorar seus arrulhos, alegando que não tinha ideia de por que pedaços de papel, perdidos nos cantos, pareciam se rasgar sozinhos quando Charlotte estava de costas.

— Pomba? — perguntou. O espaço estava tão vazio agora que sua voz ecoava nas paredes sujas.

Nada.

Zoey tirou a máscara e as luvas e se levantou. Ela saiu para o sol de verão, que ainda refletia as gotas de chuva que permaneciam na folhagem do jardim. Colocou as mãos na parte inferior das costas e se espreguiçou. Os alvoroceiros estavam ciscando pelo chão, e Zoey imaginou que Pomba devesse estar com eles. Ela não sabia se estava ofendida ou aliviada pelo pássaro finalmente ter decidido deixá-la em paz. Afinal, tinha dito a ela para fazer amizade com os outros. Mas Pomba nunca fazia o que lhe pediam. E Zoey não gostou da ideia de Pomba a *abandonar* tão facilmente, como se Zoey fosse a única que pudesse dizer adeus.

Enquanto ela estava ali, observando os pássaros, tentando determinar exatamente onde Pomba estava, percebeu um movimento no jardim.

Era imaginação dela ou as cortinas transparentes que cobriam as portas do terraço de Lucy Lime tinham acabado de se mover?

Será que Lucy estava espiando-a?

O apartamento de Lizbeth tinha sido destrancado de novo essa manhã. A essa altura, isso fazia Zoey sorrir, e ela pensava em Lucy entrando para sentar e conversar com Lizbeth. O chão de pedra ainda estava molhado em alguns lugares, como se Lucy tivesse trazido para dentro a chuva da noite anterior.

Zoey levantou a mão lentamente e acenou. Há dias ela tinha decidido convidar Lucy para almoçar. E esse era o último dia que qualquer uma delas passaria na casa de Lizbeth, o último dia que aquela *seria* de fato a casa de Lizbeth.

Então, por que não a convidar agora? A pior coisa que poderia acontecer era Lucy dizer não.

Ela contornou o jardim e entrou no terraço sujo de Lucy. Podia sentir o cheiro da fumaça do cigarro dali, como se estivesse vazando por rachaduras invisíveis. Ela tentou parecer acessível, embora tenha ficado subitamente constrangida por perceber que não sabia como parecer acessível. Zoey curvou um pouco os ombros e apoiou o peso do corpo em um pé. Ela colocou a mão no quadril e depois a deixou cair. Ah, caramba, qual era o problema dela? Estendeu a mão e bateu. E bateu de novo. Por volta do terceiro minuto, ela sabia que Lucy não iria atender. Ainda assim, chamou:

— Lucy? Meu nome é Zoey. Eu moro na quitinete. Só queria saber se você gostaria de almoçar comigo.

Nada.

— Vou terminar de limpar a casa de sua irmã hoje. Frasier disse que os reparos começarão em breve. Eu só... achei que você gostaria de saber.

Espere, havia algum som vindo de dentro? Lucy estaria vindo até a porta?

Zoey ficou muito quieta.

Nada.

Ela finalmente se virou e saiu. Foi um primeiro passo. Estava ali há pouco mais de uma semana, Charlotte e ela já eram amigas, e Mac as convidou para seu restaurante. Talvez Lucy logo entrasse no esquema, completando seu pequeno círculo Alvoroceiro.

Zoey ainda não desistiria dela.

A última caixa, que continha centenas de guias gratuitos de turismo da Carolina do Sul que, ao que tudo indicava, Lizbeth havia pegado dos postos de gasolina locais, estava pronta.

Bom, era isso.

Zoey se levantou e olhou ao redor do espaço vazio. A famigerada estante ainda estava no meio da sala, para onde Charlotte e ela a haviam mudado, mas em breve seria removida, junto com a mobília do quarto de Lizbeth. Frasier havia levado o computador, mas disse que não tinha nada nele que interessasse a Roscoe.

Zoey pegou a caixa destinada à lixeira de reciclagem e sussurrou:

— Tchau, Lizbeth.

Ela se virou, uma borda da caixa batendo no caixilho sujo da janela ao fazê-lo. O impacto fez com que um pequeno pedaço de papel caísse debaixo da janela, vindo de lugar nenhum. Zoey colocou a caixa no chão e o pegou. Era uma foto antiga de duas garotas em trajes de banho, de pé, em um horrível quintal de grama morta. Uma era loira e bonita, com cerca de 10 anos de idade, fazendo uma pose quase desconfortavelmente sexy para uma garota daquela idade. A outra tinha cerca de 4 anos, cabelos escuros e estava se mexendo quando a foto foi tirada, segurando o ombro como se a outra tivesse acabado de bater nela.

No verso estava escrito *Lucy e Lizbeth*.

A animação tomou conta de Zoey. De todo o papel que ela havia revirado, esse era o único item pessoal que encontrou, além dos diários. De onde diabos isso tinha vindo? Claramente tinha sido desalojada de algum lugar. Ela se ajoelhou perto da janela e olhou em volta. Encontrou várias figuras minúsculas desenhadas no rodapé, tão pequenas que as confundiu com as manchas de sujeira que haviam marcado permanentemente todas as paredes de Lizbeth. Parecia que uma criança tinha passado muito tempo nessa área. Ela tateou ao longo das bordas da janela, descobriu um espaço onde a moldura encontrava a parede e, desse espaço, cuidadosamente tirou várias outras fotos.

Ela se sentou de pernas cruzadas no chão e as examinou devagar. A foto de Lucy e Lizbeth era a única antiga. O resto eram fotos de escola bastante recentes de um mesmo menino, uma criança quase sobrenaturalmente bonita com cabelo castanho encaracolado e olhos verdes que brilhavam com astúcia, como se ele fosse parte ave. Seu sorriso era tão charmoso quanto um pedaço de doce, o que fez Zoey automaticamente sorrir de volta para ele. As fotos da escola pararam no início da adolescência do menino, quando ele ficou esquisito e desengonçado e seu sorriso se transformou em uma mera elevação relutante nos cantos dos lábios, como se estivesse tentando não rir de algo que na verdade achava engraçado.

Ela virou a foto de quando ele era mais novo e encontrou as palavras *Oliver Lime. Primeiro ano.* Essas fotos não eram da Lizbeth, percebeu Zoey. Eram de *Oliver*.

E era aqui que ele morava. Ela olhou ao redor, tentando imaginá-lo abrindo espaço por toda aquela confusão. Nunca tinha lhe ocorrido pensar onde ele realmente dormia. Havia apenas um quarto, e era todo de Lizbeth.

Ela se perguntou por que ele tinha escondido as fotos. Foi porque não queria que sua mãe as tivesse? Ou foi porque sua mãe não queria que *ele* as tivesse?

Ela se levantou e pegou a caixa novamente.

Com uma última olhada, as fotos seguras em seu bolso, ela fechou a porta atrás de si.

P omba finalmente entrou voando e pousou ruidosamente em sua gaiola assim que Zoey saiu do banheiro depois de um banho.

— Onde você esteve? — perguntou Zoey, pegando algo para beber. Pomba arrulhou como se dissesse que não era da conta dela. Zoey se dirigiu ao sofá de couro branco. — Tudo bem, não me diga.

Ela tinha deixado as fotos de Oliver na mesinha de centro, então as espalhou para olhar para elas novamente enquanto abria sua garrafa de suco e tomava um gole. Foi uma surpresa que, tendo crescido em um canto de uma sala lotada com pouca luz solar, Oliver não fosse mais desarrumado e parecido com o Harry Potter. Em vez disso, ele parecia vibrante e popular. Em uma foto, ele estava até usando aparelho nos dentes. *Alguém* estava cuidando dele. Ela imaginou quem tinha sido. Frasier? Lucy?

Ela debateu consigo mesma por vários minutos antes de decidir fotografar cada uma das fotos e mandar uma mensagem para Oliver. Se ele não as quisesse, poderia simplesmente excluí-las e denunciá-la a Frasier novamente. Mas deve ter havido uma razão para ele ter mantido isso naquele canto.

Depois que todas as fotos foram enviadas, ela verificou o horário em seu celular. Levaria horas até que Charlotte chegasse em casa. Ela se recostou no sofá e limpou a condensação de sua garrafa de suco com a bainha da camisa. Olhou ao redor de sua quitinete, com indiferença. Depois de alguns momentos, sua testa começou a franzir, e ela se sentou. Onde exatamente sua mãe planejou que Zoey dormiria depois que elas voltassem para Mallow Island? Havia apenas uma cama, como no apartamento de Lizbeth.

Zoey tinha visto o suficiente da maternidade para entender quando era bem feita. Tinha visto a mãe solteira de sua melhor amiga, Ingrid, manter um emprego de tempo integral durante a semana e um emprego de meio período nos finais de semana, e ainda assim parecia que ela estava em casa com seus dois filhos o tempo todo. Ela era muito verdadeiramente presente para eles. Nunca atrasava a assinatura de autorizações, porque era ela que se lembrava de assinar. As roupas de seus filhos eram baratas, mas sempre do tamanho certo, porque era ela que notava quando seus filhos estavam crescendo. Nunca coube às crianças pedir essas coisas, como Zoey teve que fazer. Até sua madrasta, Tina, embora clara e despudoradamente preocupada com o que os outros pensavam dela, ainda prestava atenção em seus gêmeos quando ninguém estava olhando. Então Zoey entendia que a maternidade estava nos detalhes que você nunca via. E a falta dela estava nas coisas que eram sempre visíveis.

E ela percebeu agora, pela primeira vez, que o que quer que sua mãe tivesse planejado para essa mudança não tinha levado em consideração as necessidades de Zoey. Paloma tinha sido uma mãe jovem, sim, mas, jovem ou não, se você se desse ao trabalho de redecorar um lugar antes de se mudar com sua filha, você não pensaria ao menos onde ela iria dormir?

Zoey passou tanto tempo defendendo cegamente a mãe para o pai, que estava igualmente determinado a falar mal dela, que nunca se permitiu pensar em Paloma como outra coisa senão uma boa mãe. Foi o resultado natural de perdê-la tão cedo. Ela podia inventar o que quisesse para preencher as lacunas. Zoey pensou no que Charlotte e Frasier haviam dito sobre algumas histórias não precisarem ser contadas. Ela só tinha pensado na perda da história em si. Mas agora se perguntava se descobrir a verdade por trás de algumas histórias constituiria uma perda ainda maior, porque significava perder uma crença que a deixava feliz.

Sempre haveria histórias que Zoey não saberia sobre sua mãe, perguntas para as quais ela nunca teria as respostas.

Mas talvez, apenas talvez, fosse melhor assim.
Seu telefone tocou de repente.

Zoey, aqui é o Oliver Lime. Frasier te disse que eu não quero nada da casa da minha mãe, mas acho que você precisa ouvir isso diretamente de mim. Por favor, pare de me enviar fotos.

Oliver! Ele tinha mandado uma mensagem para ela! Ela escreveu de volta na mesma hora.

Eu entendo, eu realmente entendo. E sinto muito. É que essas fotos são a única coisa sua que eu encontrei, e pensei que você podia querer ter a opção de mantê-las. Terminei de limpar o apartamento de sua mãe algumas horas atrás. Você acha que sua tia iria querer alguma coisa da caixa que guardei?

Ela se levantou e caminhou até a varanda enquanto esperava que ele respondesse. Havia três pontos indicando que ele estava escrevendo de volta, mas eles desapareceram.
Ela olhou para o jardim antes de acrescentar:

Tem um alvoroceiro gordo pulando na trilha do jardim agora. Ele está com uma longa fita vermelha no bico. Os outros estão perseguindo-o como se aquilo fosse uma minhoca. O pássaro com a fita está muito irritado com isso.

Nada. Ela esperou mais alguns minutos e estava prestes a guardar o telefone quando a resposta dele apareceu.

Não vejo Lucy desde que saí para a faculdade. E ela mal disse mais do que um punhado de palavras para mim enquanto morei aí. Na verdade, a única coisa que me lembro dela me dizer é "Você está bem?" quando caí em frente ao terraço dela uma vez e ela abriu as portas para se ajoelhar ao meu lado. Ela ficava olhando para o apartamento da minha mãe, como se tivesse medo de vê-la. Então eu não tenho ideia do que ela iria querer. Meu palpite é nada. Eu guardei aquela foto delas quando meninas, e a escondi, porque a única coisa que eu lembro da minha mãe ter jogado fora voluntariamente foram as evidências da família dela. Ela não queria nada que a lembrasse de Lucy. Antes que você pergunte, não sei o motivo. Agora, você com certeza conhece a minha mãe melhor do que eu jamais conheci.

Ela conhecia a sensação. Não queria perdê-lo enquanto sabia que ele estava ali, então digitou rapidamente:

Frasier disse que você acabou de se formar. Parabéns, é uma coisa grandiosa! Eu começo no segundo semestre.

Que faculdade?

Charleston. Mas não sei o que quero fazer. No que você se formou?

Eu tenho que ir. Não posso conversar agora.

Zoey começou a desligar o telefone, mas então Oliver acrescentou:

Mas tudo bem se você quiser me mandar uma mensagem mais tarde.

Sorrindo, ela voltou para a mesa de centro para olhar as fotos novamente. Seus olhos se desviaram para a foto de Lucy e Lizbeth, e de repente ela teve uma ideia. Oliver e ela tinham cópias digitais agora... que mal faria?

Zoey saiu em busca de um envelope, procurando em gavetas e sacudindo livros aleatórios. Mas não tinha nenhum. Era algo que, em sua antiga casa, em Tulsa, sempre estava por perto porque outra pessoa tinha pensado em comprar. Ela xingou com impaciência e acrescentou envelopes em sua lista de compras fixada na geladeira. Então fez um envelope improvisado com papel alumínio e colocou as fotos nele, junto com um bilhete que dizia que ela achava que Lucy gostaria de tê-las.

Ela desceu os degraus e foi até o terraço de Lucy. Lá, inseriu parte do envelope na junção onde a porta do terraço encontrava o batente, bateu e voltou para sua varanda.

Ainda estava lá quando Charlotte chegou em casa.

Ainda estava lá quando jantaram.

E ainda estava lá quando Zoey voltou para sua quitinete.

Ela ficou sentada na varanda o máximo que pôde, noite adentro, esperando que Lucy saísse para pegá-lo. Ela finalmente teve que desistir e ir para a cama.

Mas, quando acordou, na manhã seguinte, o envelope havia sumido.

Capítulo Treze

Quando Mac começou a trabalhar no Hotel Mallow Island Resort, o restaurante era um lugar chique chamado Marsh. Ele tinha se tornado subchef enquanto trabalhava no Marsh. Camille, que tinha quase 100 anos na época, veio jantar para comemorar. Era uma de suas melhores lembranças, cozinhar para ela naquela noite e fazer disso uma celebração *dela*, porque tudo o que ele havia se tornado era devido a Camille.

Mais tarde, quando o restaurante mudou de mãos, os novos proprietários decidiram levá-lo na mesma direção ecológica do hotel, com foco na sustentabilidade. Apesar da falta de treinamento formal de Mac, ele se candidatou a chef executivo e apresentou sua ideia de homenagear Camille com pratos criados à base de fubá. Os novos proprietários ficaram impressionados com seu respeito pela comida de origem local e seu amplo conhecimento da culinária do sul do país, então decidiram apostar nele.

E assim nasceu o Popcorn.

O trabalho sempre foi agitado. Desde o momento em que o Mac entrou, houve reuniões e dúvidas sobre remessas de pedidos que não chegavam e lacunas no cardápio que tinham que ser preenchidas. Era um trabalho árduo, mental e fisicamente, com longas e caóticas horas. A exaustão era tão comum nas cozinhas em que ele tinha trabalhado no passado que os cozinheiros faziam apostas secretas em todas as novas contratações. O Popcorn, no entanto, era conhecido por ser diferente. Porque, para qualquer novo contratado, Mac ficava atento às histórias. Sempre havia uma que o fazia ter certeza de quem daria certo em sua equipe. A história da avó que conseguia usar os ovos de centenas de maneiras diferentes de modo que, mesmo que fosse tudo o que a família tinha para comer por um mês, ainda parecia novo. Ou a história de um pai que ensinou os filhos a pescar, mas também a soltar de volta o que não precisariam para o jantar daquela noite preparado na fogueira, que às vezes era a única forma de cozinhar porque não havia casa para onde voltar.

Mac tinha orgulho da sua cozinha e gostava de todos que trabalhavam lá. Ele percebia o nível em que cada um estava e incentivava a criatividade. Conquistou seu lugar na hierarquia, e todos o respeitavam. Mas, ao entrar, naquele dia, ele se perguntou como eles reagiriam à notícia de que ele teria convidados.

Depois de apagar alguns pequenos incêndios assim que chegou, ele subiu para o seu escritório pequeno e sem janelas. Mal tinha ligado o notebook quando Christine bateu na porta e mostrou os dois cardápios que ele havia pedido para imprimir para Charlotte e Zoey.

Mac não ficou surpreso quando Javier, seu subchef, apareceu segundos depois. Javier tinha um sexto sentido para fofocas.

— O que está acontecendo? — perguntou ele, com seu encantador sotaque espanhol.

— Tenho convidados esta noite. — Mac devolveu os cardápios a Christine. — Ficou ótimo, Christine. Obrigado.

Javier arrancou os cardápios das mãos de Christine quando ela passou por ele na porta.

— Duas convidad*as* — frisou, lendo os nomes delas nos cardápios.

— Dá isso aqui — disse Christine, pegando-os de volta. Ela era uma das poucas mulheres ali que não lhe dava bola. Isso aborrecia Javier, como um mágico cujo truque de cartas havia sido descoberto. — Não sei por que Mac tolera você.

— Minha personalidade radiante, é claro — disse Javier enquanto ela saía. Ele entrou e sentou-se na beirada da mesa de Mac. — Então, qual é a história dessas convidadas?

— Não tem história — respondeu Mac, acessando o e-mail.

— Sempre tem uma história, meu amigo. Você me ensinou isso.

A história de Javier era sobre o pudim da mãe dele, que ela só fazia em aniversários e que ele afirmou ter gosto de amor incondicional.

— Uma delas é adolescente e acabou de se mudar para o Alvoroceiro.

— E a outra? — perguntou Javier sugestivamente.

— Mora lá há alguns anos. — Mac fez uma pausa. — Ela não é uma adolescente.

— Ah. A imagem começa a ficar mais clara para mim.

— Você não devia estar trabalhando? — questionou Mac, embora a saída de Javier significasse que isso logo estaria por toda a cozinha. Mas não adiantava tentar impedir.

Javier saiu com uma piscadela.

— Benedict aprovaria.

Mac revirou os olhos. *Benedict aprovaria* era um refrão que surgiu entre os cozinheiros depois que uma história particularmente lasciva havia sido compartilhada. Benedict era o fantasma que supostamente assombrava a cozinha do Popcorn, e ele havia se tornado o santo padroeiro das travessuras íntimas.

O verdadeiro Benedict, para todos os efeitos, tinha sido um doceiro jovem e dolorosamente tímido trazido de Londres, pelo inglês, no auge do marshmallow após a reconstrução da ilha. Ele era tão talentoso que o inglês o contratou como confeiteiro pessoal dele e de sua esposa. Dizia-se que Benedict havia se apaixonado pela bela e encorpada esposa do inglês, e ela, pelos doces dele. Eles desapareceram da ilha juntos, e muitos acreditam que acabaram na costa sul da França, com base no modesto sucesso de um fabricante de marshmallow daquela época, que tinha uma esposa grande e bonita com quem teve oito filhos grandes e lindos.

O mito de Benedict sobreviveu no Popcorn, perpetuado principalmente por jovens cozinheiros e lavadores de pratos, mas também, curiosamente, por estranhas ocorrências ocasionais. Como a vez em que uma das garçonetes encontrou uma única rosa em seu armário trancado e pensou que era de um chef de molhos por quem ela tinha uma queda. Isso iniciou uma conversa, e os dois se casaram, um ano atrás, no jardim da frente do hotel. O chef de molhos acabou admitindo que não tinha deixado a rosa, e ninguém se apresentou para assumir a responsabilidade. Além disso, tinha as marcas de passos que muitas vezes apareciam na farinha derramada durante a noite. E, o mais curioso, os chocolates em forma de coração que apareciam aleatoriamente pelo restaurante, conhecidos como a marca registrada de Benedict.

Finalmente, depois de verificar seus e-mails, Mac usou sua mesa como apoio para se levantar, desalojando alguns papéis e jogando-os no chão. Ele se abaixou para pegá-los e estava prestes a colocá-los de volta quando parou.

Ali na mesa, onde antes estavam os papéis, havia um único pedaço de chocolate em forma de coração.

Ele ficou tão espantado que seu primeiro pensamento foi: *Benedict?*

Mas, em seguida, balançou a cabeça. Ele não tinha ideia de como Javier havia conseguido ter o chocolate consigo na hora certa, mas, conhecendo-o, imaginava que ele estava esperando por essa oportunidade há um tempo.

Ao sair para a cozinha, Mac jogou fora o chocolate.

Havia muita coisa para arrumar para a noite.

Desde que havia chegado à ilha, o estilo de Zoey podia ser descrito como *Esta foi a primeira coisa que encontrei*. Portanto, teve que vasculhar as roupas que ainda não havia desempacotado para encontrar algo que achasse apropriado para usar no Popcorn. Enfim, encontrou o vestido amarelo que havia comprado para a cerimônia de formatura do ensino médio no mês passado. Seu pai e Tina não compareceram por causa de uma arrecadação de fundos, mas o bom e velho Kello do sebo estava lá, e ele disse que Zoey parecia um raio de sol. Ela nunca foi muito boa em escolher roupas. Pelo jeito que se vestia no colégio, era provável que quem não soubesse que sua família tinha dinheiro acabasse supondo que ela não podia comprar coisas da moda. Quando começou a trabalhar no sebo, antes que Zoey comprasse seu carro, Kello tinha insistido em deixá-la em casa à noite, depois de fechar, porque se preocupava com ela pegando o ônibus para casa depois de escurecer. Ele ficou surpreso quando viu a casa dela pela primeira vez. Zoey ficou envergonhada por não parecer viver de acordo com o padrão de um lugar assim e tentou explicar que ainda não tinha acesso à herança da sua mãe. Kello olhou para ela, na penumbra do velho Fusca branco, e disse algo que ela jamais esqueceria: *"Se as pessoas ao seu redor não te amam do jeito que você é,* encontre novas pessoas. *Elas estão por aí."*

Ela combinou o vestido com sandálias de gladiador e saiu pela porta pela primeira vez sem que Pomba se interpusesse em seu caminho, preocupada com onde ela poderia estar indo.

Algo estava acontecendo com aquele pássaro.

Charlotte ainda não tinha chegado do trabalho, então Zoey sentou-se no terraço da amiga para esperá-la. Seus olhos teimavam em fitar o apartamento de Lucy, e Zoey imaginava se ela havia gostado das fotos que tinha deixado para ela. Esperava que Lucy realmente as tivesse pegado, e não os alvoroceiros, que naquele momento estavam trabalhando juntos para arrastar pelo jardim, em direção às brugmânsias, o que parecia ser uma pochete cor-de-rosa perdida por uma turista.

— Ei, você está bonita — comentou Charlotte, entrando no terraço e tirando as chaves do bolso da calça jeans. — Vou tomar um banho rápido e depois podemos pegar um Uber.

— Não vamos com a sua vespa? — Zoey seguiu Charlotte para dentro, onde a vespa empoeirada e amassada estava estacionada ao lado do sofá. Ela caminhou até a moto e deu um tapinha nela, como um bom cachorro.

— Você quer ir com ela?

Zoey parecia envergonhada. Passara muito tempo pensando nisso.

— Eu estava meio que ansiosa por isso.

— Tudo bem. — Charlotte encolheu os ombros. — Mas não é tão divertido quanto você pensa. Pode ser uma maneira glamorosa de se locomover em Roma, mas não em uma rodovia norte-americana. A verdade é que eu nem gosto tanto assim.

— Então por que você pilota a vespa, em vez de um carro?

— Sonho de adolescente. E com a vespa é mais fácil sair e levar apenas o que eu preciso — disse ela enquanto se dirigia para o quarto.

Isso explicava muitas coisas. A casa dela era quase radicalmente minimalista. Não havia nada ali, exceto as bolas de bruxa em seu quarto, que desse a Zoey a impressão de que era importante para Charlotte, ou que tinha sido trazido para cá de algum outro lugar. Sua casa não contava muitas histórias, assim como a própria Charlotte.

Quando ela reapareceu cerca de vinte minutos depois, estava usando um vestido curto xadrez e tênis jeans, e seu cabelo tinha sido arrumado em uma trança longa e fina. Ela entregou um capacete a Zoey e disse:

— Não diga que eu não avisei.

Mas, além do calor do capacete e de ter que segurar a bainha do vestido, razão pela qual Charlotte usava bermuda de ciclista sob as saias, Zoey adorou o passeio. O jovem manobrista claramente compartilhava do entusiasmo dela. Quando Charlotte parou na frente do hotel e Zoey desceu, seu corpo ainda zunindo com o barulho do motor e seu cabelo grudado na cabeça, ele disse *"Legal"*, cumprimentando-a com um toque de punho.

O prédio tinha um jardim frontal grandioso e havia sido construído na imponente arquitetura renascentista grega, logo Zoey ficou surpresa quando o exterior do Hotel Mallow Island Resort deu lugar a um ambiente descontraído no interior. A grande escada no saguão provavelmente levava a alguns quartos de hóspedes, mas a maior parte das acomodações parecia ser de bangalôs coloridos no jardim menor dos fundos, que podiam ser vistos pontilhando a paisagem até a água.

Ela queria olhar em volta, mas o ar-condicionado parecia glorioso quando as duas entraram. Elas só ficaram paradas por um momento, aproveitando. Então Charlotte a cutucou e indicou que havia encontrado a entrada do Popcorn, à esquerda das portas.

Já havia um grupo de seis pessoas esperando, assim Charlotte se sentou em uma banqueta de couro ao lado da mesa da recepcionista e começou a trançar novamente o cabelo, que tinha se soltado com o vento.

— Lá está o Mac — disse Zoey, apontando para um artigo de revista emoldurado na parede atrás da banqueta. Charlotte esticou a cabeça para olhar. Zoey se aproximou. Na foto, Mac estava parado na cozinha, vestindo seu uniforme branco de chef e um chapéu alto e branco que parecia uma chaminé. Seus braços corpulentos estavam cruzados com confiança sobre o peito e em volta do pescoço havia uma grande medalha. A manchete dizia: CHEF LOCAL GANHA PRESTIGIOSO PRÊMIO JAMES BEARD.

— Charlotte, ouça isso. "O chef Mac Garrett nasceu em Mallow Island. Ele atribui seu amor pela comida, bem como a inspiração para Popcorn, a Camille Hyatt, a mulher que o criou e o ensinou a cozinhar. A Sra. Hyatt trabalhou por cinquenta anos na amada barraca de frutos do mar de Mallow Island, a New Sea Food Paradise, que dizem ter sido a favorita de Roscoe Avanger."

— Roscoe Avanger de novo — reclamou Charlotte. — Ele está em todo lugar e em lugar nenhum.

Zoey continuou a ler:

— E ouça isso. "Dizem que vários fantasmas assombram a propriedade do Hotel Mallow Island Resort, alguns deles de sua trágica lavoura, dias antes da casa original ser queimada. As pessoas afirmam ouvir vozes perto da reserva natural adjacente, falando na língua crioula. E, na casa mais nova, construída pelo inglês após a Guerra Civil, a cozinha do Popcorn é supostamente assombrada por Benedict, um confeiteiro vindo da Inglaterra, supostamente apaixonado pela esposa do inglês."

— Fantasmas também. Eu deveria ter imaginado.

Depois que o grupo de seis se sentou, Charlotte disse seu nomes à recepcionista, e elas foram conduzidas a uma mesa redonda perto das janelas, com vista para a frente do hotel. Zoey tentou absorver tudo de uma vez. O bar era feito com madeira de reaproveitamento e estanho prensado. As paredes estavam cobertas com fotos emolduradas de antigos moinhos de grãos do sul. E vários moedores de fubá antigos estavam em exibição.

— O chef Garrett escolheu seu cardápio esta noite — informou a recepcionista quando elas se sentaram. Ela entregou a Charlotte e Zoey pequenos cardápios de uma página, diferentes dos cardápios mais pesados que os outros clientes seguravam.

Estava impresso com uma caligrafia elegante:

Jantar para Charlotte e Zoey

PRIMEIRO PRATO
Sopa de batata-doce, marshmallow de sorgo

SEGUNDO PRATO
Bolinho de siri de fubá gelado, creme de mostarda, endívia frisada

PRATO PRINCIPAL
*Barriga de porco crocante,
cobertura de Coca-Cola, polenta*

SOBREMESA
*"Pão de milho em um copo de leite"
Sorvete de leite batido com pedaços crocantes
de pão de milho com manteiga queimada*

Parecia uma quantidade absurda de comida para Zoey. Ela não esperava por isso e, assim que o garçom encheu os copos de água e se afastou, inclinou-se e sussurrou:

— E se eu não conseguir comer tudo?

— Cada prato é uma porção minúscula, não se preocupe. Eles são como pequenas obras de arte — respondeu Charlotte. — Eu costumava trabalhar em um lugar como este em San Antonio, anos atrás.

Zoey guardou esse fato interessante para mais tarde. *Ela morou em San Antonio.* Nesse momento, tinha preocupações maiores.

— Mas e se eu não conseguir terminar e ferir os sentimentos de Mac? Quer dizer, nossos nomes estão nos cardápios.

Ela acenou com o cardápio para enfatizar.

Charlotte levantou sua taça de água e tomou um gole.

— Alguns restaurantes imprimem cardápios comemorativos para ocasiões especiais, como aniversários e festas de casamento.

Zoey recostou-se e sorriu.

— O quê? — perguntou Charlotte, em resposta ao silêncio da amiga.

— Ele acha que você é uma *ocasião especial.*

— Não posso te levar a lugar nenhum.

Charlotte tentou esconder o sorriso enquanto tomava outro gole de água. Ela não queria deixar transparecer, como sempre agia em relação a tudo, mas Zoey percebeu que a ideia a agradava. E aquela pequena fresta permitiu que Zoey visse a única parte da história de Charlotte que ela achava que realmente precisava saber:

Todos gostamos de pensar que valemos a pena.

O primeiro prato chegou rápido. Quando a tigela foi colocada na frente dela, Zoey olhou para baixo e a encontrou vazia, exceto por três montinhos de marshmallow branco cremoso. De dentro de uma jarrinha branca, a garçonete começou a derramar sopa de batata-doce no marshmallow. Zoey olhou para Charlotte, como se perguntasse se isso era normal. Nunca serviram sopa para ela antes, e ela se afligiu ao pensar que era porque a garçonete não confiava nela para fazer isso sozinha. Mas Charlotte lhe deu um aceno tranquilizador. Zoey pegou sua colher, provou e foi imediata e surpreendentemente transportada para um dia perfeito de outono na infância, o tipo de dia em que a luz do sol é breve, mas ainda quente o suficiente para brincar lá fora.

Para o segundo prato, o bolinho de siri gelado tinha o tamanho de uma moeda grande, e o creme de mostarda e a endívia verde eram apenas salpicos de cor no prato. A experiência visual era como sonhar com o verão distante ao observar as luzes de Natal através de uma janela congelada.

O terceiro prato trouxe à mente o primeiro dia quente da primavera, quando está quente demais para comer em casa, então você se senta do lado de fora, com um prato de pernil e milho no colo e uma garrafa de Coca-Cola suando ao seu lado. Zoey podia sentir a emoção do verão chegando e mal podia esperar por isso.

E então o verão chegou com o prato final. E, como sempre acontece com o verão, valeu a pena esperar. O minúsculo recipiente parecia um copo em miniatura, e o leite batido nele trazia lembranças de sorvete gelado e doce em um dia em que a calçada queimava através dos chinelos e até a sombra das árvores era quente demais para se sentar embaixo. Os pedaços saborosos de pão de milho crocante misturados deram à sobremesa uma prazerosa crocância.

Zoey largou a colher depois de terminar, piscando como se as luzes tivessem acabado de acender em um teatro.

— Sinto como se estivesse ouvindo Mac contando uma história — disse ela, atordoada. — Ele deve gostar *muito* de você.

Olhando fixamente para o copo vazio, Charlotte não respondeu, mas parecia estar pensando com cuidado sobre isso.

Porque estava claro que esse não era o tipo de refeição que alguém preparava para qualquer um.

Satisfeita e alegre, duas coisas que ela não estava acostumada a sentir nem em momentos diferentes, muito menos as duas juntas, Charlotte disse boa noite a Zoey enquanto empurrava sua vespa para o terraço escuro.

— Ei, Charlotte — chamou Zoey quando chegou à varanda da quitinete.

Charlotte se virou para olhar para ela. O vestido amarelo de Zoey ondulava com o vento da ilha. Ela parecia ter voado até lá com asas douradas.

— Eu também acho que você é uma ocasião especial.

Charlotte riu.

— Vá dormir.

Zoey destrancou as portas da varanda e acenou com seu cardápio comemorativo para Charlotte antes de entrar. Ela o fixaria na porta da geladeira, falou, porque queria se lembrar para sempre dessa noite. Sem que Zoey visse, Charlotte pegou seu cardápio também. Estava escondido em sua mochila.

Assim que Zoey entrou em segurança, Charlotte pegou a chave do apartamento e foi até a porta.

Mas parou, seu sorriso desaparecendo.

Ela estendeu a mão lentamente, colocou a palma numa das vidraças e empurrou.

A porta se abriu sozinha.

Ela se lembrava claramente de ter trancado as portas antes de sair. Zoey estava lá também, e Charlotte pediu que ela empurrasse a vespa para o beco enquanto girava a chave.

Ela se forçou a entrar. Estendeu a mão para o interruptor, e sua sala de estar se iluminou. Percebeu no ar algo que fez sua pele formigar.

Alguém esteve ali.

Ela atravessou a sala rapidamente, com passos leves, e espiou a cozinha; depois foi para o quarto e olhou embaixo da cama e no armário.

Charlotte tinha deixado a vespa no terraço e as portas abertas, caso precisasse de uma fuga rápida, mas agora empurrou a moto para dentro. Trancou as portas e fechou o ferrolho. Com as pernas bambas, foi até o sofá e se sentou. Largou o capacete e a mochila no chão e apoiou a cabeça nos joelhos, respirando fundo.

Odiava o medo sempre à espreita, depois de todos esses anos, fervendo sob a superfície. Quais eram as chances de ser alguém de sua antiga vida? Não seria a explicação mais lógica que fosse Benny, pensando que havia mais dinheiro para roubar? Até Lucy fazia mais sentido. Ela tentou se acalmar, lembrando a si mesma que, nos primeiros dias depois de fugir, ela morou em alguns lugares duvidosos que tinham sido arrombados. E nada foi levado porque, como agora, ela não guardava nada que valesse a pena roubar. Benny teve sorte com o dinheiro que ela tinha naquela noite.

Duas horas, por duas horas ela ficou andando no escuro, indo de vez em quando até as portas do terraço para olhar para fora. Cada barulho parecia alguém tentando entrar. Mais de uma vez ela pegou as chaves e o capacete e foi na direção da vespa, determinada a empurrá-la para fora e ir até o café noturno Odeio as Segundas, perto da biblioteca do centro da ilha. Mas ela não conseguiu se obrigar a sair. A Charlotte adolescente tinha sido *destemida*. Por que ela não podia recrutar esse ímpeto agora?

Na vez seguinte que ela olhou para fora, notou que as luzes de Mac estavam acesas do outro lado do jardim. Sem pensar duas vezes, saiu e caminhou até o terraço dele.

Levou apenas alguns segundos para Mac abrir a cortina depois que ela bateu. Ao vê-la, ele imediatamente abriu a porta e saiu. Seu cabelo estava úmido, e ele cheirava a sabonete, um aroma fresco e herbal. Estava vestindo calças de pijama de algodão listrado e uma camiseta preta, sem meias. Por alguma razão, ela se sentiu reconfortada pela normalidade dos pés pálidos e sardentos dele. Ficou olhando para eles até que Mac disse:

— Charlotte? Tem alguma coisa errada?

Enfim, ela ergueu os olhos para ele. Ela era baixa, então estava acostumada que a maioria das pessoas fosse mais alta. Mas com Mac não era apenas altura, era largura, e ela queria dar um passo à frente e se enterrar no peito dele.

— Quando Zoey e eu chegamos em casa, descobri que alguém esteve no meu apartamento.

— O quê? — perguntou ele, olhando para o outro lado do jardim. — Você foi roubada?

— Não. Mas minha porta estava entreaberta, e eu sei que a tranquei antes de sair.

— O que a polícia disse?

— Eu não chamei a polícia. Nada foi levado desta vez.

Pausa.

— O que você quer dizer, desta vez?

Ela caiu direitinho nessa. O que estava pensando? Tinha sido uma má ideia. Ela se perguntou se ele notaria se ela começasse a se afastar gradualmente. Talvez ele pensasse que ela havia sido apenas sua imaginação se ela desaparecesse lentamente na noite.

— Charlotte?

— Na noite em que Lizbeth morreu, sumiu dinheiro do meu apartamento.

Ele parecia confuso:

— Lizbeth roubou você antes de morrer?

— Não. — Ela esfregou a testa.
Ele baixou a voz:
— Lucy?
— Não. Pelo menos, acho que não. Mas tenho certeza de que Zoey pensaria isso, que é uma das razões pelas quais não contei a ela. Desculpe. É só que eu acabei de levar um susto e queria contar a alguém.

Alguns momentos desconfortáveis se passaram antes que Mac perguntasse:

— Você quer entrar?

Sua hesitação deixou claro que ele estava perguntando apenas por educação. Ela tentou forçar um sorriso, mas os músculos de suas bochechas estavam tensos de vergonha. Depois do jantar dessa noite, pensou ela...

— Não, tudo bem. Estou indo.

— Eu não me importo, mesmo. — Ele se virou e abriu a porta, recuando para deixá-la entrar. — Entre. Vou te mostrar por quê.

Ela esperou alguns segundos antes de passar por ele e entrar.

Havia uma normalidade ainda mais reconfortante ali. Tapetes se sobrepunham e ziguezagueavam pelo chão de pedra. Um copo pela metade com um líquido âmbar pousado sobre a mesa de centro. Na parede mais distante havia uma enorme televisão no mudo, com vários cabos semelhantes à Medusa conectados a caixas abaixo. Algo se moveu no módulo marrom, e ela se virou.

— Você tem um gato — comentou ela, surpresa. Era um gato de aparência excêntrica, sem pelos nas costas e com orelhas estranhas, mas com lindos olhos verdes focados em Charlotte. Assim que viu que tinha a atenção dela, miou várias vezes com uma voz suave e guinchante, como se tivesse muito a dizer.

— Eu ficaria grato se você não contasse ao Frasier. Ela não representa nenhum perigo para aqueles pássaros. Ela era uma gata abandonada e foi gravemente queimada atrás do Popcorn há alguns anos. Quando não está miando, ela basicamente só dorme.

— Qual o nome dela?

— Madame — disse Mac. — De Madame Butterfly. Porque ela mia tanto que parece estar cantando uma ópera.

— Ela é adorável. — Sua beleza trágica fez Charlotte querer chorar. — Claro que não vou falar nada. Desculpe. Coloquei você em uma posição desconfortável. Obrigada pelo jantar incrível esta noite, e obrigada por me conseguir o emprego no ônibus. Você já fez o suficiente por mim. Eu não deveria ter incomodado você.

Ela se virou para ir embora, mas Mac a segurou pelo braço.

— Zoey não disse que achava que alguém estava entrando na casa de Lizbeth à noite?

Charlotte assentiu.

— Então você deveria passar a noite aqui. O sofá é seu. Amanhã diremos a Frasier que o portão precisa de uma fechadura automática, ou pelo menos uma chave.

— Não sei o que está acontecendo comigo. Eu não sou assim, esse não é o meu normal. — O que não era verdade. Ela era exatamente assim, no fundo. Mais frestas estavam aparecendo.

— Só uma letra separa "normal" de "*a*normal". São mais parecidos do que se pensa. Especialmente nesta ilha. — Ele sorriu quando deixou cair a mão do braço dela. — A mulher que me criou costumava dizer isso.

— Camille? — perguntou ela, e ele pareceu surpreso que ela soubesse. — Ela foi mencionada naquele artigo emoldurado sobre você no Popcorn.

Ele apontou para uma foto na parede atrás dela.

— É ela.

Charlotte se virou. Mac estava com capelo e beca de ensino médio, ao lado de uma senhora negra de *tailleur* e chapéu. Ele estava curvado e tinha os dois braços ao redor dela, como se estivesse com medo de que ela lhe escapulisse como água. Algo sobre aquela senhora parecia familiar. Irradiava

de forma tão intensa que Charlotte podia sentir um calor real vindo da foto. *Lar.*
— Como você acabou sendo criado por ela?
— Minha mãe foi embora um dia, quando eu tinha 8 anos, e nunca mais voltou. — Mac encolheu os ombros. — Ela sempre foi inquieta. Algum outro lugar era sempre melhor do que onde ela estava. Eu estava acostumado com ela desaparecendo por dias a fio. Ela me deixava com uma tonelada de comida. Só que, daquela vez, semanas se passaram. Tínhamos acabado de nos mudar para um novo bairro, então eu não conhecia ninguém e não sabia o que fazer. Mas todas as manhãs eu via uma senhora na estrada, distribuindo pratos de comida para as crianças, então comecei a aparecer. Era Camille. Ela me acolheu quando ficou claro que minha mãe não voltaria, embora eu ache que não tenha lhe dado muita escolha. Grudei nela como um carrapato.

Ela nunca teria suspeitado que Mac tinha sobrevivido a uma infância disfuncional. Ele parecia tão composto. Sólido. Centrado.

— Onde está sua mãe agora? — questionou Charlotte.
— Não sei. Provavelmente morta.
Charlotte fez uma pausa antes de perguntar:
— O que você faria se ela aparecesse?
— Ela não vai.
— Como você sabe?
— Porque ela sempre soube onde me encontrar. — Ele foi até o armário da sala e pegou uma manta de uma prateleira alta. Entregou a ela e disse: — Vamos falar com Frasier logo pela manhã, ok?

Ela assentiu.
— Sinta-se à vontade para assistir à televisão. E sirva-se do que tiver na geladeira.

Ela assentiu novamente.

Ele disse boa noite e caminhou para o seu quarto, fechando a porta atrás de si. Charlotte ficou lá, segurando a manta enquanto Madame a observava, piscando lentamente.

Por que ela deixou Zoey entrar em sua cabeça? Zoey era uma adolescente. Era óbvio que Mac não se sentia atraído por ela. O que era bom, disse a si mesma. Era uma coisa a menos para se preocupar, uma conexão a menos para desembaraçar antes que ela finalmente partisse de novo. Deveria se sentir aliviada.

Então, por que ela se sentia tão desolada?

Ela se virou para a foto de Camille.

Como ela podia sentir falta de algo que nunca havia existido?

Mac descansou a testa na porta fechada do quarto, depois girou a fechadura silenciosamente para que Charlotte não ouvisse. Ela estava aqui, em seu apartamento, uma linda fada de olhos arregalados pedindo ajuda, e o melhor que ele podia fazer era deixá-la sozinha na sala com a sua gata, porque não conseguiria dormir perto dela.

Era fácil afirmar que ele raramente pensava em sua mãe. Não se lembrava muito dela como pessoa. Ela tinha cabelo ruivo e um dente da frente torto. Fumava cigarros Salem. E sempre cumprimentava as pessoas na rua dizendo *"Tudo em cima?"*, seus olhos dardejantes à procura da próxima oportunidade. Mas ele não a conhecia. Ele não a entendia. Tudo o que sabia era o que ela deveria ter sido. E esse conceito por si só a definia, como, até certo ponto, o definia também. Ela deveria ter se importado com ele. Deveria ter ficado. E, como não o fez, e porque ele não sabia a razão, ele sempre se perguntava se era por ele não ter se agarrado a ela com força suficiente.

Ele se lembra de ter perguntado a Camille uma vez, depois de morar com ela por cerca de um ano, se ela o abandonaria. Ela disse: *"Eu sou sua, e você é meu, Macbebê. Nada vai mudar isso. Mas este é um mundo terreno, e ninguém pode ficar para sempre."*

E, mesmo assim, Mac ainda se agarrava a ela. Ele não queria se despedir. Ela tinha sido a fonte de tudo o que havia de bom em sua vida. Ela soubera disso? Seria isso uma tentativa de provar a ela o quanto a amava, porque não tinha dito o suficiente? Ou era porque ele secretamente acreditava que ninguém, a não ser ela, jamais poderia *amá-lo*? Ele não sabia.

Só sabia que a presença dela agora não tinha um preço. Isso o fez temer ainda a rejeição, pois quem acreditaria em uma solidão tão avassaladora a ponto de invocar um fantasma para aliviá-la?

Por fim, ele se afastou da porta e pegou um lençol da pilha na cadeira do canto. Ele o estendeu sobre a cama e se arrastou para debaixo das cobertas.

E, quando acordou pela manhã, estava novamente coberto de fubá de milho.

HISTÓRIA DE FANTASMAS

Camille

Não me surpreende que ele tenha vergonha de dizer a alguém que sente tanto a minha falta que faz isso acontecer. Ele sempre teve medo de que as pessoas zombassem dele.

    As crianças costumavam provocá-lo quando ele era menino, porque ele era grandalhão e vivia sujo, sempre coberto de comida. Sua mãe o deixava sozinho com toda a comida de criança que seus vales-refeição podiam comprar, e ele estava sempre pegajoso com aquele pó laranja de macarrão instantâneo com queijo, que ele despejava na boca porque eles não tinham fogão para cozinhá-lo. Finalmente, consegui que ele viesse até mim pouco antes do início das aulas. Eu tinha cozinhado naquela manhã, antes que ficasse muito quente. Fui até a porta de tela, gritei "Lanches da Cammie!" e ouvi o barulho de pezinhos descalços na minha varanda. Saí e entreguei os pratos de papel às crianças da vizinhança, e o vi parado no meio da rua, em frente à minha casa. As crianças o mandaram ir embora, dizendo que ele não precisava de comida, mas eu disse para ficarem quietos e fiz sinal para ele se aproximar. Ele ficou, muito tempo depois dos outros terem partido. Eu não me surpreendi.

    Eu tinha 80 anos quando ele entrou na minha vida. Às vezes eu falava sozinha para ter companhia, porque toda a minha família tinha ido embora, e os vizinhos não eram mais próximos como antes. Aquelas crianças me amavam, mas não queriam conversar. Não queriam ouvir sobre as minhas memórias. Nunca se interessaram em como eu fazia minha comida, ou nas histórias de como aprendi a cozinhar. Por exemplo, como minha mãe cantava para o molho dela engrossar, ou como ela me mostrou que a gordura do bacon faria a manteiga ter um gosto de paraíso com o qual ninguém jamais sonhou. Ou como fubá era melhor que farinha porque tinha peso, e é pelo peso que você sabe o seu valor, então não deixe ninguém dizer o contrário. Entretanto, Mac queria saber. Ele ouviu, ouviu, ouviu, como se não se cansasse.

Quando as aulas recomeçaram, ele passou a ficar comigo de vez; eu lavava as roupas dele, preparava mingau de manhã e o mandava para o ponto de ônibus. Isso durou semanas antes de eu ficar brava o suficiente para ir falar com a mãe dele sobre isso. Macbebê era um menino quieto, nunca atrapalhava, nunca queria nada além de comida. Ele ficava sentado, quieto e tímido, até que eu lhe desse o café da manhã e o jantar, nunca, nunca me incomodava. Como uma mãe pode simplesmente abandonar uma criança doce como essa? Então eu caminhei até a casa deles, uma bem velha e fedorenta atrás de algumas palmeiras na esquina. Quando eu era menina, todos nós dizíamos que aquela casa era mal-assombrada, porque um dos homens mais perversos que eu já conheci matou sua esposa lá. Grande Willy. Passávamos pela casa na ponta dos pés e sussurrávamos: "Não venha atrás da gente, fantasma do Big Willy!" Bati, mas ninguém atendeu. Então abri a porta, ainda com um pouco de medo do fantasma de Big Willy, mas não havia nada lá além de sujeira. Sem eletricidade, sem água encanada, insetos rastejando por toda a comida que a mãe tinha deixado para ele semanas atrás. Mas nada da mãe.

Fiz Macbebê se sentar quando voltou da escola e perguntei sem rodeios: "Onde está sua mãe, Macbebê?" Ele não sabia. Ela tinha ido embora há muito tempo. Bom, eu não sabia o que fazer. Ele me implorou para não contar a ninguém. Não queria me deixar. E sei que foi errado, mas eu também não queria que ele me deixasse. Então eu o mantive limpo e feliz, para que não levantasse suspeitas. Mas, sempre que sua situação de vida surgia nas conversas, eu simplesmente entrava naquela escola com alguns biscoitos de fubá para todos os professores, alguns para os quais eu cozinhei quando eles eram crianças, e eles acabavam esquecendo. Eu disse a Macbebê que estávamos apenas fazendo com que ele passasse despercebido, só isso. Ele disse que era muito gordo para não ser notado. Isso me fez rir. Ele tem um bom senso de humor, meu Macbebê.

Aos 16 anos conseguiu seu primeiro emprego, lavando louça em uma padaria aqui da ilha. Ele tirava boas notas na escola, mas eu tinha a sensação de que estava sozinho. Nunca falava de amigos e nunca ia a lugar nenhum que não fosse seu trabalho. Ele começou como cozinheiro de linha quando se formou, um bom emprego em um restaurante em Charleston porque era onde ficavam todos os bons restaurantes na época e ele estava ansioso para aprender. Chegava em casa à noite e não parava de falar sobre tudo o que acontecia na cozinha. Ele progrediu e se mudou para Charleston quando tinha 19 anos. Eu entendi. Ele era grande, e a casa, pequena, e o ônibus de Mallow Island levava quase uma hora em cada sentido. Alguns anos depois, ele se mudou de volta depois que eu caí e quebrei meu pulso. Eu disse a ele para não fazer isso, mas ele fez mesmo assim. Comprou o apartamento no Alvoroceiro, depois foi trabalhar no restaurante do hotel. Quando foi promovido a subchef, ele me levava para comer lá, e todos me tratavam como uma rainha.

Ele não tem que provar que me ama. Eu sei que ama. Sempre soube.

Jovens, não se apeguem tanto ao amor do passado a ponto de esquecer de viver. O amor do passado não é o único amor que vocês terão. E, posso dizer a vocês, deste lado, que ele nunca vai embora, de qualquer maneira.

Então se liberte.

Seja lá em que você esteja se agarrando, deixe ir.

Capítulo Catorze

HUNTER'S RUN, VERMONT
Dez anos atrás

Estava tão quieto no acampamento que se ouvia o tique-taque do relógio na parede do quarto. Havia uma garota de apenas 16 anos na cama, na cabana de seus pais, e ela não tremia mais. Outra garota estava sentada em uma cadeira dura, ao lado da cama. Por dias, eles não permitiram que ela visse a garota na cama, então ela simplesmente entrou pela janela, rastejando nos vários centímetros de lama criada pelo degelo da primavera que agora cobria seus sapatos e a bainha da sua calça jeans larga. Ela estava chorando baixinho enquanto segurava a mão da garota morta. E sentia como se tivesse morrido junto com ela.

De repente, vozes romperam o silêncio na sala ao lado. Adultos. A garota ao lado da cama virou bruscamente para a porta, com medo de ser pega. Ela reconheceu o pastor McCauley por sua voz estrondosa, aperfeiçoada nas esquinas, onde ele pregava dramaticamente, conclamando os pecadores. O pastor McCauley estava chateado, porque a morte da garota poderia significar que as "autoridades" se interessariam por seu acampamento. Ele estava dizendo aos pais da garota morta que era culpa de todos, menos dele, que a pobre garota não tivesse sobrevivido.

Mas até a garota sentada ao lado da cama sabia que a garota morta poderia facilmente ter sido salva, se a tivessem levado para um hospital. Eles eram adultos. Deveriam ter juízo. Não deveriam se deixar iludir pelo pastor McCauley. E, em vez disso, os pais da garota morta concordavam com ele. O pai chegou a se desculpar com o pastor McCauley.

Eles enterrariam a garota morta em breve. Vários homens tinham acabado de entrar na floresta, com pás, para cavar a terra molhada que cobria tudo durante a temporada de lama de Vermont. A garota sentada ao lado da cama sabia que tinha que ir. Essa seria sua única chance. Mas estava paralisada. Não achava que conseguiria sozinha. Esse nunca havia sido o plano. As duas garotas deveriam fugir juntas. Mas ela também não podia ficar. Tinha acabado de descobrir a bolsa de dinheiro no escritório do pastor McCauley. Ele estava indo embora. O saco de dinheiro deixou isso claro. Tinha matado a garota na cama com sua negligência e deixaria que todos do acampamento enfrentassem as consequências.

Ao pegar o dinheiro, a garota sabia que o pastor McCauley não poderia ir a lugar algum. Todo o mal que já havia feito acabaria por alcançá-lo, e ela queria que as pessoas soubessem exatamente onde ele estava quando isso acontecesse.

Trêmula, a garota sentada ao lado da cama caiu de joelhos, não para rezar — isso fazia parte de um passado distante —, mas para erguer a tábua solta e tirar o diário. Ela o enfiou no cós da calça jeans e então se arrastou para fora da janela. A única coisa que a fez se mover, e que a manteve se movendo por anos, foi sua promessa de preservar a memória da garota morta, mesmo que isso significasse se perder completamente.

Especialmente se isso significasse se perder completamente.

Charlotte acordou sobressaltada.

Ela ouviu um aspirador de pó, o que foi estranho, porque ela não tinha aspirador de pó. Não tinha tapetes para limpar.

Ela levantou a cabeça e encontrou um gato em sua barriga, deitado de bruços, olhando para ela com os olhos semicerrados e sonolentos.

O aspirador foi desligado, e Charlotte se sentou, lembrando-se de onde estava.

Madame pulou para baixo e foi se sentar em frente à porta do quarto de Mac. Se Charlotte partisse agora, ela não teria que enfrentá-lo para falar sobre coisas que eram tão assustadoras no escuro, mas que agora pareciam completamente fora de proporção. Isso era estranho o suficiente.

Mas então a porta do quarto de Mac se abriu, e ele saiu enquanto Madame lentamente caminhava para dentro, como se quisesse inspecionar o trabalho dele. Dava a sensação de uma coreografia muito bem ensaiada.

Mac pareceu desconsolado quando viu Charlotte.

— Eu acordei você?

— Está tudo bem — respondeu Charlotte, levantando-se. Ela alisou o cabelo, que havia se soltado da trança durante a noite, e tentou endireitar um pouco o vestido. Não era uma pessoa matutina, mesmo quando não dormia vestida. E o fato de ele parecer tão composto, com seu cabelo ruivo ainda molhado e bem penteado para trás, não ajudava. Como ele sobreviveu a tudo que viveu e acabou tão *funcional*? — Você sempre usa o aspirador bem cedo pela manhã?

— A Madame é surda, então isso não a incomoda.

— Ah — disse Charlotte, avançando em direção às portas do terraço em retirada. — Eu não sabia que ela era surda.

— Eu também não, a princípio. — Mac observou o avanço dela, com as mãos nos bolsos da bermuda cargo.

Ela alcançou as portas.

— Eu preciso ir.

— Você quer falar com Frasier agora — questionou Mac —, ou gostaria de um café da manhã primeiro?

Ela corria como se ele a perseguisse, mas ele nem tinha se mexido. Ele não estava fazendo perguntas, nem exigindo respostas. Não estava tentando nada. *Não estava atraído por ela.* Era seguro. Estava apenas oferecendo comida. E a comida estava mexendo em todos os tipos de pontos fracos dela ultimamente. Sanduíches de batatas chips. Rosquinhas com cobertura de limão. Pão de milho em um copo de leite. Ela soltou a maçaneta da porta.

— Não é todo dia que um chef executivo se oferece para me preparar o café da manhã.

Ele sorriu, virando para a cozinha:

— Agora a pressão aumentou.

— Posso usar seu banheiro primeiro?

— Claro. É pelo quarto. Madame vai estar lá, provavelmente, bebendo água da banheira. Ela finge que a sua tigela de água não existe.

Charlotte fechou a porta do banheiro, colocou as mãos nas laterais da pia e abaixou a cabeça, dizendo a si mesma para se recompor. Então se olhou no espelho. Foi tão ruim quanto ela havia pensado.

Suas sobrancelhas franziram quando ela estendeu a mão e tirou algo que parecia farinha de seu ombro.

De onde isso veio?

Quando ela voltou, com Madame andando à frente, Mac estava perto do fogão. Embora seus apartamentos fossem do mesmo tamanho, a cozinha dele parecia maior que a dela, provavelmente porque não havia uma parede separando-a da sala de estar, apenas uma bancada. Ela puxou uma das modernas banquetas de metal e se sentou. Pratos e garfos estavam à sua frente, assim como xarope de bordo, manteiga e um recipiente aberto com morangos inteiros. Ele tinha tudo isso *à mão*. A única coisa que ela teria de pronto para servir de última hora, com certeza, seria cerveja e cereal.

Ela observou enquanto ele virava uma panqueca dourada em uma frigideira e a colocava em um prato. Ele derramou mais massa e começou o processo novamente. Seus movimentos eram ágeis, e ele criou uma pequena pilha em minutos.

— Sirva-se — disse ele, colocando o prato na bancada. Ele moveu a frigideira para um queimador frio e enxugou as mãos em um pano de prato pendurado no ombro. — Camille chamava isso de bolo de viagem. Basicamente, são panquecas feitas com fubá.

— Você não leva a sério, não é? — comentou Charlotte. — O fubá, quero dizer.

Ele encolheu os ombros.

— É como a Camille cozinhava. Mas não foi só o fubá que tornou isso tudo especial. Era toda a filosofia dela por trás da comida. Quando eu era mais jovem, a comida tinha a ver com preencher um vazio emocional. Mas ela me ensinou que comida tinha a ver com contar histórias. Era sobre criar algo bom e depois doá-lo.

Charlotte comeu vergonhosamente rápido. Não conseguiu identificar se era a comida em si ou apenas o ato de prepará-la, mas subitamente teve certeza de que eram as melhores panquecas que já tinha comido. Quando terminou, tudo o que havia restado foi xarope espalhado pela superfície do prato, como se tivesse sido pintado com um pincel.

Ela limpou a boca com o guardanapo, dobrou-o e colocou-o de lado.

— Olha. Sobre ontem à noite — falou. — Eu exagerei com a história da porta destrancada. Não precisamos contar ao Frasier. E, principalmente, não precisamos contar a Zoey.

Mac encostou-se na bancada.

— Tenho a impressão de que não foi a porta destrancada, propriamente dita, que assustou você — comentou. — Foi o que ela representou.

O silêncio que pairou ao redor deles foi pontuado apenas pela mastigação constante da Madame, que estava concentrada em uma tigela de ração perto da geladeira subzero. Enquanto Charlotte observava a gata comer, perguntou:

— Você sente, alguma vez, que as melhores coisas vão embora rápido demais e as piores nunca, mas nunca te deixam em paz?

Mac não respondeu, esperando que ela falasse mais.

E, pela primeira vez em dez anos, ela falou.

— Quando eu tinha 12 anos, minha família vendeu nossa casa e todos os nossos pertences e se mudou para um pequeno acampamento religioso em Vermont. Eu digo religioso, mas, na verdade, eles só adoravam uma pessoa, o chefe do grupo, Marvin McCauley. É assim, aliás, que a igreja se chamava. A Igreja de McCauley. Ele era fanaticamente contra o governo e estava sempre sob investigação por fraude, armas, o que puder imaginar. — Ela só queria contar a história de Charlotte, mas, enquanto sua mente viajava de volta, uma imagem de Pepper se formou, espontaneamente. — Tinha só umas dez crianças lá, mas uma delas era uma menina da minha idade. Eu não queria nada com ela no começo. Eu odiava estar lá e não queria ser amiga de ninguém. Mas ela se aproximou de mim como se eu fosse a sua tábua de salvação. Assim como você e Camille. Era como se ela estivesse apenas esperando por mim, mas descobri que eu precisava dela tanto quanto ela precisava de mim. Nós nos tornamos inseparáveis... Charlotte Lungren e Pepper Quint.

— Pepper? Pimenta? Esse é o nome verdadeiro dela?

— Ela odiava. — Charlotte sorriu levemente. — Nos quatro anos que estive lá, tudo o que eu conseguia falar era sobre fugir. Eu me debruçava sobre mapas na biblioteca da escola e fazia listas de cidades onde queria morar quando finalmente saísse. Eu queria viajar de moto e ganhar dinheiro fazendo tatuagens de hena. — Distraída, ela esfregou as coxas sob a bancada. Não praticava em si mesma há mais de uma semana, e a maioria das imagens havia sumido, mas ela ainda podia senti-las ali, como tinta fantasma. — Pepper tinha medo de viajar, mas ela viria comigo. Ela queria estar onde eu estivesse. Eu a fazia se sentir segura.

— Onde ela está agora? — perguntou Mac.

Charlotte pegou o guardanapo e o dobrou novamente.

— Ela morreu de pneumonia no acampamento, quando tínhamos 16 anos. Quando ela ficou doente, McCauley disse a todos que, se eles tivessem fé que ela poderia ser curada, ela seria. Então, quando ela morreu, ele disse que era porque eles não tinham orado o suficiente. Foi quando eu finalmente fugi e nunca mais olhei para trás.

Mac franziu a testa.

— Ainda existe? O acampamento?

— Não. McCauley finalmente foi preso por posse de armas, cerca de um ano depois que eu saí. O grupo se dissipou depois disso.

Mac a estudou por alguns momentos antes de concluir:

— Então você está com medo de que alguém do acampamento tenha invadido seu apartamento.

— Não, não pode ser. Ninguém sabe onde eu estou. — A memória de ontem agora estava girando e se misturando com todas as outras vezes que ela havia sido meticulosa ao trancar a porta. Talvez ela apenas tivesse presumido que tinha girado a chave na fechadura antes de saírem para o jantar. — Eu provavelmente esqueci de trancar a porta. Zoey estava animada, e nós estávamos com pressa para sair.

— Mas você acha que as pessoas do acampamento são perigosas?

Ela não sabia como responder a isso. Tinha passado os primeiros anos, depois de partir, com medo de que alguém a encontrasse. Não por ter ido embora; ninguém ficou tão triste por vê-la partir. Mas porque ela tinha roubado aquele dinheiro. Havia apenas algumas dezenas de adultos no acampamento, e ela os conhecia pelo nome, então costumava pesquisá-los obsessivamente no Google. Alguns foram presos com McCauley, mas a maioria simplesmente se infiltrou de volta no mundo real. A única pessoa que ela perdeu completamente de vista foi Sam.

— Não sei. Só não quero que ninguém daquela época da minha vida apareça e me faça voltar a ser quem eu costumava ser. Eu não sou mais aquela pessoa. — Ela fez uma pausa. — Eu nunca contei a ninguém sobre Pepper.

— Quem melhor para contar do que um chef? Eu entendo de condimentos. — Ele deu a ela um sorriso tranquilizador, que enrugou a pele ao redor dos seus olhos castanhos. Sua aceitação, sua total falta de julgamento, a havia pegado desprevenida. — Vamos. Vamos falar com Frasier.

Mac deixou que ela assumisse a liderança e contasse a Frasier a versão dos eventos com a qual ela se sentia mais confortável: que ela achava que sua fechadura poderia ter sido arrombada na noite passada, embora nada tivesse sido levado. E que, por ser parecido o suficiente com o que Zoey estava dizendo sobre o apartamento de Lizbeth, Charlotte achava que ele precisava saber. A única coisa que Mac acrescentou foi:

— Alguém pode, ou não, ter descoberto nosso refúgio. Mas provavelmente está na hora de se preocupar com a segurança.

Frasier, parado com eles do lado de fora do seu escritório, assentiu. Os pássaros os cercavam como liliputianos.

— Podem ser caçadores ilegais — disse ele com seriedade, acariciando sua longa barba. — Não tive que lidar com eles desde aquele livro. Vou cuidar disso.

Quando Frasier voltou para dentro, Mac questionou:

— Caçadores ilegais? Você tem a sensação de que ele acha que a segurança dos pássaros é mais importante do que a nossa?

Charlotte se surpreendeu ao rir.

— Ei, o que está acontecendo? — perguntou Zoey da varanda.

Ambos olharam para cima.

— Frasier acabou de nos dizer que vai melhorar a segurança — respondeu Charlotte. — Para os pássaros.

Zoey desceu os degraus.

— De quem *eles* precisam ser protegidos?
— Boa pergunta.
— Mac, estou feliz que você esteja aqui — disse Zoey quando os alcançou. — Em primeiro lugar, obrigada por ontem à noite! O jantar foi incrível. Nunca experimentei nada parecido na minha vida.
— Você é muito bem-vinda.
— Segundo, você tem um exemplar de *Dançando com os Alvoroceiros*?
— Não, desculpe. Eu nunca li.
— Droga. Não consigo encontrar um exemplar em lugar nenhum. Fiquei acordada por horas, ontem à noite, procurando online. Eu ia comprar um para o meu aniversário, na próxima semana.
— Seu aniversário é semana que vem? — perguntou Charlotte.
Zoey assentiu.
— Então precisamos comemorar.
Zoey suspirou.
— Bom, agora eu não tenho nada além de tempo.
— Acabou a grande limpeza do apartamento? — Mac quis saber.
— Sim.
Mac assentiu. Em seguida ele hesitou, virou-se e foi embora.
— Você notou que ele parece não saber se despedir? — comentou Zoey.
Um homem que não sabe se despedir. Havia coisas piores no mundo do que ter um homem assim como amigo. Apenas um amigo, pelo tempo que ela estivesse destinada a ficar nesse lugar.
— Preciso me arrumar para o trabalho — disse, virando-se para sair. Sua conta bancária não engordaria sozinha.
Zoey a seguiu, dizendo:
— Não era isso que você estava vestindo ontem à noite?

Mac voltou para o apartamento e lavou a louça que estava na pia, uma tarefa meditativa da qual ele sempre gostou. Mas, essa manhã, tudo em que ele conseguia pensar era na pequena Charlotte e em seu apetite voraz enquanto comia os bolos de viagem. Deixou a louça secando no escorredor, pegou seu tablet e foi para o sofá. Sentou-se, e Madame pulou em seu colo, na mesma hora. Ele pousou o tablet sobre ela, o que ela gostava por causa do calor, e digitou *Igreja de McCauley*.

Não havia muitas menções, e a maioria delas era de reportagens de uma década atrás, da mídia local de Vermont. Ele clicou em um pequeno editorial cuja manchete dizia: A Igreja de McCauley, um Ano Depois.

> Esta semana marca o primeiro aniversário da incursão da polícia federal ao acampamento administrado pela Igreja de McCauley, em Hunter's Run. O líder da igreja, Marvin McCauley, de 52 anos, foi preso discretamente, e o pequeno arsenal que conseguiu adquirir foi apreendido sem incidentes. A maioria dos que o conheciam nunca chamaria o esguio Marvin McCauley de um homem particularmente carismático, mas ele tinha um talento especial para atrair residentes locais em momentos vulneráveis de suas vidas. Ele os recrutou em pontos de ônibus e bancos de alimentos, prometendo-lhes uma família amorosa e religiosa que seria totalmente autossuficiente em seus 8 hectares de terra arborizada. Todos nós conhecemos histórias famosas sobre esse tipo de seita: Branch Davidians, Heaven's Gate. Daqui a alguns anos, ninguém se lembrará da Igreja de McCauley. Era pequena e muito menos brutal. Mas uma coisa que nunca devemos esquecer, nem que seja pelas crianças desnutridas que foram retiradas do acampamento naquele dia, é que sempre precisamos proteger os membros mais vulneráveis da nossa sociedade.

Mac leu tudo o que pôde, mas a maior parte dos textos era superficial. As condições no acampamento eram aparentemente precárias, sem eletricidade ou água encanada, exceto no prédio da igreja onde ficavam os aposentos bem equipados de Marvin McCauley. O que chamou a atenção de Mac foi quantas vezes as crianças subnutridas foram mencionadas. Camille tinha ensinado a ele que comida era amor. Então, para ele, não havia indicação mais clara de que faltava amor nas vidas daquelas crianças do que o fato de que elas haviam ficado sem comida.

Ele tirou Madame do colo e foi para a cozinha. Era uma memória muscular, capturada em anos ao lado de Camille. Isso é o que você faz quando não sabe mais o que fazer. É assim que você mostra que se importa.

Ele ligou o forno e começou a reunir os ingredientes.

Quando Charlotte chegou em casa do trabalho, encontrou uma vasilha hermética na mesa do terraço. Nela, Mac tinha colado uma nota que dizia: *Porque sim*.

Ela abriu o recipiente e foi inundada pelo aroma de chocolate e manteiga. Ela deu uma risada assustada. Dentro estavam os maiores cookies de chocolate que ela já tinha visto, cada um do tamanho da sua mão aberta.

Charlotte se virou automaticamente para o apartamento de Mac, mesmo sabendo que ele estava no trabalho. A cortina de Lucy Lime moveu-se ligeiramente.

Ela pegou um cookie e o segurou entre os dentes enquanto se virava para destrancar a entrada. Sorrindo com o doce na boca, entrou e fechou a porta.

Capítulo Quinze

NORRIE BEACH, CALIFÓRNIA

Oliver estava sentado à beira da piscina, tentando se concentrar em uma técnica de respiração que sua terapeuta da faculdade havia ensinado. Inspire, contando até sete. Segure, contando até quatro. Expire, contando até oito. Repetidamente. Ele não havia precisado usar a técnica por um tempo, mas o Rondo ferrou com a cabeça dele, desde que ele havia comparecido àquela entrevista. Ele não gostava do quanto isso o fazia sentir desesperado e de como estava obcecado.

Tirou o celular do bolso e verificou se a vaga de gerente ambiental ainda estava disponível no site do Rondo. Estava, e isso o fez se sentir um pouco melhor. Talvez houvesse muitos candidatos para avaliar. Ele decidiu acreditar nisso porque, caso contrário, isso significaria que eles não estavam totalmente convencidos sobre Oliver e estavam esperando que alguém melhor aparecesse. Tudo se encaixaria assim que o pai de Garland chegasse em casa e ela falasse bem de Oliver. Tudo ficaria bem.

Garland chegou sozinha, com um Bloody Mary na mão. Seus óculos de sol escondiam os olhos de ressaca da implacável luz do sol da manhã. Ela se sentou em uma espreguiçadeira ao lado dele, ainda fingindo que não havia acabado de passar mais uma noite com Cooper. Cooper a seguiria em alguns minutos, mantendo a farsa. As Heathers ainda não tinham acordado, mas Roy já estava tomando banho de sol em uma sunga minúscula, a duas espreguiçadeiras de distância.

Garland estava ficando cada vez mais tensa, à medida que a semana que passavam juntos se aproximava do fim. Oliver sabia o suficiente sobre ansiedade para reconhecê-la e tentou fazer com que ela conversasse com ele algumas vezes, porque todo esse subterfúgio estava obviamente exaurindo todo mundo. Mas ela tinha cortado o assunto.

Antes que Oliver pudesse lhe dizer qualquer coisa naquela manhã, seu celular vibrou. Garland franziu a testa. Ele pegou o telefone e viu que era uma mensagem de Zoey.

> Estou em uma missão. Você sabe onde posso encontrar um exemplar de *Dançando com os Alvoroceiros*?

Ele observou Garland virar a cabeça suavemente em direção às portas francesas abertas, procurando disfarçadamente por Cooper. Oliver rapidamente digitou uma resposta.

> Existe uma coisa fantástica chamada A Internet, já ouviu falar?

Ela respondeu antes que ele pudesse guardar o celular.

> Graduado na faculdade E comediante. Você é um homem renascentista.

Oliver não conseguiu evitar o sorriso e sentiu seus ombros relaxarem um pouco.

> É um presente.

> Meu aniversário é na próxima semana e eu queria me dar esse livro de presente. Mas são tão raros. O último foi vendido no eBay há dois anos.

Pergunte ao Frasier.

Perguntei. Ele disse que doou todos os exemplares que tinha.

Sim, e Frasier deu um daqueles exemplares a Oliver, muito tempo atrás. Oliver se lembrou que teve que escondê-lo da mãe, que odiava ter um livro em casa que não fosse *Sweet Mallow*. O livro estava agora no carro de Oliver, em algum lugar. Ele esqueceu que o trouxera para a Califórnia até encontrá-lo quando estava se mudando do dormitório, na semana passada. Deixar o que tinha sido a sua casa, por quatro anos, tinha sido um momento inesperadamente emotivo para ele. Nunca conseguiu alcançar a verdadeira felicidade que pensou que encontraria por aqui, mas pelo menos conseguiu viver entre o passado e o futuro enquanto estava na faculdade, estranhamente protegido de ambos. Ele invejava que Zoey estivesse apenas começando aquela jornada.

Oliver olhou para Garland. Como ela ainda estava preocupada, procurando por Cooper, ele se concentrou em seu telefone e digitou:

Quando começam as aulas?

Agosto.

Ele se lembrou da mensagem anterior, sobre não saber o que queria fazer. Oliver sabia que queria trabalhar em hotéis desde os 16 anos, mas a faculdade tinha lhe ensinado muito mais do que ele pensava que queria aprender.

Estou feliz por ter feito faculdade. Você também vai ficar.

Por que você foi para tão longe?

Você acabou de limpar aquele apartamento. Já sabe a resposta.

Você sente falta de Mallow Island?

— Com quem você está conversando? — questionou Garland, trazendo Oliver de volta para a Califórnia. O súbito interesse dela significava que Cooper estava por perto.

— Alguém da minha cidade — respondeu ele, começando a guardar o celular.

Mas Garland o pegou da sua mão e começou a rolar a página.

— Quem é Zoey?

— Sinceramente, não sei. Aquele meu velho amigo deu meu número para ela. Vai começar a faculdade agora. — Garland devolveu o telefone para ele como se estivesse desapontada. — Você teve notícias do seu pai?

— Não. Seja paciente, Oliver. Eu já te disse.

— Não posso me dar ao luxo de esperar muito mais tempo.

— Se dar ao luxo? Você não está pagando nada — disse Cooper atrás deles. Ele se inclinou e pegou Garland nos braços. — Você parece muito quente nesse maiô. Precisa se refrescar.

— O que você está fazendo? — Garland guinchou, chutando as pernas. Ela deixou cair seu Bloody Mary, e o vidro quebrou no concreto. — Não se atreva! Oliver, me salve!

Cooper correu para a piscina e pulou com ela, fazendo com que um grande arco de água espirrasse em Oliver e Roy.

Oliver se levantou na hora, verificando se seu telefone tinha molhado.

Roy se apoiou nos cotovelos para observar Garland e Cooper. Garland gritou quando Cooper jogou água nela. Ela retaliou, pulando nas costas dele. Apenas alguns minutos atrás, estava com muita ressaca para falar. Mas era claro que ela queria fazer uma grande exibição.

— Você sabe o que realmente está acontecendo, não é? — perguntou Roy a ele.

— Sim — admitiu Oliver. Roy empurrou os óculos de sol com gotas de água para baixo do nariz, para encará-lo.

— Você parece um cara legal.

Oliver sorriu com ironia.

— Não se deixe enganar pelo sotaque.

— Você nunca escondeu o quanto esse trabalho no Rondo significa para você. Ela está usando você para chegar até Cooper, mas não se iluda pensando que ela vai te ajudar em troca. Não é assim que ela funciona. Você precisa minimizar o prejuízo agora, antes que tudo venha à tona.

Ouviu-se o som de alguém gritando o nome de Garland de dentro da casa. Oliver se virou e seu primeiro pensamento foi: *Tarde demais.*

Heather Dois tinha acabado de sair correndo para a piscina, em seu roupão rosa. Seu cabelo estava preso em um daqueles coques altos de que ela gostava, aqueles que pareciam antenas de Wi-Fi.

— Garland! — gritou ela. — Seu pai está em casa!

Garland paralisou na água.

— O quê? Pare com isso! — ordenou a Cooper, afastando-o quando ele se lançou para ela, brincando, porque ainda não havia notado Heather Dois.

— Eu estava fumando um pouco da maconha do Roy na varanda da frente. — Heather Dois estava falando rápido. — Eu acho que ele me viu enquanto se aproximava. Parecia zangado.

— Isso é o que você ganha por entrar no meu quarto e roubar minhas coisas — comentou Roy enquanto se levantava e se espreguiçava como um gato.

— Você tem que esconder se não quiser que eu roube — disse Heather Dois.

— Quietos! — exclamou Garland, usando a escada mais próxima para sair da piscina. — Ele disse que eles não voltariam para casa até amanhã à noite. Vocês já teriam ido embora!

— Espere — interrompeu Oliver, suas orelhas estremecendo com essa notícia. — Então você *falou* com ele?

— A madrasta-monstro não está com ele — disse Heather Dois. — Ele está *sozinho*.

Oliver estava começando a ver que o que ele inicialmente pensou ser pânico em Heather Dois era na verdade uma espécie de alegria velada. Ela estava se deliciando com essa reviravolta inesperada.

Garland se enrolou na toalha mais próxima. Cooper saiu da piscina e ficou atrás dela, com a mão em seu ombro.

— Hora do show — sussurrou Cooper. Ela assentiu, enquanto Harry Howell entrava pelas portas francesas abertas.

— O que diabos está acontecendo? — perguntou Harry. Ele parecia bronzeado, mas cansado, seu terno branco amarrotado. Usando uma combinação de sua ética de trabalho de operário e sua inteligência de bolsista de Stanford, Harry Howell pegou o último hotel em dificuldades da família de sua falecida esposa, da rede Rondo, e o transformou em um destino turístico de classe mundial. Ele era uma lenda no mundo hoteleiro da Califórnia.

— Oi, papai — disse Garland. Sua mão que segurava a toalha estava abrindo e fechando, nervosamente. — Como foram as férias?

— Não me venha com "Oi, papai". Eu disse para você arrumar um emprego enquanto eu estava fora, e em vez disso você convidou seus amigos para a minha casa, comendo e bebendo de graça? O que aconteceu lá? — perguntou ele, apontando para a poça vermelha e o vidro quebrado no concreto, onde Garland deixara cair a bebida.

— É só o meu Bloody Mary. Escorregou.

— E é claro que você deixou lá para outra pessoa limpar.

Harry se virou para voltar para dentro, quase atropelando Heather Dois, que estava à espreita atrás dele.

— Aconteceu faz só um minuto. — Garland correu atrás dele. Todos os outros seguiram, impotentes.

Harry parou na mesa do brunch, examinando e balançando a cabeça.

— Onde está Jade? — perguntou Garland. Todos se reuniram em torno dele como um coro grego. Harry pegou uma xícara e se serviu de café.

— Nunca mais mencione o nome dela.

— Aconteceu alguma coisa entre você e *Jade*?

Os olhos azuis e inexpressivos fitaram a filha, depois todos ao seu redor.

— Todo mundo para fora. Entrem nos seus carros e vão embora. Não consigo nem entrar na minha própria garagem. De quem é aquele Toyota transbordando de tralhas como o carro de um sem-teto?

— É meu, senhor — respondeu Oliver.

Garland olhou feio para Oliver, como se ele tivesse tentado fazer com que ela passasse vergonha de propósito.

— Não pense que você vai se mudar para cá — ameaçou Harry. — Nem Garland vai morar aqui se não se controlar.

— Não vou mais desapontá-lo, papai, não se preocupe. Você não vai me ver por muito tempo. Vou morar com Cooper. — Era óbvio que Garland achava que essa bomba surtiria algum efeito, qualquer efeito, diferente do que realmente fez.

A declaração dela fez o pai rir.

— É verdade! Ao contrário de você, ele me ama. — Os olhos dela se encheram de lágrimas. Lágrimas reais. Complicadas, cheias de mágoa, raiva, ressentimento e medo. Garland tinha feito planos para um único resultado. Mas não conseguira perceber que, enquanto outras pessoas estivessem envolvidas, nunca estaria totalmente no controle.

— Eu pensei que você tinha mais bom senso do que isso, Cooper — afirmou Harry. — Seus pais sabem disso?

— Eu sei que vocês são bons amigos, mas não é da conta deles — disse Cooper, fingindo ser um adulto, prejudicado pelo fato de sua cueca Corona Beer estar colada no corpo e pingando por todo o piso de ladrilhos espanhóis. — Eu tenho meu próprio dinheiro.

— Seu próprio dinheiro? — repetiu Harry. — Nenhum de vocês têm seu próprio dinheiro. É preciso *fazer por merecer* o próprio dinheiro. Saiam, todos vocês.

— Eu te odeio — declarou Garland.

Mas ela não saiu imediatamente. Ficou lá, como se esperasse que seu pai dissesse algo mais, implorasse para ela ficar, pedisse desculpas, falasse que a amava. Acima de tudo, dissesse que a amava. Oliver sabia que ela tinha um longo caminho pela frente, até aprender a aceitar que a única pessoa que você mais queria que o amasse era aquela que nunca o amaria. Quando Harry não respondeu, Garland se virou e saiu correndo da sala. Cooper a seguiu, depois Heather Dois e Roy.

Oliver ficou, pensando que alguma coisa boa ainda poderia surgir disso.

— Senhor? Eu queria me apresentar. Sou Oliver Lime.

— O nome é de verdade? — indagou Harry, pegando um croissant da mesa. — Parece o nome de um coquetel.

— Fiz uma entrevista para o cargo de gerente ambiental no Rondo e não tive resposta. — Harry fitou Oliver com olhos inexpressivos. — Fui para a faculdade com bolsa de estudos, como você. Eu realmente gostaria de ter essa chance.

— E você pensou que *essa* seria uma boa maneira de fazer isso? — perguntou Harry. — Essa vaga foi preenchida semanas atrás, Oliver Lime.

— Mas ainda está disponível no site.

— E em vez de fazer uma ligação para se informar, você decidiu sair com a minha filha — disse Harry ao sair da sala, balançando a cabeça.

Oliver ficou parado ali, assimilando tudo. Era isso mesmo? Tinha acabado?

O que ele faria agora? Não tinha muitas coisas dele no quarto de Garland. Ele arrumou sua mochila e, lá fora, encontrou Heather Dois esperando ao lado do carro dela. Heather Um estava sentada no banco do passageiro, digitando rapidamente em seu celular. Roy estava dormindo no banco de trás. Ele não se preocupou em tirar a sunga.

— Para onde você está indo, Oliver? — perguntou Heather Dois.

Oliver não respondeu enquanto jogava a mochila em seu Toyota.

— Você pode dormir no nosso sofá, se quiser. Emprego em hotéis tem aos montes. De qualquer forma, não sei por que ficou obcecado com o Rondo. Você ficaria perdido aqui. Venha com a gente para Los Angeles.

Gritos foram ouvidos de uma das janelas abertas do andar de cima; então algo quebrou. Oliver olhou para cima, alarmado.

— Você não achou que seria assim, não é? — perguntou Heather Dois. — Essa foi só a primeira rodada. Ela transformará sua saída na mais dramática possível. Então vai ficar com Cooper por cerca de um mês...

— Eu chuto duas semanas — disse Heather Um, sem tirar os olhos do telefone.

— ...e vai enjoar dele, ou vice-versa, então vai voltar para cá como se nada tivesse acontecido. Você vai ver — finalizou Heather Dois, deslizando para trás do volante.

— Por que vocês continuam amigos dela? — Oliver quis saber.

Heather Dois fez uma pausa.

— Eu sei que você acabou de nos conhecer, então é fácil presumir que só existimos dentro do mundo de Garland. Mas Heather e eu estamos abrindo uma butique neste verão. Acabamos de assinar o contrato. E Roy vai para a faculdade de direito no segundo semestre. — Ela fechou a porta e ligou o carro, depois abaixou a janela. — Passar um tempo com Garland é como atuar em uma peça muito longa. Eu tenho meu papel. Heather e Roy têm os deles. Cooper ainda está desempenhando o papel dele. Mas em algum momento a cortina se fecha, as luzes se acendem, e todos nós vamos para casa. A única pessoa que acha que tudo isso é real é Garland. Vamos. Venha com a gente.

Ela dirigiu até o portão e parou, observando-o pelo espelho retrovisor.

Ele respirou fundo, entrou no carro e saiu da garagem. Quando se aproximou do carro dela, ela virou à esquerda.

Oliver observou o carro dela desaparecer na esquina antes de pegar o celular. A tela ganhou vida, mostrando a pergunta não respondida de Zoey:

Você sente falta de Mallow Island?

Essa sempre foi uma pergunta complicada de responder, porque estava intimamente relacionada à sua mãe. Ele não sentia falta dela. Mas sentia falta de Frasier. Sentia falta de como o açúcar parecia exalar de cada porta aberta na rua do Comércio. Sentia falta de tentar encontrar caranguejos-violinistas com uma lanterna, nas noites de verão. Sentia falta de poder dirigir sem GPS porque conhecia todas as ruas de cor. Sentia falta das coisas boas. Oliver pensou que o trabalho no Rondo lhe daria um gostinho de si mesmo novamente, mas agora sabia que nunca encontraria sua essência ali.

Ele tinha deixado muito de si para trás.

E agora só queria ir para casa.

Capítulo Dezesseis

O Alvoroceiro se transformou em um canteiro de obras do dia para noite, o que surpreendeu todos que acordaram, naquela manhã, com uma cacofonia de marteladas e serras e o forte cheiro de madeira recém-cortada. Zoey saiu para a varanda, com Pomba ao seu lado, para ver o que estava acontecendo. Ela olhou para baixo e notou que Mac e Charlotte já haviam saído de seus apartamentos, parecendo tão desorientados quanto ela. Charlotte estava enrolada em um roupão. O cabelo ruivo de Mac estava opaco, com uma camada do que Zoey presumiu ser fubá.

Os dois olhavam, incrédulos, para o túnel de compensado e andaime que estava sendo erguido no jardim.

Frasier estava no meio de tudo. Ele tinha um cinto de ferramentas em volta da cintura e estava ajudando a martelar uma placa de compensado, sua longa barba branca balançando contra o peito a cada golpe. Ele tinha um pássaro na cabeça, mas o resto dos alvoroceiros revoava furiosamente ao redor do pátio, como um enxame de abelhas. Os trabalhadores da construção ficavam se esquivando deles e trocando olhares ligeiramente alarmados.

— Frasier! — chamou Zoey. Ele não a ouviu, então ela chamou de novo: — Frasier!

Ele finalmente se virou para olhar para ela.

— O que está acontecendo?

Ele sorriu.

— Tudo aconteceu da noite para o dia. Não deu tempo de ligar para você.
— O que aconteceu? — Ela estava confusa.
— Eu providenciei para que as reformas no apartamento de Lizbeth começassem antes do previsto. Estamos apressando as coisas, então serão apenas cinco dias de trabalho. Desculpe pela mudança de última hora.
— Por que a pressa? — questionou Zoey.
— Oliver ligou ontem. Ele está voltando para casa!
As sobrancelhas de Zoey se ergueram.
— Sério? Quando?
— Não falou. Mas quero que o lugar esteja pronto para ele.
Mac gritou de seu terraço:
— Eu odeio dizer isso, Frasier, mas acho que você errou o alvo por vários metros. — Ele apontou para o jardim. — O apartamento de Lizbeth é ali.
Frasier gargalhou, mais alegre do que Zoey jamais o vira. A notícia havia alterado toda a personalidade do homem. Isso, pensou Zoey, é o que amar alguém deve fazer com você. Muda você completamente.
— Não, não. Isso é apenas um abrigo temporário para impedir que os pássaros ataquem as pessoas quando os materiais chegarem — explicou Frasier, voltando a martelar.
Bom, a teoria era boa. Mas, assim que o túnel foi concluído, os alvoroceiros pulavam para dentro e perseguiam os trabalhadores de qualquer maneira. Zoey passou o dia inteiro assistindo ao espetáculo.
Mas a novidade desse novo empreendimento no Alvoroceiro envelheceu rapidamente. Na verdade, a única pessoa que permaneceu consistentemente feliz com tudo foi Frasier. Ele começava a trabalhar mais cedo e ficava até mais tarde, supervisionando as obras no apartamento de Lizbeth e a instalação da nova fechadura eletrônica e da câmera de segurança no estacionamento. Para todos os outros, o barulho de todas as manhãs era um rude despertar e permanecia onipresente ao longo do dia. Mac e Charlotte tinham o trabalho para onde

escapar, mas Zoey estava presa no caos, sem carro e sem emprego, acompanhada por um pássaro invisível que estava ainda mais rabugento do que ela. Até mesmo a emoção inicial da notícia de Oliver voltando para casa diminuiu, quando Frasier disse a ela que sua chegada poderia levar semanas e até meses. Ele não tinha certeza.

    Todos os dias, depois do almoço, Zoey saía para visitar Charlotte nos passeios de ônibus, apenas para fugir da construção. E, quando Charlotte e ela, chegavam em casa, verificavam o progresso feito na casa de Lizbeth antes de Frasier trancar. Todos os dias havia algo novo para se maravilhar: drywall branco como a neve, pias com acessórios elaborados, eletrodomésticos reluzentes, portas de armário com vidro.

    — Eu me pergunto quem está pagando a conta de tudo isso... — indagou Charlotte um dia. — Com certeza não é o Oliver.

    — Não sei. Frasier? Ele parece gostar muito de Oliver.

    — Quem imaginaria que ele tinha dinheiro para isso? O mistério de Frasier se aprofunda.

    Conforme prometido, o trabalho maior e mais barulhento foi concluído na sexta-feira. Restava apenas a pintura e os detalhes a serem acertados, o que Frasier disse que faria sozinho. Assim, o túnel foi desmontado e levado embora.

    Então, na manhã de sábado, Zoey finalmente recebeu a ligação que dizia que seu carro estava chegando de Tulsa.

    As coisas estavam definitivamente melhorando.

    Ela estava limpando a quitinete, que havia atingido um nível ridículo de bagunça. Estava até começando a incomodar Pomba, a julgar por sua recente atividade noturna de pegar roupas sujas e depositá-las na cama enquanto Zoey dormia, de modo que ela acordava com uma pilha delas no peito. A coisa estava tão feia que Zoey nem conseguiu encontrar o celular quando ele começou a tocar naquela manhã. Ela correu procurando por ele, até que Charlotte, que estava sentada no sofá, resgatou-o de entre as almofadas do assento e o estendeu sem tirar os olhos do exemplar de *Sweet Mallow*, de Zoey, que ela estava lendo.

Zoey deu instruções para o entregador chegar ao Alvoroceiros e arrastou Charlotte até o beco para esperar com ela. Quando viu seu pequeno Honda cinza dobrar a esquina, ela pulou e acenou, como se seu carro também estivesse feliz em vê-la.

A motorista desceu, deu a Zoey alguns papéis para assinar e lhe entregou as chaves. Em seguida, caminhou de volta até a rua do Comércio, onde havia um carro à sua espera.

Zoey conduziu Charlotte e fez as apresentações.

— Charlotte, meu carro. Meu carro, Charlotte.

— Prazer em conhecê-lo — disse Charlotte quando Zoey abriu a porta do motorista e deslizou para dentro, sorrindo. Ela realmente sentia falta de ter seu próprio meio de transporte. Chegou até a fazer o passeio de ônibus novamente, ontem, só para ver mais um pouco do resto da ilha, algum lugar que não fosse o Alvoroceiro ou a rua do Comércio, que ela conhecia de cor agora.

Zoey estava mostrando a Charlotte como o porta-malas era espaçoso, o que não era assim tão fascinante, mas para seu crédito Charlotte fingiu que era, quando Mac apareceu no beco. Ele estava de saída.

— Meu carro — anunciou Zoey.

— Legal — comentou Mac, com um aceno de cabeça.

— Não sei aonde ir primeiro.

— Você precisa de um tour pela cidade, pelos lugares onde o ônibus não mostra — sugeriu Charlotte.

— É exatamente o que eu preciso — disse Zoey.

Mac apertou o botão do chaveiro, e as luzes de seu Tahoe piscaram quando ele destravou.

— Suba.

— O quê? Sério? — perguntou Zoey. — Você não está indo a algum lugar?

— Apenas para o supermercado antes do trabalho.

Zoey olhou para Charlotte com uma expressão interrogativa.

— Eu não tranquei minha porta. Já volto — disse Charlotte, voltando pelo portão do jardim. Quando voltou, ela estava com seus óculos de sol, e Zoey tinha quase certeza de que ela tinha escovado o cabelo.

— Você senta na frente, com Mac — indicou Zoey.

Charlotte olhou torto para ela, mas Zoey tentou parecer inocente e pulou no banco de trás antes que a amiga pudesse argumentar. O carro de Mac cheirava a loção pós-barba misturada com alguma coisa frita, algo feito na cozinha do restaurante. Era precisamente como cheiraria o abraço de um chefe de cozinha.

Mac saiu da rua do Comércio e virou em direção ao centro da ilha.

— Para uma ilha tão pequena, temos uma grande economia turística, a maior parte voltada para o litoral. Pense nisso como um parque temático. A parte externa é para visitantes. A parte interna é a sala de descanso dos funcionários, onde vamos para fugir deles. Ali é a mercearia a que costumo ir — comentou ele, indicando uma rede de lojas ao passar.

— Eu também compro lá — disse Charlotte. Ela se virou em seu assento. — Zoey, é muito mais barato lá do que no mercado da esquina da rua do Comércio, exatamente para as mesmas coisas. Não jogue seu dinheiro fora.

— Sim, mamãe.

— Lá está a biblioteca. — Mac apontou para um pequeno prédio de madeira bege perto da escola. Parecia a casa da avó de alguém, que possivelmente cheirava a biscoitos açucarados e loção de leite de rosas. — Talvez eles tenham um exemplar de *Dançando com os Alvoroceiros*.

— Eu já chequei online — afirmou Zoey. — Eles não têm.

— O Odeio as Segundas é o único lugar que eu conheço que fica aberto 24 horas na ilha. — Charlotte mostrou o café, que era decorado em estilo clássico dos anos 1950. — Eles têm um café decente.

— Eu conheço o dono — contou Mac.
— Claro que conhece. Você conhece todo mundo aqui?
— É uma ilha pequena.

O passeio continuou por mais meia hora. Zoey recostou-se, gostando das brincadeiras quase tanto quanto de ver os lugares da ilha que faziam parte da vida cotidiana dos habitantes. Mas mesmo a coisa mais comum se tornava exótica nesse cenário exuberante, com lagoas de taboas e palmeiras tropicais pontilhando a paisagem. Depois que Mac passou por uma drogaria antiquada, que ele contou que uma vez teve que fechar por alguns dias quando caranguejos-violinistas decidiram tomar conta do estacionamento como uma gangue de delinquentes juvenis, ele passou pelos dois únicos restaurantes locais de fast-food da ilha. De forma hilária, ele classificou os pacotes de ketchup deles de acordo com a facilidade para abrir.

Ele pareceu hesitar no final da rua, onde virar à esquerda os levaria a um dos muitos bairros residenciais que se ramificavam em profundos recantos verdes.

— Vocês gostariam de ver onde eu cresci? — perguntou a elas.

Charlotte o analisou por trás dos óculos escuros.

— Se você quiser nos mostrar.

Ele dobrou a rua e entrou no bairro. As casas no início da rua eram pequenas, mas mais novas, intercaladas com prédios de apartamentos de tijolos e igrejas baixas pintadas de branco. Mas as construções ficavam significativamente mais degradadas à medida que desciam a rua. Mac acabou entrando em uma viela sem saída, onde o chão era apenas areia. Havia uma grande placa indicando que este era o futuro local de uma nova comunidade de casas construídas por instituições sociais. Ali, as velhas casas estavam em ruínas, fechadas com tábuas e cobertas de vegetação, obviamente à espera de demolição. Algumas já haviam desabado sozinhas, como se estivessem cansadas de esperar. Mac parou em um terreno baldio, onde restavam apenas alguns blocos de concreto de uma fundação.

— Estou tendo um sentimento muito louco de já ter estado aqui antes — disse Charlotte.

— Eu também — emendou Zoey, olhando ao redor.

Charlotte se virou, suas sobrancelhas se erguendo curiosamente acima dos óculos.

— Sério?

Zoey assentiu, e um pensamento lhe ocorreu. Ela pegou rapidamente o telefone e procurou as fotos.

Mac ficou quieto por um tempo, mas finalmente disse:

— A casa de Camille ficava naquele terreno baldio. É incrível que tenha ficado em pé tanto tempo. Às vezes acho que ela mantinha as paredes no lugar por pura força de vontade.

Charlotte estendeu a mão para ele, sua palma pairando a apenas alguns centímetros da camisa xadrez de Mac. Enfim ela colocou a mão no ombro dele e deu um tapinha. Ele virou a cabeça e sorriu para ela.

— *Está aqui!* — exclamou Zoey, erguendo os olhos bem a tempo de ver a troca de carinho surpreendentemente terna.

Mac e Charlotte se sobressaltaram, e Charlotte baixou a mão imediatamente.

— Aquela casa ali. — Zoey apontou para uma pequena casa verde com o telhado desabado, do outro lado da rua. Parecia haver uma árvore crescendo nela. — Estão vendo o degrau de concreto? Um dos cantos é irregular, e o número da casa, catorze, parece que foi pintado com spray.

— Nós sempre a chamamos de casa de lima. Pela cor, eu acho — disse Mac.

Entusiasmada, ela passou o telefone para ele.

— É a mesma casa ao fundo desta foto antiga de Lizbeth e Lucy Lime que encontrei no apartamento de Lizbeth! E se fosse a casa *delas*?

Mac usou os dedos para ampliar a foto, enquanto Charlotte se inclinava para ver. Ele sorriu como se pensasse *"Que interessante"*, como se não fosse uma descoberta incrível.

— Foi antes do meu tempo, mas aposto que Camille as conhecia. Ela alimentou as crianças da vizinhança por gerações.

— Talvez seja por isso que o lugar tenha parecido familiar para você também, Charlotte — afirmou Zoey ao pegar o telefone da mão de Mac. — Você se lembrou de quando eu te mostrei a foto.

— Deve ser isso — concordou Charlotte, embora não parecesse convencida.

— Vocês sabiam que Roscoe Avanger cresceu neste bairro? — perguntou Mac.

— Agora faz sentido — disse Charlotte.

Nesse exato momento, Zoey exclamou:

— *O quê?*

— Não me lembro qual casa Camille disse que pertencia ao avô de Roscoe. Pode ser que já não exista mais. Ao que tudo indica, Roscoe costumava fugir muito e às vezes acabava na varanda dela.

— A vida familiar dele era ruim? — questionou Zoey.

— Não sei — respondeu Mac. — Mas este era um bairro complicado, e Camille me deu a impressão de que ele era uma espécie de bandido. Ela disse que não ficou surpresa por ele ter se tornado um escritor. Disse que as histórias o perseguiam como fantasmas.

— Roscoe Avanger e fantasmas de novo. — Charlotte balançou a cabeça. — Tudo nesta ilha parece relacionado a essas duas coisas.

— Até nós — disse Zoey. — Roscoe Avanger comprou e reformou o Alvoroceiro. Nós nos conhecemos por causa dele.

— E os fantasmas? — perguntou Charlote. — Como estamos conectados aos fantasmas?

Zoey guardou o telefone.

— Não sei, mas aposto que existe uma relação.

Mac riu.

— Essa é a versão de Mallow Island dos seis graus de separação do Kevin Bacon.

— Quem? — Zoey quis saber.

— Ah, a juventude. — Mac fez o retorno e saiu do bairro.

Zoey se virou para observar as casas enquanto elas desapareciam de vista. Tudo ao seu redor estava subitamente costurado por fios invisíveis, tão finos quanto uma teia de aranha. Ela veio aqui querendo sentir uma conexão, mas sempre pensou que essa conexão seria com sua mãe.

Em vez disso, era com essas pessoas.

E parecia mais substancial, mais real, do que ela jamais poderia ter sonhado.

No início da madrugada da manhã seguinte, Oliver estacionou perto do calçadão em Wildman Beach, onde ficavam a loja de souvenires e o restaurante New Sea Food Paradise. Ele desligou o motor, mas ainda podia sentir o zumbido da estrada tremulando em sua pele como as minúsculas asas de insetos. Não conseguia se lembrar da última vez que tinha dormido. Ele ficou sem dinheiro para estadias em hotéis de beira de estrada alguns dias atrás. Em sua última parada, há mais de 24 horas, teve que vasculhar o carro em busca de troco para abastecer, encontrando moedas sob os assentos e em uma velha caneca de café em que guardava trocados em seu dormitório para usar nas máquinas de lavar da faculdade.

E agora ele estava ali, finalmente de volta a Mallow Island.

Observou a água. A espuma branca das ondas, visível na escuridão, brilhava como longos fios de luzes borradas de Natal.

Estava tão incrivelmente cansado. Seus olhos pareciam cheios de areia toda vez que ele piscava. Era muito cedo para acordar Frasier, mas, mesmo que tivesse combustível suficiente para isso, não poderia continuar dirigindo até o raiar do dia. Ele era um acidente esperando para acontecer. Imaginou se a polícia da ilha ainda fazia suas patrulhas excessivamente zelosas à procura de pessoas em situação de rua que dormiam em lugares públicos, ou se ele poderia se safar dormindo ali.

Seus olhos tinham começado a se fechar quando viu os faróis de uma viatura entrando no outro lado do estacionamento. Relutante, ele ligou o motor novamente e deu marcha à ré, dando um aceno de reconhecimento aos policiais quando voltou para a rodovia costeira. Ele pensou em ir ao Odeio as Segundas, se ainda ficasse aberto 24 horas. Mas logo descartou a ideia, pois não tinha dinheiro nem para uma xícara de café.

Ele só conseguia pensar em único lugar para ir.

E, na verdade, não adiantava adiar.

Ele teria que enfrentá-lo, mais cedo ou mais tarde.

A rua do Comércio ainda parecia um conto de fadas à noite, com seus postes antiquados brilhando como pirulitos de limão na frente das lojas coloridas. Ele estava tão exausto que estava no piloto automático, menos nervoso para ver o Alvoroceiro do que estaria se estivesse cheio de energia. Ele virou na Confeitaria Açúcar e Afeto, dirigiu pelo beco esburacado até que ele se abriu em um estacionamento, e, então, lá estava ele.

O brilho das luzes do jardim, através da folhagem atrás do portão, dava a impressão de vidro de mercúrio craquelado. Havia apenas dois carros no estacionamento, um Honda cinza e um grande SUV que Oliver lembrava pertencer a um homem chamado Mac. Ele recuou para uma vaga ao lado do Honda e acendeu a luz do teto do carro para poder vasculhar o porta-luvas, onde, anos atrás, tinha jogado a velha chave de casa. Ele não pensava nela há muito tempo. Ficou pendurada em seu chaveiro por meses depois que ele partiu, até que não conseguiu mais olhar para ela.

Ele finalmente a encontrou, apagou a luz e saiu.

Os músculos de seus ombros começaram a se contrair à medida que ele se aproximava do portão. Ele se sentia assim todos os dias ao voltar da escola quando era mais jovem. Conversar com sua terapeuta na faculdade o ajudou a entender que na verdade não era medo que ele estava sentindo — medo de enfrentar todas aquelas caixas, ou das paredes que estavam literalmente se fechando sobre ele, ou de outra discussão com sua mãe, que ele às vezes começava de propósito para tentar fazer com que ela dissesse algo diferente de "Você acha que eu tive *escolha*?" quando ele exigia saber por que ela permitiu que ele nascesse, em primeiro lugar.

Não, não era medo.

Era esperança. Esperança de que, de alguma forma, as coisas fossem diferentes.

Todos os dias aquela esperança o animava, e depois acabava com ele.

Oliver chegou ao portão e o puxou, mas descobriu que não se movia. Tentou novamente. Nada. Olhou para baixo e viu que agora tinha uma fechadura automática.

Ele se inclinou para frente e encostou a testa nas barras, derrotado.

Dormir no carro de novo. Pelo menos ninguém o veria, nem notaria um carro estranho ali até de manhã. Ele se virou e deu um passo, mas parou abruptamente quando ouviu um baque metálico e abafado. Soou como uma batida contra uma das lixeiras, como se seu movimento repentino tivesse assustado alguém e essa pessoa tivesse recuado.

Seu primeiro pensamento foi, de forma alarmante, que era sua mãe vasculhando a lixeira, como costumava fazer. Que talvez ela não estivesse realmente morta e ele tivesse sido enganado, de alguma forma, para voltar e ter suas esperanças frustradas novamente.

Ou, pior, que ela *estava* morta, mas seu fantasma ainda estava ali, o que significava que ele nunca se livraria dela.

— Quem está aí? — perguntou, sua voz baixa e seca por causa da pouca água e do excesso de salgadinhos de milho de loja de conveniência.

Não houve resposta.

Ele pegou o chaveiro e acendeu as luzes do carro remotamente. Não foi uma estratégia particularmente genial, porque as luzes estavam voltadas para ele e não para as lixeiras, e o cegaram temporariamente.

Ele imediatamente as desligou e esperou, ouvindo.

Talvez tivesse sido apenas um gato.

Ele correu até o carro, entrou e trancou a porta. Tinha muita coisa na parte de trás para reclinar o banco, então ele descansou a cabeça no encosto e fechou os olhos, mas os abria a todo momento para observar as lixeiras. Ele pensou ter visto uma sombra se movendo atrás de uma delas.

Ele não aguentava mais. Ele precisava dormir ou viraria cinzas.

Ligou o carro e dirigiu até Julep Row. Lá, estacionou do lado de fora da casa de Frasier e olhou para os portões imponentes antes de pegar o telefone.

Tocou meia dúzia de vezes antes que a voz sonolenta de Frasier atendesse.

— Alô?

— Oi, Frasier. É o Oliver. Desculpe te acordar. Tentei o Alvoroceiro, pois sabia que a casa da minha mãe tinha sido limpa, mas agora tem uma fechadura no portão. E então pensei ter visto... Só estou muito cansado e preciso de um lugar para dormir. Estou na frente do seu portão. Posso entrar?

Seguiu-se algum barulho, como se Frasier estivesse saindo da cama.

— Você já está na ilha?

— Passei os últimos dias na estrada.

— Espere — disse Frasier. Então os portões se abriram como se empurrados por uma mão invisível. — Suba.

Quando a grande casa azul apareceu, a luz sobre a porta da frente se acendeu e iluminou a varanda com suas colunas dóricas. De repente, uma coisa ocorreu a Oliver, em um lampejo de percepção.

Ele sabia do que o Hotel Rondo o lembrava. *Dessa* casa. E a sensação implacável de que tudo ficaria bem quando ele começasse a trabalhar lá era a sensação que ele sempre tinha quando via esse lugar. Porque lá dentro estava a única pessoa que ele sabia que estaria ao seu lado não importa o que acontecesse, a personificação da esperança que Mallow Island sempre representou — a esperança de que realmente somos capazes de mudar.

Que maneira de ignorar o óbvio, disse ele a si mesmo enquanto estacionava na frente e colocava a cabeça no volante com uma risada incrédula. Ele corria o risco de explodir em uma gargalhada forte, enérgica, o tipo de risada de quem estava cansado demais para se controlar, embora não fosse engraçado, quando ergueu os olhos novamente e viu que a porta da frente estava aberta agora.

Frasier tinha saído, sua pele escura brilhando sob a luz amarelada da varanda. Ele vestia um pijama com as iniciais RFA bordadas no bolso do peito, de Roscoe Frasier Avanger. Apenas os mais próximos o chamavam pelo nome do meio. Oliver nunca pensou nele como famoso, mas o viu interagir com leitores fanáticos, um dos quais costumava ser sua própria mãe, o suficiente para saber por que ele valorizava tanto sua identidade secreta.

Frasier sorriu através de sua longa barba branca, uma barba muito mais convincente do que a falsa que ele usava anos atrás para tentar tratar de assuntos pela ilha. Ele finalmente tinha deixado o cabelo e a barba crescerem, obliterando a cabeça careca e o queixo bem barbeado que se tornaram famosos em todas as fotos de autor já tiradas, coisas que antes tinham sido uma fonte de grande vaidade para ele. Ele levantou a mão nodosa no ar, em boas-vindas.

Oliver saiu do carro e subiu os degraus, cansado. Frasier estendeu os braços, e Oliver caminhou até eles. Ele ficou lá por um longo tempo, até que Frasier finalmente bateu em suas costas algumas vezes e se afastou, gesticulando para que ele entrasse. Oliver enxugou os olhos e passou por seu velho amigo, entrando na quietude da casa dele.

Frasier então fechou a porta contra o ar úmido da noite.

E a luz da varanda se apagou.

HISTÓRIA DE FANTASMAS

Lizbeth

Então, ele está de volta. Isso deve deixar Frasier feliz.

Algo mexeu comigo quando o vi, algo desconfortável que eu não queria cogitar. Oliver sempre me fez sentir assim, mesmo quando ele era um bebê. Ele nunca me lembrou do pai, Duncan. Se tivesse, teria sido mais fácil. Em vez disso, Oliver me lembrava do meu pai, o que é estranho, porque não me recordo de como meu pai era. Destruí todas as fotos dele há muito tempo.

Se eu pensar muito sobre isso, muito mesmo, a única real interação com meu pai de que me lembro foi a única vez em que eu estava sentada em seu colo e ele sussurrou para mim que todos os homens da família dele viveram até os 103 anos, como se fosse uma temperatura que tivessem que atingir. Lembro que a ideia me deu uma profunda sensação de mal-estar, embora não lembre por quê.

Eu tinha 10 anos, e Lucy, 16, quando ele morreu. Nosso vizinho parou de tomar seus remédios, ficou nu em seu gramado uma noite e atirou em meu pai quando ele o confrontou. Nas anotações da autópsia, que mais tarde solicitei e coloquei em uma de minhas caixas, o médico legista ergueu o coração de meu pai para que todos na sala vissem e disse: *"Querem dar uma olhada nisso? Parece o coração de um jovem de vinte anos!"* Ele também me diria mais tarde, quando o localizei para colocar mais notas em minhas caixas, que ele lembrava que quase podia sentir o coração bater em suas mãos, suavemente, como se meu indomável pai ainda estivesse lutando contra a morte.

Perdi aquele relatório, todos os registros de prisão de Lucy e dezenas de apólices antigas que fiz e deixei expirar, quando minha cozinha inundou vários anos atrás. Frasier pegou as caixas arruinadas e as jogou em algum lugar que não era a lixeira do Alvoroceiro. E não quis me dizer onde.

Após o funeral do meu pai, não havia como controlar Lucy. E isso quer dizer muito, considerando o quanto ela já era imprevisível antes. Era como se apenas ela pudesse reagir à perda dele. Típico. Ela ficava fora a noite toda, se drogando. Ela foi presa onze vezes por posse de drogas, intoxicação pública e aliciamento, tanto na ilha quanto fora dela. Ela ia ao pronto-socorro quase todo fim de semana com doenças inventadas e histórias de acidentes, tudo como um golpe para obter receitas de medicamentos. Mamãe e eu finalmente desistimos de ir até lá, vestindo casacos sobre os pijamas, quando o hospital ligava. Lucy, então, entrava e saía da reabilitação com tanta frequência que você pensaria que era uma liquidação. Mamãe se cansou, afinal, e trocou as fechaduras das portas. Adorei isso. Quando Lucy batia na porta, mamãe apenas olhava para a parede, mas eu gritava para ela ir embora, dizendo que *nós* não precisávamos dela. Eu queria que ela soubesse como era, todo aquele tempo que ela passou com nosso pai atrás das portas fechadas do quarto, me deixando de fora.

Fomos só eu e mamãe por um longo tempo, e eu me agarrei a ela, tanto quanto ela permitiu. Ela nunca foi uma pessoa particularmente amorosa. Lembro-me dela sempre encarando as paredes enquanto as brigas aconteciam ao seu redor, sem fazer nada a respeito. Depois do ensino médio, eu poderia ter ido para a faculdade com bolsa de estudo. Mas o mundo real me assustava, e tudo que eu queria era ficar em casa com minha coleção de papéis. Foi por isso que comecei a fazer cursos de extensão de tecnologia. Eu tinha que fazer algo que parecesse produtivo, ou temia que minha mãe me obrigasse a ir embora.

E foi aí que conheci Duncan, e todas as coisas boas que eu sempre quis que me acontecessem finalmente aconteceram.

Enquanto eu esperava o ônibus para me levar para casa, Duncan — um homem lindo, na casa dos 40, com olhos azul-piscina — conversava comigo. Ele me disse que estava morando em uma casa de passagem e que estava sóbrio há mais de um ano. Ele disse que finalmente estava organizando sua vida, indo para a escola e trabalhando meio período no posto de gasolina Num Piscar de Olhos, na rodovia costeira. Com o passar dos dias, eu me vi ansiosa pelo nosso ponto de ônibus. Fiquei lisonjeada com sua disposição para me contar tantas coisas pessoais sobre si mesmo, embora tivesse quase certeza de que ele nem sequer sabia meu nome, por pelo menos metade do semestre. Quando chegou a hora de ele sair da casa de passagem, Duncan me perguntou se eu tinha um quarto para alugar. Eu sabia exatamente o que ele estava fazendo esse tempo todo, conversando comigo. Ele me via como uma pessoa ingênua e fácil de manipular. Mas a essa altura eu não me importava. Eu já estava apaixonada. Eu o levei para casa para conhecer a mamãe, e ela gostou de ter Duncan para consertar a pia que pingava e colocar uma refeição extremamente criativa na mesa quando ela chegava em casa do trabalho. Ela alugou o antigo quarto de Lucy para ele, e vivemos juntos em perfeita felicidade por um ano inteiro.

Imediatamente após a mudança, Duncan começou a entrar em meu quarto todas as noites, para se sentar ao pé da minha cama e conversar comigo sobre as aulas, às vezes lendo para mim suas passagens favoritas de *Sweet Mallow* enquanto esfregava meus pés no cobertor. Ele se aproximava um pouco mais a cada noite, e eu ficava imóvel, cada músculo contraído pela intimidade da situação. Eu tinha 18 anos e senti que, enfim, minha história estava sendo completamente reescrita.

Mas é claro que não durou. Eu tive um ano com ele, um ano maravilhoso de alguém querendo apenas a mim, então Lucy estragou tudo quando foi expulsa da reabilitação novamente por tentar arrombar o armário de remédios.

Em um momento de boa vontade, porque Duncan havia facilitado nossas vidas de várias maneiras, mamãe permitiu que ela voltasse para nossa casa e dormisse no sofá, já que Duncan estava agora em seu antigo quarto. Eu *odiei* isso. Estava com medo do jeito que ela olhava para Duncan, do jeito que ela conseguia fazê-lo rir quando eles compartilhavam histórias mundanas. Ela era linda e cativante, mas ele não a conhecia de verdade. Ele não sabia que feiticeira sinistra ela era.

Lucy e eu brigamos como se fôssemos crianças novamente. Eu a chamei de desajustada e inútil e disse que gostaria que ela simplesmente fosse embora, porque não a queríamos lá. Ela me disse que eu não tinha vida e que só garotas feias e esquisitas de que ninguém gostava ainda moravam com os pais. Eu disse a ela que não era verdade. Mamãe nunca *me* expulsou. E eu tinha Duncan — quem ela tinha? Percebo agora que nunca deveria ter dito isso. Ela não suportava me ver feliz. E, assim, só para me punir, Lucy seduziu Duncan com seu corpo e seu vício. Ela venceu, mesmo que isso significasse que todos nós perdêssemos.

Ele parou de entrar no meu quarto à noite. Em seguida começou a faltar às aulas, usando o trabalho como desculpa. Até que ele e Lucy começaram a desaparecer juntos, por dias seguidos. Eles voltavam chapados, embora alegassem que não. Os viciados sempre pensam que são tão bons em manipular quando estão chapados quanto quando estão *tentando* ficar chapados. Eles alimentaram mutuamente seus vícios por quase meio ano. Mamãe desistiu e deixou acontecer, como sempre fazia quando as coisas ficavam difíceis. Ela não fez nada, como quando meu pai estava vivo. A situação ficou tão ruim que Lucy roubou um receituário de um consultório médico e ela e Duncan fizeram um passeio imprudente pelas farmácias, tentando conseguir algo com prescrições falsificadas até que finalmente foram pegos.

Eu nunca culpei Duncan. Nunca pensei que fosse culpa de alguém, exceto de Lucy. Eu tentei dizer isso a ele, que eu entendia. Quando eles foram para a prisão, escrevi para Duncan o tempo todo. Ele nunca respondeu, nem mesmo quando contei a ele sobre Oliver, o que minha mãe me fez *prometer* que não faria. Ele era a chave em seu plano perfeito.

Porque, veja bem, Duncan era o único além de mim, minha mãe e Lucy que sabia que Oliver não era meu de fato.

Foi Lucy que engravidou, não eu.

Você pensou que sabia toda a minha história, não é? Todo mundo pensa.

Depois que eles foram presos, minha mãe pagou a fiança de Lucy e a deixou voltar para casa enquanto aguardava a sentença. Fiquei furiosa. Por que ela não pagou a fiança de Duncan? Ele estava preso lá! Foi quando eles me disseram que Lucy ia ter um filho de Duncan. Lucy vinha ignorando, negando, mas o tempo estava se esgotando. E a melhor parte era que eles precisavam da *minha* ajuda. Embora ela estivesse bem adiantada na gravidez, ela não tinha certeza exatamente, Lucy não parecia estar grávida porque o bebê era muito pequeno e Lucy tinha muitas curvas. Ficaria complicado, disseram eles, se as pessoas descobrissem. Ela teria que cumprir pena, isso estava claro. E, quando isso acontecesse, o bebê poderia ir para um orfanato, poderia ser tirado de nós, a menos que fizéssemos algo. E esse algo foi deixar Lucy fingir que era eu quando teve o bebê. Seria fácil, eles disseram, porque eu ainda era dependente no convênio de saúde da mamãe. Então meu nome iria para a certidão de nascimento, e as autoridades não se envolveriam. O bebê seria todo nosso.

Todo da minha mãe, isso, sim.

Não entendi aquela farsa toda. Lucy não se importava com o bebê. Eu sabia que a única razão pela qual ela contou a mamãe sobre isso era para manipulá-la a pagar a fiança. Tinha certeza de que ela teria o bebê e fugiria para nunca mais ser vista, a fim de evitar voltar para a prisão. Não havia motivo para eles me envolverem, mas é claro que o fizeram porque *não se importavam*. Fiquei tão surpresa quanto qualquer um quando Lucy ficou, e depois quando ela realmente foi cumprir sua sentença um mês depois que Oliver nasceu.

Mas Lucy não se saiu bem na prisão, em parte porque a mamãe nunca lhe enviou fotos ou cartas sobre Oliver, como havia prometido. No início do encarceramento, Lucy começou a brigar com outras presidiárias. Depois ela tentou fugir com um guarda que se apaixonou por ela. Eles foram pegos cinco minutos depois, quando pararam na beira da estrada para transar. Ela disse a todos que a única razão pela qual fez isso foi porque queria ver seu bebê. Ninguém acreditou nela, porque ninguém sabia a verdade sobre Oliver. Todos pensaram que ela era louca.

Duncan foi solto muito antes de Lucy. Longe dela, ele ficava bem. Eu sabia que ficaria. E sabia que ele voltaria para mim quando saísse. Eu daria a ele um lugar para ficar — mamãe não poderia impedir por causa do que eu sabia — e daria *tudo* a ele, como antes.

Mas, três dias depois de sair em liberdade condicional, ele morreu de overdose. Foi encontrado por um corredor matutino em Wildman Beach, deitado na areia, de frente para o sol nascente. Havia evidências de que uma mulher tinha estado com ele — alguns fios de cabelo compridos, um brinco de argola de ouro barato, uma camisinha usada, mas ninguém jamais conseguiu encontrá-la. Eu odeio aquela mulher, seja ela quem for. Ele deveria ter voltado para mim, não para ela. Ele foi cremado, e suas cinzas, enviadas para sua mãe idosa, em Boca. Eu nem sabia que ele tinha uma mãe idosa em Boca.

Camille continua dizendo que nunca sabemos as razões profundas pelas quais as pessoas fazem as coisas que fazem, então precisamos ser gentis uns com os outros. Precisamos perdoar. Ela diz que eu preciso deixar tudo isso de lado. Eu gostaria que ela parasse de me incomodar. Aquele outro fantasma aqui no Alvoroceiro não tenta me dar conselhos indesejados.

Perguntei a Camille por que *ela* não parte de uma vez.

Ela diz que quer, mas Mac é quem a segura.

Eu disse a ela que é isso que eu quero também, que alguém me ame tanto que não consiga me deixar partir.

Ela diz que é sobre o amor que você dá, não o amor que você recebe.

Mas, do jeito que eu vejo, não é realmente amor se você não é amado de volta.

É apenas algo que você inventa.

E, se ninguém nunca ler meus diários, ninguém nunca vai entender e finalmente me amar.

E tudo que eu sempre serei é algo que eu inventei.

Capítulo Dezessete

Um ventilador tropical de três pás girava no alto. Oliver ficou confuso quando abriu os olhos, porque o quarto de Garland não tinha ventilador de teto. Ele virou a cabeça e olhou ao redor do cômodo, com suas paredes azuis litorâneas e lambris brancos. Aos poucos, ocorreu-lhe que não estava mais na Califórnia. Estava de volta a Mallow Island. Ele se sentou, dolorido por causa de uma semana de viagem, e pegou o telefone na mesa de cabeceira para verificar a hora. Pouco depois do meio-dia.

Ele se levantou e tomou banho, depois desceu a grande escadaria em busca de Frasier. O rangido de seus tênis no chão de madeira era o único som no silêncio inquietante. Ele adorava a limpeza da casa de Frasier, mas fazia muito tempo que não se hospedava ali e tinha esquecido de como era silenciosa.

Oliver conseguir chegar até a cozinha e encontrou a governanta de longa data de Frasier, Rita, limpando as bancadas que já estavam impecáveis. Uma música melancólica vinha do rádio sobre a pia, alguma coisa gospel. Oliver pigarreou, e ela se virou, indo imediatamente até ele e envolvendo-o em um abraço forte. Isso o fez sorrir, porque ela era uma mulher grande e macia e o fez lembrar da sensação alarmante de ser engolido quando era um garotinho e ela o abraçava.

— Você é um colírio para os olhos — disse ela, afastando-se e segurando o rosto dele em suas mãos massudas. — Fiquei muito triste em saber sobre sua mãe.

— Obrigado. O Frasier está por aí?

— Não, mas ele deixou um bilhete para você. — Ela deu um tapinha no rosto dele antes de apontar para o quadro branco na despensa. Nele, Frasier tinha escrito: *Oliver, venha ao Alvoroceiro quando acordar, para ver o trabalho que foi feito. Rita, pelo amor de Deus, NÃO FAÇA GUISADO DE FRANGO ESTA NOITE! Estou cansado disso! Faça algo especial para Oliver.*

— Você não precisa fazer nada especial para mim — afirmou Oliver.

Mas ela já estava se mexendo, tirando as coisas da geladeira.

— Eu quero fazer. Quando foi a última vez que ele recebeu visitas? Ele está animado. Sente-se. — Ela indicou o recanto ensolarado da cozinha com vista para a piscina. — Vou fazer um pouco de presunto frito e tomates.

— Você não...

— E deixar que você apareça lá com fome? Acho que não — declarou ela.

Uma hora depois, Oliver saiu da casa de Frasier, entupido de comida e de um rico estoque de fofocas locais. Chegou ao Alvoroceiro minutos depois e estacionou ao lado da velha picape de Frasier. Ele tinha uma Mercedes que provavelmente tinha menos de 20 mil quilômetros rodados, porque ele a dirigia apenas quando tinha que ser Roscoe Avanger. E isso não acontecia há anos. Quando Oliver saiu do carro, observou as lixeiras. Será que tinha imaginado tudo na noite passada? Havia espaço suficiente para uma pessoa se esconder entre elas e a parede do beco, mas quem faria isso? Puxou o portão para ver se tinha sido deixado aberto, mas ainda estava trancado. Ele se perguntou se essa nova medida de segurança tinha algo a ver com invasores. O Alvoroceiro era tão difícil de encontrar que isso nunca tinha sido um problema antes. Sua mãe estava sempre alerta a tudo o que acontecia, então eles saberiam.

Ele tirou o telefone do bolso da calça jeans para pedir para Frasier deixá-lo entrar, mas, antes que pudesse ligar, ouviu a voz de um homem gritar:

— Podemos ajudá-lo?

Oliver inclinou a cabeça para ver através das grades. Ele conseguiu distinguir três pessoas, um homem e duas mulheres, paradas no terraço, ao lado do apartamento de sua mãe.

— Estou aqui para ver o Frasier.

— *Oliver?* — Só poderia ser Zoey. Ela tinha cabelos escuros como da mãe dela, com as mesmas sobrancelhas arqueadas. Mas ela era muito mais alta e magra, com pernas que não pareciam ter começo nem fim. Elas a faziam parecer tão fluida quanto uma água-viva se movendo na água, enquanto ela corria pelo jardim até o portão. Os pássaros voaram sobre ela, e ela ergueu os braços como Tippi Hedren em um filme de Hitchcock, mas não diminuiu o passo.

Quando ela o alcançou, colocou as mãos nas barras e olhou para ele através delas, seus olhos escuros arregalados.

— É você! Frasier disse que você voltaria, mas não sabia exatamente quando. Faz um século que você não responde minhas mensagens. Eu estava ficando preocupada.

A presença dela era como um sopro de brisa fresca. Ele se viu sorrindo para ela como um bobo. Ainda deveria estar tonto da viagem.

— Foi uma viagem intensa de carro.

Os outros dois finalmente se aproximaram, fazendo o caminho mais longo para evitar os pássaros. Oliver reconheceu Mac pela barba e cabelo ruivos. Ele tinha se mudado cerca de quatro anos antes de Oliver partir. Mas ele não conhecia a outra, uma loira baixinha e boêmia.

— Mac, é bom ver você de novo.

— Você também, Oliver. Desculpe não ter te reconhecido. Você cresceu.

— Esta é a Charlotte — disse Zoey. — Ela mora no apartamento ao lado do da sua mãe.

Oliver imaginou que ela deveria ser nova. A unidade ao lado deles nunca ficava ocupada por muito tempo. Mas Oliver adorava quando estava vazia. Ele costumava pegar um saco de dormir e se acomodar ali enquanto não era alugada de novo, aproveitando o vazio absoluto do lugar.

Frasier de repente abriu a porta de seu escritório, como se estivesse observando. Como, Oliver não sabia. O escritório não tinha janelas.

— Esse portão não é o Muro de Berlim — gritou. — Deixem o menino entrar.

Zoey digitou a senha e abriu o portão para ele. Ao passar, ele pensou como era estranho que todos estivessem fora de seus apartamentos assim, socializando. Sua mãe já teria aparecido muito antes, dizendo-lhes para pararem de vadiar, a saliva se acumulando nos cantos da boca enquanto gritava que tinha anotações sobre todos eles, que *sabia coisas*.

Esse não era o mesmo lugar. Parecia o mesmo, mas sem sua mãe ali era como se uma névoa tivesse se dissipado, revelando um lugar que ele sempre teve esperanças de encontrar.

Roscoe Frasier Avanger tinha sido um menino selvagem, porque achava que ninguém o amava.

Ele se transformou em um jovem desonesto, porque achava que ninguém se importava.

Então se tornou um adulto arrogante, porque achava que merecia isso quando subitamente, por causa de seu livro, todos o amavam e se importavam.

Egoísta, ele nunca quis filhos, ressentindo-se até mesmo com a ideia de ter que ser responsável pela felicidade de outra pessoa. Tirou proveito da sua cota de relacionamentos com mulheres, mas tinha feito uma vasectomia anos atrás. Não tinha percebido, até que Oliver partiu, o quanto tê-lo por perto tornava sua vida melhor. Como Oliver *o* tornava uma pessoa melhor. Agora gostaria de ter feito as coisas de forma diferente, mas era apenas mais um arrependimento para sua coleção.

Ele observou enquanto Oliver caminhava pelo jardim, olhando em volta como se o visse pela primeira vez. Um dos pássaros pousou na cabeça de Oliver, e Frasier sorriu. Era claro que ele não era o único que sentia falta do menino.

Frasier se lembrava da primeira vez que vira Oliver. Foi quando Lizbeth o reconheceu como Roscoe Avanger naquele dia, na padaria, e correu até ele com Oliver em um carrinho surrado. Frasier não precisava que ninguém examinasse a correspondência que recebia dos leitores quando conheceu Lizbeth. Ele sempre jogava tudo fora. Mas ofereceu a ela o emprego de qualquer maneira, porque viu algo em Oliver que ele sempre sentiu em si mesmo, uma sensação de não pertencimento. Oliver vivia em uma brecha entre a doença mental de Lizbeth e o mundo real, assim como Frasier sempre se sentiu entre os vivos e os mortos, às vezes perdendo de vista o que era real.

Ele recuou para deixar Oliver entrar no escritório.

— Como está a tia Lucy? — perguntou Oliver enquanto entrava.

Frasier olhou para o apartamento dela antes de fechar a porta. Sua cortina se moveu, como se ela estivesse à espreita.

— Falei com ela ao telefone depois que sua mãe morreu, mas não a vejo há algum tempo. A última vez foi quando um curto-circuito a deixou sem energia, provavelmente há três anos. Foi quando ela me disse que o chuveiro tinha parado de funcionar e que a geladeira estava quebrada há mais de um ano. Consertei tudo de uma vez. Ter pessoas dentro do seu espaço a deixava ansiosa. Ela tinha talvez três móveis, e o lugar fedia a fumaça de cigarro. Parecia frágil.

— Por que você acha que elas nunca conversavam?

— Não sei. Mas acho que sua mãe queria me contar.

— Deixe-me adivinhar — disse Oliver. — A história misteriosa que você estava procurando.

— Ela sempre disse que tinha uma história que queria que eu conhecesse. — Frasier deu de ombros. — Se eu encontrasse, pensei que poderia dar a ela um pouco de paz.

Oliver revirou os olhos:

— Se ela quisesse que você conhecesse uma história, não seria para que ela pudesse encontrar paz. Teria sido para que ela pudesse causar tanto caos quanto pudesse, com ela no centro de tudo. Fico feliz que você não tenha encontrado nada, embora não esteja surpreso.

Frasier olhou para o canto com uma expressão preocupada, certificando-se de que Lizbeth tinha ouvido isso. Oliver viu o gesto e olhou para ele com curiosidade.

— Otis se lembra de você — comentou Frasier, como forma de distração.

Oliver riu como se tivesse esquecido, então estendeu a mão para tirar o pássaro da cabeça.

— Pássaros normais não agem assim — afirmou enquanto colocava Otis na mesa, onde ele começou a pular, pegando e deixando cair vários lápis de cor.

— Quem disse que eles são normais? Sente-se. Como você dormiu, filho?

— Bem — respondeu Oliver, sentando-se na cadeira da escrivaninha de Frasier. Seu cabelo estava mais comprido do que Frasier jamais vira, caindo sobre os olhos verdes. Ele parecia cansado. Sua pele tinha o tipo de tom opaco que indicava a não ingestão suficiente de água. Essa não foi uma viagem que ele gostou de fazer, com certeza. — A Rita fez almoço para mim, quando levantei.

Frasier encostou-se nos arquivos.

— Tem ideia de quanto tempo você vai ficar?

Oliver balançou a cabeça:

— Vou encontrar um emprego e ganhar algum dinheiro primeiro, depois decidir o que fazer.

Frasier esperou que ele dissesse mais, porque sabia que havia mais. Lizbeth pairava ao lado dele, mas seu foco não estava em Oliver. Estava em algo que ela pensou que iria acontecer agora que ele estava aqui, algo que ela pensou que iria beneficiá-la de alguma forma. Ela ainda não conseguia ver o que estava bem à sua frente: uma criança extraordinária que era gentil, inteligente e engraçada e que merecia todo o amor que o mundo pudesse lhe dar.

— Eu estava contando com um cargo de gerente ambiental, em um hotel de uma pequena cidade nos arredores de Santa Bárbara, um lugar que me lembrou de Mallow Island, na verdade. Mas não deu certo, e acabei sem ter onde ficar depois da formatura. — Oliver fez uma pausa. — Eu nunca encontrei meu lugar no mundo, na verdade. Mas não podia voltar enquanto ela ainda estivesse viva, Frasier. Sinto muito, mas não consegui.

— Eu sei disso, filho.

Frasier também tinha passado muito tempo longe de Mallow Island quando era jovem. Ele fugiu para Nova York aos 17 anos. Estava farto de seu avô, que sempre estava bêbado ao meio-dia e era incapaz de lidar com seu neto selvagem. Frasier não sabia disso na época, mas seu avô só bebia para afugentar os espíritos, e Frasier herdou essa habilidade dele. Acabou fazendo bicos pela cidade, mal conseguindo sobreviver, às vezes tendo que sair no meio da noite quando o aluguel vencia e ele não tinha dinheiro para pagar. Ele inventou nomes para cada trabalho que teve, o que era uma coisa bastante fácil de fazer naquela época, experimentar novas identidades para ver qual delas se encaixava. Seu avô tinha morrido enquanto ele estava fora, e ninguém sabia onde Frasier estava para informar. Mas isso não foi necessário. Seu avô o encontrou. E seu fantasma não deu a Frasier um momento de paz, mantendo-o acordado à noite com histórias de Mallow Island e de seu tempo durante a Primeira Guerra Mundial, histórias que ele não ficou sóbrio o suficiente para contar a Frasier quando menino. O fantasma dele foi o único que Frasier já conseguiu ouvir, uma experiência que ele nunca quis repetir. Frasier tinha escrito *Sweet Mallow* só para fazê-lo ir embora, em um intenso período de oito semanas em que dormiu pouco e comeu menos ainda. E, de fato, assim que terminou, seu avô desapareceu. Frasier ficou tão surpreso quanto qualquer um com o sucesso do livro quando foi publicado. Mas ele rapidamente se acostumou com a adoração. Ele inclusive contava com isso, o que, décadas depois, levou a todo o desastre de *Dançando com os Alvoroceiros*. Tinha escrito *Sweet Mallow* há tanto tempo que esqueceu que seu dom, e sua maldição, era poder contar as histórias de outras pessoas muito melhor do que as suas.

— Tenho pensado muito em sua mãe desde que aconteceu e em todo o lixo que saiu do apartamento dela — disse Frasier, observando Oliver mover um lápis ao redor da mesa para Otis persegui-lo. — Eu sabia que era ruim. Mas eu sempre pensei que, enquanto eu estivesse lá para cuidar de você, você ficaria bem. Achei que havia uma maneira de você viver entre o mundo em que sua mãe vivia e o mundo real. Mas não havia, e isso nunca deveria ter sido esperado de você. Eu deveria ter te levado para morar comigo e te criado, e para o inferno com a confusão que Lizbeth teria feito. Se eu tivesse, talvez você não sentisse a necessidade de ir para tão longe. Sinto muito por ter falhado com você, filho. Espero que um dia seja capaz de me perdoar. Espero que um dia você seja capaz de perdoar a todos nós.

Oliver ergueu os olhos, surpreso.

— Você não falhou comigo, Frasier. *Você me criou.* Eu não teria sobrevivido sem você.

Frasier piscou algumas vezes, depois tirou um lenço do bolso e começou a enxugar o nariz, que estava escorrendo.

— Não sei o que há de errado comigo — disse ele, constrangido, enquanto enfiava o lenço com força no bolso. — De repente, sou esse velho com todas essas... emoções.

— Você? Humano? — Oliver sorriu. — Não acredito.

Frasier riu e deu um tapinha no ombro dele.

— Pronto para ver a sua casa?

— Desde que não tenha caixas — exigiu Oliver. — Eu poderia viver minha vida inteira e nunca mais ver outra caixa.

— Nem uma única caixa — informou Frasier. Eles saíram e esperaram enquanto Otis, sem pressa, saía atrás deles, reclamando o tempo todo. — Zoey foi muito meticulosa.

Charlotte e Zoey estavam sentadas no terraço de Charlotte, e, quando Frasier e Oliver passaram, Charlotte desenhava uma tatuagem de hena na mão de Zoey, que os observou desaparecer no apartamento de Lizbeth. Ela imaginou que o primeiro encontro deles seria muito mais maduro do que ela gritando o nome de Oliver e correndo para ele. Não podia acreditar que tinha feito isso.

— Alguém tão bonito deveria estar no palco. — Charlotte sorriu. — Ele certamente já tem uma *fã*.

— Para de bobagem — disse Zoey com uma risada. — Ele me pegou de surpresa.

— Mas acho que o sentimento é mútuo. Eu conheço esse tipo de cansaço. Entorpece tudo. Parece que você nunca mais vai sentir nada. Mas algo se iluminou no momento em que ele te viu.

Zoey balançou a cabeça, envergonhada:

— Não é desse jeito. Parece certo ele estar aqui. — Charlotte ainda estava sorrindo. — O quê?

— Eu estava tentando me lembrar do primeiro garoto por quem me apaixonei.

— Eu não estou apaixonada por ele — negou Zoey rapidamente.

— Ainda não.

Ok, então ela não sabia exatamente o que sentia por Oliver. Não era como se ela tivesse muita experiência nessa área. Ela adorava o que ele *representava*, o que a presença dele significava ali. Ele era outro fio invisível, outra conexão.

— Por que você não o convida para sua festa de aniversário esta noite?

Isso fez Zoey parar. Ela não queria sobrecarregá-lo com muita atenção. Ela passou tanto tempo com as coisas da mãe dele, e tanto tempo olhando para suas fotos, que tinha memórias imaginárias de realmente conhecê-lo. Oliver era familiar para ela, sem ser familiar. Ela tinha que continuar dizendo a si mesma que ele não passava tanto tempo pensando nela.

— Você acha que eu devo?

— É só para os desajustados. Acho que ele se encaixaria perfeitamente. Prontinho — anunciou Charlotte, recostando-se e estudando seu trabalho na mão esquerda de Zoey. Satisfeita, ela largou o frasco de plástico macio, cheio de pasta de hena, com a qual costumava desenhar.

— É lindo — disse Zoey, levantando a mão. O desenho era uma luva de renda com flores e cornucópias, com uma única trepadeira descendo pelo dedo médio. Ela o escolheu de um fichário com amostras que Charlotte havia lhe mostrado. Zoey sabia o quanto Charlotte era boa, é claro. Tinha visto o trabalho na pele da nova amiga. Mas havia algo de hipnotizante em observá-la desenhar, a maneira como suas sobrancelhas se franziam e seus olhos percorriam o desenho, em como ela se inclinava de vez em quando para examiná-lo. Era como se Charlotte estivesse em outro lugar quando estava desenhando, um lugar onde ela era totalmente ela mesma. Zoey nunca a vira tão confortável sem um frasco de hena, com alguém por perto, nunca mesmo.

Frasier e Oliver voltaram para o terraço de Lizbeth e ficaram lá, conversando. Zoey só podia adivinhar o que Oliver pensava da casa de sua mãe agora, tão vazia, tão diferente da última vez que a vira. Isso a fez pensar na caixa com as coisas de Lizbeth que ela guardava para ele na quitinete.

— Já volto — avisou.

— Você não vai convidá-lo? — perguntou Charlotte.

— Sim, mas tem algo que eu preciso dar a ele também — respondeu Zoey, trotando para os degraus da quitinete.

— Cuidado com essa mão até a pasta secar! — gritou Charlotte.

Foram necessárias algumas manobras para pegar a caixa, porque Zoey só podia usar uma das mãos. No momento em que a recuperou e voltou para a varanda, Oliver e Frasier já tinham se separado. Ela observou as costas de Oliver quando o portão se fechou atrás dele. Ela desceu os degraus correndo.

— Oliver, espere! — chamou através do portão, fazendo-o parar enquanto abria a porta de um jipe Toyota azul-escuro no estacionamento.

Ela colocou a caixa no chão para digitar a senha do portão; depois houve mais manobras para pegar a caixa de volta. Quando ela finalmente foi até ele, era óbvio que ele estava se perguntando por que diabos ela decidira fazer tudo com uma só mão.

— Eu queria fazer isso logo, caso você esteja apreensivo. Aqui está a caixa que eu guardei — disse, sem fôlego. — Sei que você não quer e entendo isso agora. Mas não achei que era meu direito jogá-la fora, então você que terá que jogar. — Ele pegou a caixa sem dizer uma palavra enquanto ela olhava dentro do carro, com interesse. Havia muita bagagem dentro dele, misturada com pequenos eletrodomésticos, luminárias de mesa e livros. — Você está desfazendo as malas?

— Não — respondeu ele. — Ainda não.

— Mas você vai se mudar para a antiga casa da sua mãe?

— Penso que sim. Por um tempo, pelo menos.

— Aposto que Lucy ficará feliz — comentou Zoey, embora não tivesse como saber o que Lucy estava sentindo. Mas Lucy tinha pegado as fotos. Isso tinha que significar alguma coisa.

— Onde você vai ficar enquanto isso?

— Com o Frasier. O que é isso? — Ele indicou a mão de Zoey, que ela tinha posicionado em um ângulo estranho ao lado do corpo, como se estivesse dando a mão para uma criança invisível.

— Ah, é hena. — Ela mexeu os dedos. — Ainda não está seca. Charlotte me deu de presente de aniversário.

— Hoje é seu aniversário? — Isso o fez sorrir, o mesmo sorriso das primeiras fotos da escola. Ela se pegou pensando: *Aí está você.*

— Fiz 19. E finalmente pude conhecê-lo pessoalmente, bem neste dia! É um presente muito bom. — Ah, droga. Ela disse isso mesmo? Ela fez uma cara de dor, que fez Oliver rir.

— Estou feliz em contribuir — disse ele.

— Escute, sinta-se à vontade para dizer não, porque basicamente eu sou apenas uma estranha bem-intencionada e ligeiramente agitada, mas Mac, Charlotte e eu vamos nos reunir hoje à noite. Se você não tiver nada planejado, gostaria de vir?

— Você quer que eu vá à sua festa de aniversário?

— Aberta a todos os moradores do Alvoroceiro, gratuitamente. Vamos nos encontrar no terraço da Charlotte. Se vier, prometo não gritar seu nome e correr até você, como já fiz duas vezes. Pense nisso.

— Eu não sei, essa é uma boa maneira de ser cumprimentado.

— Você diz isso agora, mas espere até que eu faça isso com você em público.

Ele olhou para ela antes de dizer:

— Você é exatamente como eu imaginei.

— Obrigada. — Ela estava encantada com a ideia de ele imaginar algo sobre ela. Mas então... — Espere. Isso foi um elogio?

— Sim, foi um elogio — disse Oliver.

Oliver sorria ao observá-la voltar pelo portão. Em seguida ele percebeu que ainda estava carregando a caixa, e seu sorriso desapareceu. Ele não sabe quanto tempo ficou ali, parado, debatendo o que fazer com ela, antes de finalmente entrar em seu Toyota e colocar a caixa ao seu lado, no banco do passageiro.

Mas então pensou: *De que adiantaria guardar isso?* Ele não queria o quadro barato, nem o vaso de flores, nem o livro autografado, nem o colar com o nome do pai. Ele certamente não queria ler os diários de infância da mãe. Essa caixa era toda sobre ela, com o que ela se importava, com *quem* ela se importava.

E ele não estava entre eles. Nunca esteve.

Ele tinha que fazer as pazes com isso.

Oliver saiu com a caixa, foi até a lixeira e jogou a caixa lá dentro. Então correu de volta para o carro e acelerou beco afora, como se a caixa estivesse prestes a pular de volta e persegui-lo. Estava aliviado que ninguém o tinha visto.

Capítulo Dezoito

No novo monitor de segurança de seu escritório, Frasier observou Oliver jogar a caixa fora antes de sair acelerando. A reação de Lizbeth foi imediata e frenética. O que ela queria que acontecesse tinha algo a ver com aquela caixa.

Mas o que havia na caixa? Apenas algumas bugigangas baratas e os diários dela.

Ah, caramba.

A história que ela queria que ele conhecesse.

Estava nos diários.

Mas, o que quer que fosse, Oliver *não* queria saber.

E lá estava Frasier, preso no dilema de dois lados opostos, como sempre.

Com um suspiro profundo, ele saiu do escritório e foi até a lixeira. Retirou a caixa e recuperou os diários. Havia dez deles, alguns do tamanho da palma da mão e femininos, com fechaduras frágeis, outros simplesmente cadernos de espiral. Ele os carregou de volta para seu escritório e os colocou em um velho saco de alpiste.

— Pronto. Sãos e salvos — falou enquanto enfiava o saco dentro de uma das gavetas de arquivo, não pretendendo lê-los imediatamente. Ele pensou que seria o suficiente, para ela, saber que eles estavam a salvo.

Contudo, uma lufada de ar soprou pelo escritório, agitando papéis em sua mesa e levantando as bordas dos desenhos de pássaros pregados na parede, fazendo parecer que estavam voando. Oliver estava certo. Lizbeth não queria paz. Ela queria o caos. E o que quer que estivesse naqueles diários causaria isso.

Ele os tirou da gaveta, irritado. Era um sentimento familiar, já que costumava ficar irritado com Lizbeth quando ela estava viva. As linhas divisórias são confusas entre dois lados opostos, é fácil esquecer com que lado se está lidando. Ele largou os diários na mesa, sentou-se, encontrou o mais antigo e começou a ler.

Levou algumas horas, mas ele enfim terminou o último diário, escrito logo após o nascimento de Oliver. Ele se recostou na cadeira e fechou os olhos cansados. A expectativa de Lizbeth era palpável, enchendo o pequeno escritório de umidade e fazendo Frasier suar.

Ela teve uma infância terrível, o que não o surpreendeu. Frasier tinha crescido naquele mesmo bairro, anos antes. Se não fosse Camille, reluzindo como um raio de luz na escuridão com a sua comida, muitas crianças da vizinhança teriam passado a vida inteira sem saber o que era o amor. Mas só tinham isso fora de suas casas. O que acontecia lá dentro era algo que nem a luz de Camille podia penetrar. Assim como Frasier e seu avô alcoólatra. E Lizbeth, com suas histórias sobre se sentar no colo do pai quando criança, e seu ciúme mordaz da suposta diversão que seu pai tinha com Lucy atrás de portas trancadas. Lizbeth nunca pareceu fazer a conexão entre sua infância e as batalhas que lutou mais tarde na vida. Frasier conhecia as duas há anos e nunca precisou saber os detalhes para entender que algo devia ter acontecido.

Mas então teve a parte que o surpreendeu.

Lucy era a mãe biológica de Oliver.

Mas era Lizbeth na certidão de nascimento de Oliver por causa de um plano elaborado pela mãe dela, que queria outra chance de criar um filho. Lizbeth só acabou com Oliver porque sua mãe morreu. E, no verdadeiro estilo Lizbeth, ela o manteve porque não tinha a capacidade de se desapegar de nada.

Frasier sempre presumiu que Lizbeth queria que ele conhecesse sua história porque queria um livro escrito sobre ela. Mas não fazia sentido para ele que ela quisesse que Frasier e o mundo inteiro soubessem, mas nunca tenha se preocupado em contar a verdade a Oliver. E Oliver era a *única* pessoa que deveria ter sido informada. Mas o menino esteve, e ainda estava, tão perdido entre os outros problemas dela que Lizbeth pensou que não tinha problema se Oliver descobrisse junto com todos os outros, quando a história fosse revelada.

Frasier sabia o que tinha que fazer. Tinha que proteger o menino. Não havia meio-termo sobre isso.

Existem apenas dois momentos na vida de uma pessoa em que um segredo de família deveria ser revelado — bem no começo ou bem no final. Quando uma bomba dessas é jogada no meio, obriga a pessoa a passar o resto da vida lutando para viver uma nova versão, porque tudo o que ela conhecia como verdade de repente se tornou falso. Esse segredo durou tanto tempo que compartilhá-lo com Oliver, agora, só o tiraria dos trilhos.

— Sinto muito pela dor que você sentiu na vida, Lizbeth — disse ele. — Eu realmente sinto.

Ah, isso a deixou feliz.

— Mas é hora de você deixar essa dor para trás e ir embora. Agora eu sei o que você queria que eu soubesse.

Isso a confundiu por um momento. Então ela começou a rodopiar pelo escritório novamente. Ela claramente queria que ele falasse mais, que reagisse mais. Mas ele não podia.

Ele não faria.

Por mais triste que isso o deixasse, por mais triste que toda essa maldita situação o deixasse, ele sabia que os espíritos ignorados acabam partindo. Era por isso que eram atraídos por pessoas como Frasier, que reconhecia a presença deles. Levaria algum tempo, mas Lizbeth acabaria indo embora.

E ela encontraria a paz que ele queria para ela, a paz que ela nunca soube como encontrar porque ninguém jamais se preocupou em mostrar a ela. Mais cedo ou mais tarde.

Mais tarde, naquela noite, enquanto Charlotte e Zoey ajudavam Mac a carregar para dentro travessas de comida e uma torta de aniversário com uma espessa cobertura de chantilly, Charlotte disse:

— Olha quem apareceu.

Mac entrou pelas portas abertas de Charlotte, mas Zoey parou no terraço. Oliver tinha acabado de usar a senha para entrar no jardim. Ela observou enquanto ele caminhava até o escritório de Frasier e batia. Frasier abriu a porta e acenou para ele entrar.

— Ah — lamentou Zoey. — Ele só está aqui para ver Frasier de novo.

— Com um pacote de presente? — perguntou Charlotte.

Zoey rapidamente a seguiu para dentro, com a travessa de pequenos biscoitos de queijo tão leves que quase pairavam sobre o prato. Ela o pousou no balcão da cozinha e então saiu apressada para o terraço, onde encontrou Oliver caminhando em sua direção. Ele se aproximou, mas nenhum deles disse nada, cada um aparentemente esperando que o outro dissesse alguma coisa.

— Tive que fazer uma parada e remarcar o jantar com Frasier — disse Oliver finalmente, apontando por cima do ombro. — Não é todo dia que alguém faz 19 anos.

Zoey riu.

— Você e Charlotte deveriam começar um clube e chamá-lo de "Acho que estou muito velho". Você só tem o quê, 22?

— Estou mais para 90. Aqui. Isto é para você. — Ele estendeu o presente, algo fino e retangular embrulhado em um mapa de estrada. Era claramente um livro pequeno. Os amantes de livros podem localizar um livro embrulhado a quilômetros de distância. — Desculpe pelo papel. Era tudo o que eu tinha.

— Posso abrir agora?

— Claro.

Ele a observou atentamente enquanto ela abria o mapa. O livro que estava dentro tinha um fundo de aquarela dourado, com uma única pena turquesa flutuando do título. Ela arquejou quando percebeu o que era. Oliver sorriu, como se essa fosse exatamente a reação que esperava.

— *Dançando com os Alvoroceiros*! Como você conseguiu um exemplar tão rápido?

— Está comigo há muito tempo.

— E você está dando para *mim*?

— Pareceu adequado — disse ele. — Você é a única pessoa, além de Frasier, que parece realmente gostar desses pássaros.

— Obrigada, Oliver. *Amei*. — Houve outra pausa estranha. Ela queria abraçá-lo. Isso era estranho? Ele acharia estranho? Ninguém estava por perto para ver se desse errado, exceto Pomba, que estava no jardim. Zoey podia ouvi-la agitar as samambaias. Seu pássaro ainda estava mantendo distância, mas ela estava mais perto essa noite do que nos últimos dias. Parecia preocupada com alguma coisa.

Seria mais fácil se Pomba não estivesse olhando, mas Zoey deu um passo à frente mesmo assim. Charlotte escolheu aquele momento para gritar da cozinha, fazendo Zoey pular para trás de surpresa.

— Oliver, você quer algo para beber? Um refrigerante? Ou uma cerveja, se você for maior de idade?

— Uma cerveja, obrigado — gritou ele de volta. — Posso te mostrar minha identidade. Ou meu cartão de sócio do clube "Acho que estou muito velho".

Ele piscou para Zoey ao passar.

— Nem fala nada — sussurrou ela para Pomba. Ainda segurando o livro, ela se virou para se juntar a Oliver quando viu Frasier sair de seu escritório. Ele tinha sua lancheira em uma mão e um pedaço de papel na outra. Ela ficou surpresa quando ele se aproximou.

— Oliver me disse que é seu aniversário — disse ele. — Eu queria te dar isso antes de sair.

Ele estendeu o pedaço de papel grosso.

Que constrangedor. Ela colocou o livro na mesa do terraço de Charlotte, e os olhos de Frasier seguiram o movimento, franzindo a testa quando viu o que era. Zoey pegou o papel das mãos dele. Era o esboço de um alvoroceiro gordo sentado em um galho fino. O peso do pássaro estava entortando tanto o galho que ele tinha que inclinar a cabeça para o lado para enxergar direito o mundo de seu poleiro desajeitado. Frasier conseguiu capturar perfeitamente tanto o aborrecimento quanto a beleza do pássaro.

— Esse é o velho Otis — explicou Frasier, seus olhos finalmente se desviando do livro. — Ele é o último dos pássaros originais encontrados que está construindo seus ninhos aqui.

Zoey olhou surpresa para ele:

— Eu não sabia que ele tinha um nome.

— Todos eles têm nomes. — Ele encolheu os ombros. — Mas só contaram para mim.

— Você vai assinar para mim? — Quis saber Zoey, entregando o esboço de volta para ele.

Ele hesitou, então tirou uma caneta do bolso da camisa. Ele rubricou "FA" no canto inferior direito.

— Obrigada. Isto significa muito para mim. Você se juntará a nós? Tem comida suficiente para um exército.

— Não, mas obrigado pelo convite. E obrigado por dar a Oliver uma distração esta noite. — Ele olhou para o céu que escurecia, em um tom nebuloso de ameixa. — Há algo no ar esta noite. Você sente isso? — Zoey balançou a cabeça. — Há muito do que se desapegar.

Zoey o observou ir embora. Quando ele desapareceu pelo portão escuro, ela não ouviu o som agora familiar da fechadura eletrônica se fechando atrás dele. Ela pensou ter visto uma sombra se mover pelo jardim, mas, distraída, Zoey se viu olhando para o desenho. Havia mais fios aqui, costuras importantes, mas ela não conseguia fazer a conexão.

E então ela se deu conta.

Zoey pegou o livro que Oliver acabara de lhe dar.

Dançando com os Alvoroceiros, de Roscoe F. Avanger.

Ela virou o livro para ver a foto do autor na contracapa. Ela o vira centenas de vezes em exemplares de *Sweet Mallow*, na livraria Kello. Na foto, sua cabeça estava careca, e seu rosto estava barbeado. Ele também não estava usando óculos. E ele era décadas mais jovem, é claro.

Mas era *Frasier*.

— Não conte aos outros — disse Oliver atrás dela, sua respiração suave em seu ouvido. Zoey se virou rapidamente. Ele estava muito perto dela, tão perto que ela podia sentir o cheiro de sua colônia, mas ela não recuou. Nem ele, curiosamente. — Ele não quer que ninguém saiba.

— Ele é Roscoe Avanger? — sussurrou Zoey.

Oliver assentiu de maneira conspiratória.

Ela deu uma risada incrédula.

Talvez esse fosse o melhor aniversário que ela já tivera na vida.

Charlotte odiava seus sonhos. Eram sempre sobre o acampamento, ou sua mãe, ou o pastor McCauley. Exatamente as coisas que ela queria esquecer.

Mas, nessa semana, de repente, novos sonhos começaram a se apresentar. Ela acordava e capturava o rastro de sonhos sobre o Alvoroceiro, ou os pássaros, ou a rua arenosa onde Mac havia crescido, ou presenças tênues e calorosas como fantasmas.

E o próprio Mac.

Era difícil assimilar o fato de que há apenas algumas semanas ela teve que deixar o Pavilhão do Açúcar, Benny roubou seu dinheiro, Lizbeth morreu e Zoey tinha acabado de se mudar para a ilha. Ela não tinha ideia de que a confluência dessas coisas levaria a esse ponto, em que ela realmente esperava voltar para casa para a companhia de pessoas que considerava amigas. Ela gostava dessas pessoas. Até confiava nelas, tanto quanto jamais seria capaz de confiar em alguém. Tinha sido profundamente solitária, desde que conseguia se lembrar. Ela começou a se perguntar se finalmente satisfez o suficiente dos desejos não realizados da adolescente Charlotte para que pudesse ficar aqui. Ela queria se acomodar em uma vida que se parecesse mais com ela. Ainda não sabia como ou com quem. Mas foi a primeira vez que ela pensou que seria possível descobrir.

Mais tarde, naquela noite, enquanto Charlotte e Mac estavam lado a lado, em sua cozinha, colocando velas na torta de Zoey para a sobremesa, ela quebrou o silêncio confortável e disse:

— Eu tive um sonho com você ontem à noite.

— Ah? — perguntou ele, levantando uma sobrancelha ruiva.

— Não é nada disso.

Ela bateu nele com o quadril, de brincadeira. Recentemente, ele tinha começado a caminhar todos os dias com Zoey até a empresa de excursões, para dar uma volta no início da tarde antes de ir para o trabalho. Às vezes eles jogavam pebolim. Um dia ele apareceu sozinho quando Zoey, com o primeiro dia de aula se aproximando, tinha saído em pânico para comprar itens da sua lista de faculdade. Enquanto o ônibus estava fora, fazendo o tour, Charlotte e ele se sentaram em um dos sofás e conversaram. Ela nem conseguia se lembrar sobre o que era, agora. Só conseguia lembrar de como eles se encararam, refletindo a linguagem corporal um do outro, e que houve um momento em que ela pensou: *Eu poderia ficar assim para sempre.*

— Estava nevando no sonho — continuou ela. — Mas não era realmente neve. Era como farinha, e você estava coberto com ela. Camille estava espalhando a farinha sobre você.

Um lampejo de algo cruzou as feições largas dele antes que ele voltasse a se concentrar na torta e mudasse de assunto:

— Espero que Zoey goste disso.

— Zoey come sanduíches de batatas fritas. Claro que ela vai gostar disso.

— Camille costumava fazer isso. É uma velha torta gelada do sul chamada torta milionária, porque tem ingredientes muito ricos. Basicamente, é apenas ambrosia sobre uma massa de torta. Mas eu achava que era mágica quando era menino.

— Normalmente eu não gosto dos meus sonhos. Mas desse eu gostei. — Ela não queria deixá-lo desconfortável, mas precisava dizer isso. Queria que ele entendesse. — Sei que não sou uma pessoa fácil de se conhecer. Sempre haverá muita coisa que as pessoas não saberão sobre mim. Eu só queria agradecer. Você e Zoey tornaram essas últimas semanas surpreendentes. Surpreendentemente legais, quero dizer. Não estou acostumada com isso.

— Você acha que, se soubéssemos tudo sobre você, não sentiríamos a mesma coisa?

Esse era definitivamente um assunto que ela não queria discutir.

— É complicado.

— Todos nós nos sentimos assim. Por uma razão ou outra.

— Você se sente assim?

— Sim — respondeu ele. — Claro.

Mas não explicou.

— Bem, de qualquer maneira — disse Charlotte com um aceno, tentando dissipar qualquer constrangimento —, obrigada por sua amizade. Significa muito para mim.

Mac fez uma pausa enquanto tirava um isqueiro do bolso.

— É assim que você me vê, como um amigo?

— Não é assim que você me vê?

Ele largou o isqueiro e se virou para encará-la, cruzando os braços sobre o peito. Ela gostava quando ele fazia isso. Ela pensou que isso o fazia parecer um gênio prestes a realizar um desejo. Mac a analisou seriamente antes de dizer:

— Eu me lembro do dia em que você se mudou. Lembro que você estava vestindo jeans e uma camisa rosa. Depois que

Lizbeth afugentou os carregadores, você ficou sozinha em seu terraço, com os olhos fechados. O sol refletia em seu cabelo, e eu me lembro de pensar que ele parecia trançado com estrelas. — Ele estendeu a mão para tocar o cabelo dela, mas a deixou cair quando faltavam apenas alguns centímetros. — Você parecia tão aliviada por estar acomodada, como se fosse a melhor sensação do mundo. Eu poderia ter olhado para você, assim, por horas. — Ele se virou e pegou o isqueiro de volta. Acendeu a primeira vela da torta. — É assim que eu vejo você, Charlotte.

Ela ficou imóvel quando o impacto do que ele estava dizendo a atingiu.

Ele a tinha visto naquele dia, a verdadeira Charlotte, em um de seus raros momentos vulneráveis. Charlotte nunca reconheceu a existência daquela pessoa, embora ela continuasse tentando emergir pelas rachaduras. Mas Charlotte se lembrava claramente de que ninguém havia amado aquela garotinha, então, em algum momento ao longo do caminho, ela passou a acreditar que ninguém jamais a amaria.

— Mas eu pensei... — Ela não sabia como dizer isso sem soar ridícula.

— O que você pensou?

— Como você não tomou a iniciativa...

Ele olhou para ela com um ar brincalhão:

— Você estava *esperando* que eu tomasse a iniciativa?

Estava? Ela esteve esperando todo esse tempo? Charlotte estava acostumada a reprimir tudo, até explodir com uma intensidade incandescente que parecia a fome de sua infância, quando ela se entupia rapidamente com medo de não comer o suficiente. Ela nunca tinha sentido esse tipo de atração gradual por um homem antes, algo que parecia suficiente por si só.

Era uma sensação estranha.

Parecia que ela finalmente estava satisfeita.

— Por que a demora? Vou estar com 20 anos quando vocês terminarem de acender as velas. Ah! Desculpe! — exclamou Zoey enquanto recuava rapidamente, batendo o ombro

no batente da porta no caminho, depois de flagrar Charlotte e Mac quase se beijando, seus lábios a centímetros de distância.
— Desculpe, desculpe, desculpe.

Mac sustentou o olhar de Charlotte por mais alguns segundos, sem se mover, fazendo-a se perguntar se ele venceria aqueles últimos centímetros. Mas então ele se afastou.
— Ok. Torta primeiro — disse ele.

Charlotte balançou a cabeça para clarear os pensamentos. Ela olhou em volta, procurando algo para fazer. Pegou os pratos de torta e os garfos.
— Certo — falou. — Torta.
— Charlotte?

Ela se virou para ele.
— Só para deixar claro: vou te beijar mais tarde.

Isso a fez sorrir enquanto caminhava para o pátio, deixando-o para trás para acender o resto das velas. Quando Mac apareceu, eles cantaram "parabéns para você" enquanto ele colocava a torta na frente de Zoey. O halo das velas iluminou o rosto jovem e bonito de Zoey, como a lua pálida no céu, e ela fechou os olhos, fazendo um pedido.

As possibilidades do que estava por vir, para todos eles, tornava difícil para Charlotte recuperar o fôlego enquanto observava Zoey.

Essa é a sensação de estar completa.

Ela ficaria ali e seria feliz e plena.

Mas então sentiu um calafrio estranho.

Mac se aproximou e colocou o braço em volta dela, como se também tivesse sentido.

Oliver, que estava parado atrás de Zoey, com o telefone em punho para tirar uma foto, olhou em volta como se também estivesse ciente da mudança repentina na atmosfera.

Zoey finalmente respirou fundo e apagou todas as velas, menos uma.

E na mesma hora ouviu-se um estrondo dentro do apartamento de Charlotte.

Os quatro se entreolharam, surpresos, e imediatamente foram verificar o que tinha acontecido. Não haviam mexido em nada na sala e na cozinha. Charlotte abriu a porta do quarto e acendeu a luz. Quando entrou no cômodo, sentiu um estalo sob a sandália.

— Encontrei! — gritou.

— O que aconteceu? — perguntou Zoey, surgindo ao seu lado.

Charlotte estendeu o braço para impedir que Zoey entrasse.

— Cuidado. As bolas de bruxa quebraram.

— Quantas?

— Todas.

— Todas? — Zoey olhou para cima, confusa. — Como isso aconteceu?

— Não faço ideia.

Mac apareceu com uma vassoura e a lata de lixo, e todos se afastaram para deixá-lo varrer um caminho até a cama. Charlotte o seguiu e dobrou cuidadosamente o edredom, guardando os cacos de vidro que haviam caído ali dentro. Zoey e Oliver ficaram na retaguarda e começaram a pegar alguns pedaços maiores da mesa de cabeceira e da televisão.

— Como todas elas podem ter quebrado ao mesmo tempo? — questionou Mac. — A janela não está aberta, e o ar-condicionado não está ligado.

— Não sei — respondeu Charlotte, sentindo-se desconfortável. Algo sobre isso parecia agourento, quase como se ela tivesse causado o incidente pela audácia de finalmente sentir que poderia abandonar os fantasmas de seu passado.

— Eu não soprei as velas com *tanta* força — brincou Zoey. De repente ela acenou com a mão sobre a cabeça e olhou para cima, fazendo uma careta.

— Eu me sinto meio bobo perguntando isso — disse Oliver —, mas o que é uma bola de bruxa?

Antes que qualquer um deles pudesse responder, uma voz disse, da porta do quarto:

— Veja só a princesa Pepper, fazendo os amigos limparem para ela.

Zoey, Oliver e Mac se viraram.

Mas Charlotte, que estava de costas para a porta enquanto puxava o edredom embrulhado para fora da cama, congelou.

Ela conhecia aquela voz.

E cada fresta que ela tentou selar desde que havia deixado o acampamento se abriu de uma só vez.

Capítulo Dezenove

Charlotte — disse Mac, estendendo a mão para ela — venha aqui.

Ele não tirou os olhos da pessoa atrás dela. Zoey e Oliver ficaram anormalmente quietos. Ela não entendia. Ela tinha todos os motivos para temer aquela voz. Que motivo eles tinham?

— *Charlotte* — repetiu a voz. — Eu devia saber. Eu devia ter percebido isso há muito tempo.

Ela se virou lentamente.

Sua mãe estava parada na porta do quarto, com uma mochila grande e esfarrapada aos pés. Exalava um forte cheiro de odor corporal e fumaça de cigarro. Se Charlotte ficou chocada por ela estar aqui, não foi nada comparado ao choque que teve com a aparência física dela.

Quando Charlotte fugiu, dez anos atrás, a vida difícil no acampamento, de viver da terra, começava a afetar fisicamente sua mãe — mas Samantha Quint ainda era bonita. Agora, a única coisa reconhecível em Sam eram seus olhos azul-celeste. Ela tinha engordado, mas a maioria das pessoas que já vivera no acampamento provavelmente tinha engordado, porque tinha acesso mais fácil à comida do lado de fora. O rosto de Sam era um mapa rodoviário de linhas de sujeira, seu cabelo estava preso em uma trança longa e oleosa, e havia vários dentes faltando. Todas as outras pessoas do acampamento, que Charlotte tinha pesquisado, pareciam ter se recuperado e mudado de alguma forma, como se o acampamento não tivesse passado de um pesadelo. Mas não sua mãe. Ninguém no acampamento amou Marvin McCauley mais do que Sam, e provavelmente foi por isso que ela se deteriorou tanto. Ela parecia ter perdido completamente a direção, impulsionada somente por memórias e ressentimentos.

Charlotte compreendia que sua outrora bela mãe ter crescido pobre, sem instrução e vítima de abusos era a razão pela qual fora tão suscetível ao fascínio do pastor McCauley. A Igreja de McCauley era um ímã para pessoas como ela, pois fazia com que se sentissem importantes, provavelmente pela primeira vez em suas vidas. O pastor McCauley tinha encorajado sua crença em um mundo "nós contra eles" e as convenceu de que, construindo sua própria comunidade, elas venceriam. Eram pessoas que nunca haviam ganhado nada na vida. Mas a mudança para lá lhes custou seus filhos, porque o pastor McCauley odiava crianças. As crianças não podiam fazer o mesmo trabalho que os adultos e não podiam ganhar dinheiro, e assim a servidão aos adultos era o preço que pagavam pelo privilégio de morar lá.

— Você sempre quis ser como ela, não é, Pepper? — declarou Sam, levantando a mão para apontar para Charlotte. Charlotte percebeu agora por que os outros pareciam tão cautelosos. Sam estava segurando uma velha faca de açougueiro, o cabo de madeira coberto com fita preta como se para evitar farpas. — No momento em que você conheceu Charlotte, não parava de falar dela. Charlotte isso, Charlotte aquilo. Charlotte, Charlotte, Charlotte. Eu deveria saber que você adotaria o nome dela, sua pequena ladra.

Charlotte desejou que sua mãe parasse. *Eles não sabem*, disse ela silenciosamente. *Não diga a eles*.

— Eu pensei que você estava morta. Que inferno, eu queria que você estivesse morta. Mas nunca pensei em procurar Charlotte Lungren. Então, um dia, digitei o nome dela em uma biblioteca e apareceu uma postagem no blog de uma mulher que tinha feito uma tatuagem de hena com uma *grande* artista chamada Charlotte Lungren, em Mallow Island. E eis que havia uma foto *sua*.

    Charlotte se lembrava da cliente e da foto. Via de regra, ela nunca deixava tirarem fotos suas. Um erro. Um mísero erro. Foi o que bastou.

    Ela ousou olhar por cima do ombro para Mac, Zoey e Oliver. Eles ainda não tinham um motivo para acreditar que o nome de Charlotte era realmente Pepper Quint e que ela havia adotado o nome de sua melhor amiga, a verdadeira Charlotte Lungren, depois que ela morreu no acampamento. E ela não queria que eles soubessem, nunca.

    — Eu tenho observado você neste lindo lugar, com esses amigos — dizia Sam, usando a velha faca para indicar Zoey, Mac e Oliver. Charlotte moveu-se instintivamente de modo a se interpor entre os amigos e a mãe. — Depois que a sua vizinha morreu, comecei a dormir aqui do lado, porque não há lugar nesta maldita ilha para acampar sem que a polícia descubra e te expulse. Mas então aquele cadeado foi colocado no portão. Quer saber onde eu dormi desde então? *Atrás de uma lixeira.* Enquanto *você* mora aqui. Que vidinha doce você construiu com o dinheiro que roubou.

    De repente, ficou claro o que os eventos que levaram a isso significavam. Foi sua mãe que tirou o dinheiro da bolsa de Charlotte, não Benny. E ela tinha invadido o apartamento uma segunda vez, mas não conseguiu encontrar mais nada. A mãe estava na ilha há *semanas*, enquanto Charlotte realmente começava a pensar que poderia ficar.

    — Você não merece isso — provocou Sam ante o silêncio contínuo de Charlotte. — Não pode viver assim depois do que fez.

    Isso finalmente acendeu algo dentro de Charlotte, como, sem dúvida, sua mãe sabia que aconteceria. Ela nunca ficava feliz até apertar todos os botões.

    — Depois do que *eu* fiz? Aquele lugar quase me destruiu! E efetivamente destruiu Charlotte. E você não fez *nada*. Você era minha mãe. Você deveria me proteger. Era o seu único trabalho. Eu merecia cada centavo daquele dinheiro que eu peguei. Charlotte merecia. — Ela fez uma pausa para tentar se acalmar. Sua raiva não faria bem a ninguém.

— Ele teve que começar a vender as armas por sua causa!

Charlotte já tinha imaginado. Se o plano do pastor McCauley realmente era partir, depois que a verdadeira Charlotte Lungren morreu em sua tentativa fracassada de cura pela fé, seu plano foi frustrado pela pequena e mansa Pepper Quint, de 16 anos, que, naquela noite, em retaliação, invadiu seu escritório e levou todo o dinheiro. Ele seria forçado a vender as armas que havia acumulado ilegalmente para conseguir mais dinheiro para um recomeço.

— Quanto você quer? — perguntou Charlotte, o único caminho que ela podia ver para sair disso.

— Eu quero tudo — respondeu Sam.

— Você não pode ter tudo. Quanto quer para ir embora?

— Acha mesmo que eu vou embora?

Charlotte fez uma pausa.

— Então quanto você quer para deixá-los ir?

Sam sorriu, e Charlotte percebeu que tinha acabado de mostrar seu ponto fraco para a mãe. Tudo o que ela queria era afastar Sam deles, mas agora Sam sabia que machucá-los a machucaria.

— Você realmente acha que vai ser fácil assim?

Elas se encararam pelo que pareceu uma eternidade. Continentes se deslocaram. Geleiras derreteram.

Então uma voz baixa veio da sala de estar:

— Com licença.

Sam saltou para o lado, sua faca balançando em direção à voz, depois para Charlotte, e de volta para a voz.

— Quem diabos é você?

Uma mulher magra e de aparência frágil apareceu na sala. Era difícil determinar sua idade. Cinquenta? Ela era uma visão em amarelo: pele amarelada, dentes manchados, cabelos loiros cortados muito curtos. À luz do dia, ela provavelmente se misturaria com a luz do sol e desapareceria completamente.

— Não sou ninguém — respondeu ela. — Eu moro do outro lado do jardim.

— *Lucy*? — sussurrou Zoey, dando um passo à frente para tentar ver além da porta da sala de estar.

Oliver a pegou pelo braço e preveniu:

— Não, Zoey.

Charlotte observou os olhos de Lucy dispararem para a porta do quarto ao ouvir a voz dele. Não havia absolutamente nenhuma dúvida, na mente de Charlotte, de que Oliver era o motivo de Lucy estar ali.

Sua mãe estava avaliando Lucy. Não precisaria mais do que uma única respiração para derrubá-la.

— Isso não é da sua conta — avisou Sam. — Vá embora. E não se atreva a chamar a polícia. Isso é entre mim e a minha filha.

Lucy permaneceu lá.

— Qual é o teu problema? — continuou Sam. — Vá embora!

Os olhos de Lucy se voltaram para a porta do quarto, onde Oliver estava escondido, longe de vista.

— Achei que você gostaria de saber que o último ônibus para fora da ilha sai em breve.

— Eu sei a que horas ele sai — retrucou Sam.

Lucy fez uma pausa, apertando os lábios:

— Qual é o seu nome?

— O nome dela é Sam — respondeu Charlotte, rápido. — Samantha Quint.

— Cale a boca! — gritou Sam, fazendo Charlotte estremecer. Ela quase tinha conseguido esquecer os gritos da mãe, e de como nada que Charlotte fizesse os faria parar. Sam gritava se ela falasse muito alto e se ela estivesse muito quieta; se ela risse ou se ela chorasse.

— Eu observei você perambular por aqui por um tempo, Sam — disse Lucy. — Eu sei como é ficar sem casa. Sei, por experiência própria, que não tem lugar para acampar na ilha. O abrigo mais próximo fica a cerca de uma hora de distância.

Se você sair agora, pode pegar o ônibus. Vou com você, se quiser, e mostro onde fica.

— Eu não vou pegar o maldito ônibus. Este lugar é tão meu quanto dela. Foi comprado com o dinheiro da *igreja*.

— Não era dinheiro da igreja — afirmou Charlotte. — Era dos Lungrens. Eles venderam a casa deles antes de se mudarem para o acampamento. Eles eram a única razão pela qual ele tinha tanto dinheiro.

— Você arruinou *tudo*.

— Não, não arruinei. Ele estava planejando partir na noite em que ela morreu. O acampamento não iria sobreviver.

— Isso não é verdade!

— Sam, você se importa se eu perguntar qual é o seu plano? — interrompeu Lucy. — Há quatro pessoas no quarto. E eu estou aqui fora. No meio, tem só você e uma faca. É apenas uma questão de tempo até que um de nós consiga pegar um telefone. Mas, se você sair agora, pode pegar o ônibus.

— Pare com essa história de ônibus! Eu não vou pegar o ônibus! Vou ficar aqui mesmo! Ela não pode ter tudo isso!

— Charlotte levantou as mãos para tentar acalmar a mãe, mas, com o movimento, Sam balançou a faca e apontou para a filha.

— Não se mova ou eu vou te matar. Eu juro que vou.

Charlotte abaixou lentamente as mãos. Ela sabia o que tinha que fazer. Tinha que salvar os outros, do jeito que deveria ter salvado a verdadeira Charlotte. Ela deveria ter contado a alguém naquela época. Deveria ter ligado para a emergência quando a verdadeira Charlotte ficou doente. Deveria ter feito *alguma coisa* por sua melhor amiga. Em vez disso, estava com medo demais para enfrentar os adultos do acampamento. Mas ela não estava mais com medo. Também não estava com raiva. Na verdade, sentiu uma incrível sensação de paz tomar conta dela. Aconteça o que acontecer, Pepper Quint finalmente encontraria alguma redenção.

— Você não pode me matar — disse Charlotte.

— Por que não?

— Porque eu morri há muito tempo.

Isso fez sua mãe ficar quieta. Charlotte calculou a distância que levaria para chegar perto o suficiente de Sam para atacá-la, dando aos outros tempo para escapar e pedir ajuda. Ela começou a se mover gradualmente para frente. Sam parecia desconfiada, como se soubesse o que Charlotte estava prestes a fazer.

Mas, antes que Charlotte pudesse fazer qualquer coisa, Lucy saltou para frente e agarrou o pulso de Sam, puxando-o rapidamente para baixo para acertar seu próprio joelho levantado. Sam, pega de surpresa, deixou cair a faca. Lucy então a agarrou pelo cabelo, e Sam estendeu a mão para arranhar o rosto dela, que não recuou, embora estivesse claro que Sam tinha uma força superior. Lucy não parecia precisar de força, no entanto. Ela era rápida e astuta. Lutou como já tinha lutado antes, como se fosse movida pelo medo ou pela adrenalina. Era experiência. Agora Charlotte podia ver uma leve impressão da juventude de Lucy, algo sombrio e instável crepitando ao seu redor. As duas cambalearam para trás em um nó ondulante, e Charlotte conseguiu pegar a faca do chão. Parecia ser isso que Lucy estava esperando. Assim que viu que a arma estava protegida, Lucy soltou Sam, e a escuridão ao seu redor desapareceu. Ela estava novamente tão pálida que era quase translúcida. Mas Sam ainda não tinha terminado com Lucy. Ela soltou um grito primitivo e a derrubou. Lucy não resistiu. Ela relaxou, com as mãos ao lado do corpo, e deixou Sam derrubá-la. Depois ficou ali, deitada no chão, enquanto Sam batia nela.

Charlotte sentiu Mac passar por ela, a caminho da sala, e o viu agarrar Sam pela cintura e puxá-la para longe de Lucy. Ele segurou as costas de Sam contra seu peito, seus braços presos, enquanto ela gritava e chutava como um animal selvagem.

Charlotte desviou o olhar.

Mais uma vez, Pepper Quint não tinha conseguido salvar ninguém.

— Oliver, pegue seu telefone e chame a polícia — gritou Mac sobre os gritos selvagens de Sam. — Calma, senhora! Eu não vou machucar você!

Oliver passou correndo por ele, para o terraço, e pegou o celular. Voltou para dentro enquanto digitava. Ele se ajoelhou ao lado de Lucy quando ela rolou de quatro.

— Tia Lucy, fique quieta. Você está ferida.
— Estou bem — disse ela enquanto se levantava.
— Venha se sentar — pediu ele, tocando o braço dela.

Ela se afastou dele como se tivesse sido escaldada.

— Estou bem.

Parece que ele estava prestes a dizer algo mais para ela, mas então a ligação foi atendida. Oliver colocou o dedo no ouvido enquanto se virava para tentar escutar, apesar dos gritos de Sam.

— Sim, precisamos da polícia...

Zoey era a única que restava no quarto de Charlotte, e Charlotte a ouviu dizer:

— Pomba, pare com isso! Me deixe sair!

Charlotte se virou para ver Zoey atravessando os cacos de vidro, acenando com a mão na frente dela como se espantasse mosquitos. Ela finalmente alcançou Charlotte, com as bochechas vermelhas.

— O que aconteceu? — perguntou, sem fôlego. — Não consegui ver nada de lá.

— Lucy tirou a faca dela — explicou Charlotte, colocando o braço em volta de Zoey e puxando-a para perto. O mero pensamento de Zoey se machucar fez o estômago de Charlotte revirar.

— Obrigado — dizia Oliver. Ele desligou e se virou para eles. — Eles vão chegar logo. A delegacia não fica longe.

— Onde ela está? — questionou Zoey.
— Onde está quem? — perguntou Charlotte.
— Lucy.

Com isso, até Sam parou de gritar.

Todos olharam em volta e perceberam que Lucy tinha sumido.

Os gritos de Sam voltaram a aumentar quando Oliver deixou os outros para caminhar pelo jardim e verificar como Lucy estava. Alarmados, os alvoroceiros se agitaram nas árvores, em voos rasantes pelo pátio.

Ele pisou no terraço escuro de Lucy, mas então parou e se virou.

Teve a estranha sensação de que sua mãe estava bem atrás dele. Ele até levou a mão ao cabelo, como se ela o tivesse tocado, o que era estranho porque ela nunca costumava tocá-lo.

De repente, ele se lembrou de uma conversa específica que teve com sua terapeuta na faculdade. Ela tinha perguntado:

— O que você diria para sua mãe se ela estivesse aqui?

Ele respondeu:

— Não importa. Ela não ouviria.

— Isso não é sobre ela. É sobre você. O que você diria?

Na ocasião, ele pensou em todas as coisas que já tinha dito. As perguntas que já tinha feito. Percebeu, então, que querer algo que ela nunca poderia dar só iria machucá-lo. Ele tinha que se concentrar no que tinha que fazer para seguir em frente.

— Eu diria adeus.

— Você não disse adeus quando você saiu? — perguntou a terapeuta.

— Acho que eu disse algo como: "Bom, estou indo embora agora."

— Por que você não se despediu?

— Eu ficava pensando que, se esperasse só mais um pouquinho, ela mudaria.

O luar lançava sombras fantasmagóricas ao seu redor, movendo-se com a brisa do oceano.

Ele colocou a mão no cabelo novamente. Ela *tinha* mudado?

Oliver despertou do transe e se virou para bater à porta de Lucy.

Demorou muito para ela responder.

Mas finalmente a porta se abriu.

E, em algum lugar distante, outra porta se fechou.

HISTÓRIA DE FANTASMAS

Lizbeth

Não pude ir com Frasier quando ele partiu essa noite. Ele não me queria. Então eu fiquei presa aqui, sentindo raiva e me perguntando o que eu poderia fazer para mudar a opinião dele, para mudar a opinião de Oliver, para mudar a opinião de *qualquer um.*

E então aquela mulher apareceu, e Lucy entrou em ação.

Passei tanto tempo querendo que as pessoas odiassem Lucy que nunca parei para perceber que ninguém realmente a amava, nem mesmo nosso pai. Aquilo não era amor, embora, na época, eu pensasse que era. E o controle que eu exercia para sobreviver, as condições que eu impunha a todos, também nunca foram dela. Ela nunca esteve no controle — de si mesma, dos outros, de nada. Mesmo assim, veja o que ela acabou de fazer. Se ela tivesse esperado, como eu, que alguém a amasse de volta antes de oferecer seu amor, Oliver poderia ter se machucado essa noite.

Acho que a odeio um pouco menos. Não tenho certeza do que estou sentindo agora.

Teve um momento em que vi o que estava acontecendo, o que fez com que tudo o que restava de mim parecesse estar indo em mil direções diferentes ao mesmo tempo, me separando e me recompondo de maneiras que não tinham nada a ver com o que eu fui. Eu não sabia o que fazer. Eu me senti desesperadamente atraída para Oliver, mas incapaz de ajudá-lo. Todos nós, os fantasmas, nos sentimos atraídos pelas pessoas que amamos. A nossa força quebrou todas aquelas bolas de vidro, que tentam nos capturar quando chegamos muito perto. Eu estava com medo por Oliver. Esse sentimento me assustou com sua intensidade. E se algo acontecesse com ele? Se eu tivesse sentido algo tão intenso enquanto estava viva, certamente teria me matado.

Camille diz que não teria me matado. Teria causado buracos. E é pelos buracos que o amor passa.

Agora você sabe, ela diz.

Ela está me chamando. Ela quer que eu e aquele outro fantasma que vive aqui saiamos com ela. O outro fantasma diz que ainda não vai, mas eu vou.

Eu vou por Oliver. Vou fazer isso por ele.

Ele nunca saberá que estou fazendo isso por ele, mas tudo bem.

Tudo bem, tudo bem, tudo bem, tudo bem.

Porque *ele* está bem.

Algo está me levantando, e estou subindo.

Eu vejo as coisas tão claramente agora.

Como eu entendi tudo errado.

É amor, mesmo que você não seja amado de volta.

É, *sim*.

Capítulo Vinte

Quando Lucy voltou para o apartamento, ela mal conseguiu chegar à poltrona papasan antes que suas pernas cedessem sob ela. Ela pegou um cigarro, e a faísca de seu isqueiro iluminou as fotos de Oliver que Zoey lhe dera, agora espalhadas na mesa de apoio ao lado da cadeira.

Noite e dia, ela passava a maior parte do tempo ali, observando o jardim. A princípio, foi para que ela pudesse cuidar de Oliver sem que Lizbeth soubesse. Mas, depois que Oliver foi embora, isso simplesmente se tornou um hábito.

Ela estava ciente da mulher, Sam, há semanas. Ela observava Sam entrar na casa de Lizbeth tarde da noite, provavelmente para dormir, e foi por isso que Lucy não ficou muito preocupada de início. Ela até sentiu uma certa empatia pela mulher. Antes da prisão, Lucy se tornava sem-teto toda vez que sua mãe a expulsava por uso de drogas. Ela presumiu que Sam tinha tropeçado no Alvoroceiro por acaso, encontrado o apartamento vazio de Lizbeth e decidido que não faria mal algum ter um teto sobre sua cabeça por um tempo. Lucy tinha feito a mesma coisa. Ela já teve um estranho sexto sentido para encontrar casas vazias para dormir na ilha.

Sam desapareceu quando a nova fechadura automática foi colocada no portão. Mas, algumas horas atrás, ela reapareceu quando Frasier saiu, alcançando o portão antes de fechar. E, enquanto Lucy observava Sam espreitar no escuro perto da casa da garota hippie, uma inquietação eriçou os pelos de seus braços.

Sam parecia furiosa. Enxergar felicidade fazia isso com algumas pessoas. Dinheiro, um lugar para morar, transporte para chegar aonde você estava indo — tudo isso era motivo de inveja para alguém que não tinha nenhuma dessas coisas. Mas nada, *nada*, podia deixar alguém que não tinha nada mais irritado do que testemunhar a felicidade real.

Lucy observou quando Sam finalmente entrou no apartamento depois que todo o grupo correu para dentro, como se tivessem ouvido alguma coisa. E foi nessa hora que Lucy viu a faca que Sam carregava.

Lucy tinha se levantado e saído pela porta antes mesmo de perceber que estava fazendo isso, pensando em apenas uma coisa.

Oliver.

Depois que Lucy se aproximou de Sam, ela tentou convencê-la a sair por conta própria, mas o ódio de Sam pela garota hippie não permitiu que ela partisse, agora que tinha revelado sua presença. Ela só ficaria satisfeita fazendo mal, destruindo qualquer felicidade em seu caminho. Então Lucy não teve escolha. Ela teve que recorrer a um passado que levou mais de vinte anos tentando esquecer. Lucy sabia por experiência que, se você for atingido, pode chamar a polícia. Se houver contato físico, você pode apresentar queixa. Quando era mais jovem, Lucy usava essa tática como punição para amantes e traficantes de drogas, se ela se sentisse maltratada ou traída. Ela provocava as brigas, sempre certificando-se de que acabaria ferida, mas sem deixar marcas em seus oponentes, para que a culpa parecesse ser inteiramente deles.

Depois que a faca de Sam foi confiscada pela garota hippie, Lucy parou de lutar e simplesmente caiu no chão, recebendo os golpes de Sam até que eles a puxassem para longe. Mas o corpo de Lucy não era tão resistente como costumava ser. Ela o tratou muito mal ao longo dos anos, e quase não tinha conseguido chegar em casa. Antigamente, ela estava chapada quando lutava, então não sentia dor. Não sentia *nada*, e essa era a razão principal para usar essa tática em primeiro lugar — aquele nada lindo e abençoado. Agora a dor era tão intensa que fazia seus dentes baterem.

Mas Oliver estava seguro.

E isso era tudo o que importava.

Ela tinha acabado de dar a primeira tragada no cigarro, esperando que a nicotina aliviasse a tensão, quando houve uma batida na porta. Ela ficou quieta, o cigarro imóvel nos lábios.

— Tia Lucy? É o Oliver.

Ela esperou que ele fosse embora. Mas ele bateu de novo.

— Por favor, tia Lucy. Só quero saber se você está bem.

Ela finalmente apagou o cigarro e levantou-se pesadamente da cadeira, estremecendo. Imaginou se tinha uma costela quebrada.

Abriu a porta apenas um pouco, mas a preocupação floresceu no rosto de Oliver quando ele a viu.

— Ela machucou você — disse ele.

Lucy colocou a mão na bochecha, nos longos arranhões que haviam se formado. O suor da palma de sua mão os fazia arder.

— Estou bem.

— Obrigado — falou Oliver. — Pelo que você fez.

Ela assentiu.

Oliver hesitou. Ela podia ver todas as perguntas que ele queria fazer. Os olhos dele desviaram dela para a sala de estar escura. Ela se inclinou um pouco, para que ele não visse as fotos na mesa de apoio.

Começou a tremer novamente, mas, neste momento, não de dor.

Ela teve um sonho, uma vez. Foi a única razão pela qual ela voltou para a ilha depois da prisão. Ela ia levar Oliver. Ela iria salvá-lo. Primeiro, sua mãe a traiu ao não enviar notícias e fotos como havia prometido, então Lizbeth assumiu o controle depois que sua mãe morreu. Elas sempre ficavam tão felizes em deixar Lucy sofrer as consequências das coisas, como se Lucy fosse mais forte, mais cruel e mais capaz de sobreviver do que elas. Como explicar terem simplesmente deixado seu pai abusar dela? E então elas pareceram culpá-la porque, como resultado disso, ela tinha se tornado uma pessoa tão destruída que sempre estragava tudo. Mas ela não tinha estragado tudo com Oliver. Ele era perfeito, sua única coisa boa, seu bebezinho com cabelo escuro encaracolado e olhos verde-garrafa. Ela o segurou todos os dias, durante um mês, antes de partir para cumprir sua sentença, guardando tudo sobre ele na memória. Assim que ela saísse, um teste de DNA provaria que Oliver era seu filho, e ela assolaria o mundo todo com sua vingança. Não parou para pensar em como isso poderia afetar Oliver. Ela se lembrou de como ele era pequeno e vulnerável, então imaginou que tudo o que teria que fazer era pegá-lo no colo e agarrá-lo como costumava fazer, e tudo ficaria bem.

Ela procurou por ele em toda a ilha. Não encontrou nem ele, nem Lizbeth — eles não estavam mais na casa onde Lucy e Lizbeth cresceram —, mas encontrou pessoas de sua antiga vida de drogas, muito mais do que ela esperava. *Eles* estavam exatamente onde ela os havia deixado. Perto deles, sua mente ficava turva, sentia um comichão. Ela dormiu em alguns sofás no início, mas teve que sair antes de ceder à tentação.

Então, do nada, um dia Frasier a encontrou. Ele disse que conhecia a irmã dela e sabia que Lucy precisava de um lugar para ficar. Ele a levou direto para Oliver! Ela pôs os olhos nele pela primeira vez desde que ele era um bebê ali, naquele jardim mágico. Ele tinha 12 anos, um jovem, quase um adulto. Ela não o reconheceu. Ela não reconheceu seu próprio filho enquanto ele a olhava de trás de uma árvore.

Ela tinha visto terapeutas suficientes na prisão para saber sobre transtornos de personalidade bipolar e limítrofe. Abuso infantil. Estresse pós-traumático. Vício. Ela podia recitar todas as etapas da recuperação de cor. Mas nada disso tinha sido realmente assimilado, eram apenas palavras que outra pessoa havia escrito em sua pele. Ela estava bem. Todo o resto do mundo era o problema. Concordar com os terapeutas tinha sido apenas um meio para um fim. Se ela concordasse, eles a deixariam sair.

Mas aquelas palavras em sua pele, Oliver pôde ler claramente naquele dia.

O mundo fora da prisão era inesperadamente assustador, desde o momento em que ela saiu. De repente, ela tinha a liberdade para fazer *qualquer coisa que quisesse*. Seria tão fácil voltar aos velhos hábitos, tão fácil quanto entrar em um banho quente. Oliver deveria ser seu escudo contra toda aquela tentação. Se não tivesse Oliver, ela não sabia o que aconteceria. Percebeu, naquele momento, que não estava voltando para salvá-lo. Estava voltando para salvar a si mesma. E a única maneira de fazer as duas coisas era estar o mais perto possível dele, mantendo-se o mais longe possível.

— Tia Lucy? — perguntou Oliver quando ela ficou em silêncio por tempo demais, um olho espiando para ele por trás da porta. — Está com fome? Você precisa de comida?

— Não.

— A polícia vai chegar a qualquer minuto. Eles provavelmente vão querer uma declaração.

Ela assentiu.

— Mamãe me deixou a casa dela. Vou ficar um pouco lá, se estiver tudo bem para você.

Ela assentiu novamente. Claro que estava tudo bem para ela. Ela iria observá-lo todos os dias, como costumava fazer antes de ele partir — um lembrete de que ela era capaz de, pelo menos, uma coisa boa.

Ele era sua única coisa boa.

Ele também estava escrito em sua pele. Mas ninguém jamais veria isso além dela.

— Estarei logo ali, se precisar de mim.

— Tudo bem — disse ela, fechando a porta e voltando para sua poltrona papasan. Ela pegou os cigarros novamente.

Acendeu outro, a chama tremendo tanto, dessa vez, que a luz desenhou um zigue-zague na escuridão.

Lucy pegou uma das fotos de Oliver e a colocou no colo, sem olhar para ela, apenas deixando-a descansar ali enquanto a acariciava confortavelmente.

Capítulo Vinte e Um

Q uando prestou seu depoimento, Charlotte tentou não parecer muito nervosa, declarando da forma mais simples possível:

— Ela me criou, mas eu fugi quando tinha 16 anos. Eu não sei onde ela esteve, ou o que ela tem feito todo esse tempo. Cortei relações com ela há muito tempo, por motivos óbvios. Ela queria dinheiro esta noite. Por isso trouxe a faca. Mas eu não tenho dinheiro. Eu só tenho este apartamento.

Sam gritou durante todo o depoimento:

— Ela não é real! Ela não é real! — Até que finalmente foi levada embora.

Um policial atravessou o jardim para falar com Lucy, que conversou com ele por uma porta entreaberta. Ela aparentemente recusou atendimento médico, porque os paramédicos, que chegaram logo depois da polícia, saíram sem examiná-la.

Charlotte, Zoey e Oliver limparam em silêncio o resto do vidro quebrado do quarto, enquanto Mac permaneceu do lado de fora, conversando com um policial que tinha ficado para trás, alguém que ele aparentemente conhecia dos tempos da escola.

Ele voltou para dentro depois que o policial saiu, e, finalmente, aquelas luzes estroboscópicas de emergência, que faziam todo o jardim parecer um parque de diversões, desapareceram.

— Ele me contou isso em confidência — disse Mac —, mas ao que tudo indica Samantha Quint é procurada por roubos cometidos há vários anos. Ela provavelmente vai ficar presa por um bom tempo.

— Aquela era mesmo a sua mãe? — perguntou Zoey, afinal.

— Sim — disse Charlotte. — Mas eu não a vejo há muito tempo.

— Por que ela ficou chamando você de Pepper?

Todos estavam olhando para ela. Charlotte desconversou.

— É só um nome que ela me deu. Sempre gostei mais de Charlotte. Está tarde. Você deveria ir dormir. — Ela se virou para Oliver. — Você pode levar Zoey para casa e ficar com ela por um tempo? Não quero que ela fique sozinha.

— Claro — disse Oliver.

Charlotte apontou um dedo de advertência para ele.

— Apenas faça companhia. Nada mais.

— *Charlotte* — choramingou Zoey, envergonhada.

— Venha aqui — chamou ela, puxando Zoey para um abraço. — Eu sei que deve ter sido assustador para você — sussurrou Charlotte no cabelo de Zoey. — Desculpe.

— Você está me abraçando — falou Zoey no ombro de Charlotte, com a voz abafada.

Charlotte se afastou.

— O quê?

— Eu não pensei que você fosse do tipo que abraça.

— Vamos — disse Oliver, pegando o braço de Zoey.

Zoey pareceu sentir que algo havia mudado. A fresta estava aberta, e não tinha como fechá-la.

— Te vejo de manhã? — perguntou, mas Charlotte apenas sorriu.

Assim que eles saíram, Charlotte se virou para Mac.

— Cuide dela para mim.

— Do que você está falando?

Ele a seguiu até o quarto. Ela abriu o armário e pegou uma bolsa. Tentou raciocinar, pensando exatamente do que precisava, mas acabou pegando roupas aleatórias. Ela resolveria isso mais tarde.

— Fiquei muito tempo aqui e me descuidei. — O que ela realmente queria dizer era: *fiquei muito tempo e fui feliz*. De qualquer forma, o resultado era o mesmo. — Tenho que ir embora.

— Aonde você está indo?

— Não sei. O próximo lugar da lista, eu acho.

Ela pegou uma pequena caixa e colocou alguns materiais de hena dentro. Esvaziaria sua conta quando os bancos abrissem pela manhã, mas ainda não podia fechar a conta com o nome de Charlotte, porque precisava vender esse lugar primeiro. Então ela teria que mudar seu nome e toda a sua identidade, novamente. O pensamento ainda era muito avassalador para assimilar. Era como perder a verdadeira Charlotte de novo.

Como perder *a si mesma* de novo.

— Você não precisa fazer isso — afirmou Mac. — Ela não vai voltar.

A última coisa que ela fez foi tirar a cesta debaixo da cama para pegar o diário de Charlotte. Ela o guardou na mochila, hesitando ao ver o cardápio do Popcorn ainda lá dentro. Ela esbarrou em Mac, sem olhar para ele. Foi até a vespa, que estava na sala, e prendeu a bolsa de viagem e a caixa na parte de trás. Então ela deslizou a mochila sobre os ombros e chutou o suporte.

Só que Mac parou na frente da scooter.

— Não há nada que você possa fazer esta noite que não possa ser feito pela manhã — falou. — Venha comigo para a minha casa.

Charlotte sabia que ele merecia respostas. E estaria mentindo se dissesse que não seria um alívio finalmente contar a alguém toda a sua história, mesmo que estivesse indo embora. Ela soltou a vespa e saiu para fora com ele, observando a torta milionária, deixada na mesa do terraço, enquanto ele fechava e trancava as portas. A única vela que Zoey não conseguiu apagar queimou em uma pequena poça de cera em cima do chantilly. Mac a conduziu pelo caminho mais longo ao redor do jardim, para evitar os pássaros, e então abriu a porta e a guiou para dentro.

Ela tirou a mochila e foi direto para o sofá. Recostou-se e cobriu os olhos com as palmas das mãos, esfregando com tanta força que viu manchas escuras.

— Ok, quanto você já entendeu?

— Apenas o óbvio. Que você é realmente a Pepper da história que me contou e que foi Charlotte quem morreu. Aqui, pegue isso.

Ela abaixou as mãos e o viu estendendo um copo para ela. Pegou sem dizer uma palavra e bebeu. Tinha gosto de malte e queimava sua garganta. Uísque.

— De que dinheiro sua mãe estava falando? — perguntou Mac enquanto se sentava ao lado dela. Madame cruzou do outro lado do sofá e subiu no colo dele, enrolando-se na forma de uma concha.

Ela olhou para o copo.

— Na noite em que a verdadeira Charlotte morreu, arrombei a fechadura da porta do escritório do pastor McCauley. Eu tinha visto Charlotte fazer isso dezenas de vezes. Ela rasgava os papéis dele, esvaziava o grampeador, coisas pequenas que o incomodavam, mas não chamavam muito a atenção dele. Porque, se ele descobrisse, a punição seria um inferno. As crianças tinham pouquíssimo poder no acampamento, mas ela encontrava maneiras. Eu ia destruir tudo naquela noite, por causa do que ele fez com ela. Mas, quando entrei no escritório, ela estava lá, uma sacola com dinheiro que ele não tinha guardado no cofre. Ele *sempre* mantinha o dinheiro trancado. Era bom em pregar sobre a vida comunitária, mas guardava todo o dinheiro para si. Ele estava planejando partir naquela noite. Nunca tinha havido uma morte no acampamento antes, então ele provavelmente pensou que não poderia controlar as consequências. Peguei e corri, como Charlotte sempre quis fazer. Usei para comprar minha primeira casa. É o que eu faço toda vez que me mudo. Eu compro um lugar que é todo meu, algo que ninguém pode tirar. — Ela levou o copo aos lábios e bebeu o resto do uísque de um gole só. Em seguida pousou o copo na mesinha de centro, com mais força do que pretendia, como algo saído de um filme. — Não me arrependo.

— E eu não culpo você — apoiou Mac. — Mas está dizendo que todo esse tempo ninguém, exceto sua mãe, procurou por você e pelo dinheiro?

Ela deu de ombros.

— Aquele lugar significava mais para ela do que para qualquer outro.

— Então eu não entendo por que você acha que tem que ir. Ela não vai voltar.

Claro que ele jamais entenderia. Ele era muito decente. Não sabia como era estar tão destruído.

— Porque um dia ela pode começar a falar coisa com coisa e revelar que estou vivendo com uma identidade roubada há dez anos. — Ela pegou a mochila e tirou o diário. — Charlotte mantinha isso quando morava no acampamento. Ela listou todos os lugares para onde queria ir e tudo o que queria fazer quando finalmente fugisse. Eu tentei fazer tudo por ela. — Ela removeu a foto enfiada na parte de trás, com a mão tremendo levemente. Nunca tinha mostrado a ninguém. — É ela.

Ele pegou a foto e encarou as garotas magrinhas — Pepper, baixa e loira com os lábios apertados nervosamente, e a verdadeira Charlotte, alta e de cabelos escuros, com um sorriso tão largo que prendia todos em sua órbita. Ela tinha certeza de que ele veria o que ela via e finalmente entenderia por que era tão importante continuar vivendo como Charlotte. Das duas, era claro que era Charlotte quem deveria ter sobrevivido.

— Você me disse o que Charlotte queria, mas o que *você* queria? — Ele devolveu a foto para ela.

— Não importa. — Ela se virou enquanto colocava o diário e a foto de volta na mochila.

— Importa, sim — disse ele.

Ela continuava sem olhar para ele.

— Eu só queria me sentir segura e acolhida em algum lugar. — E acrescentou, com a voz mais baixa: — Eu queria me sentir amada.

— Todo mundo quer essas coisas. Não é errado.

Ela balançou a cabeça.

— Olhe para mim — pediu Mac. Ele esperou que ela, enfim, virasse para ele. — Você não precisa mais fazer isso sozinha. Somos melhores porque temos você. Agora, nos deixe cuidar de você.

— Você não precisa de mim, Mac. Você já é tão bem resolvido.

— Eu não sou bem resolvido. — Mac esfregou a barba. Fez um som de lixa. Ele segurou Madame e a colocou de lado, depois voltou para o armário de bebidas. Serviu-se de um uísque e bebeu rapidamente, fazendo uma careta com o ardor na garganta. — Você quer saber a que ponto eu sou mal resolvido? Camille está aqui. Agora mesmo. Eu sei que parece loucura, mas ela está. Estou mantendo ela aqui, mesmo sabendo que ela quer partir. Coloquei o fantasma dela entre mim e todos os outros, porque o amor dela me definiu por tanto tempo que não sei quem eu sou sem ele. Mas então você apareceu e me fez perceber que não posso me apegar ao passado e agarrar o futuro ao mesmo tempo. Eu tenho que escolher. Em algum momento, todos nós temos que escolher.

Ela se virou automaticamente, para olhar a foto dele e de Camille na parede.

— Isso não é loucura, Mac — disse ela. — Mas não é a mesma coisa.

Ele voltou para o sofá e se sentou, pegando as mãos dela.

— É *exatamente* a mesma coisa. Pensar em desapegar é assustador para caramba. Mas eu vou fazer isso — garantiu ele —, se você fizer.

— Mac...

— Faremos isso juntos.

Ela hesitou.

— No três. Ok?

Os olhos dele prenderam os dela, e ela não conseguia desviar o olhar. A emoção crescia dentro dela, tornando-a incapaz de falar. Estava tão cansada de fugir. Mas poderia realmente confiar em si mesma para ficar, para ser a pessoa que Mac e Zoey precisavam que ela fosse? Ela não era Pepper há muito, muito tempo. Não tinha certeza se ainda se lembrava de como ser ela mesma.

— Um — começou Mac.

Lentamente, Charlotte se inclinou contra ele e descansou a cabeça em seu ombro. Ele colocou o braço em volta dela e segurou com força, como se estivessem prestes a pular de um penhasco.

— Dois.

Charlotte começou a chorar. Ela sabia de quem Mac estava se despedindo. Mas ela estava se despedindo de Charlotte ou Pepper? De sua mãe ou do acampamento? Talvez ela estivesse se despedindo de tudo.

— Três.

Mac abriu os olhos. A luz fluida da manhã brilhava pelas frestas das cortinas da porta do terraço. Ele apertou os olhos para clarear a visão, imaginando o que estaria fazendo na sala. Ele nunca dormia ali. Era quase impossível tirar o fubá que caía sobre ele durante a noite das almofadas do sofá, e Madame o espalhava pelo apartamento inteiro. Ele estremeceu quando começou a se levantar para buscar o aspirador de pó. Tinha dormido em uma posição estranha, com o braço sobre alguma coisa.

Ele abaixou o queixo e viu a cabeça loira de Charlotte descansando em seu peito.

Primeiro sentiu uma sensação avassaladora de felicidade, levantando-o como se fosse leve como uma pluma. Ela não tinha fugido durante a noite. Ela ainda estava aqui.

Então o pânico se instalou.

Ele a convenceu a ficar, mas agora o que ela pensaria de todo esse fubá? *Ele tinha prometido a ela que se desapegaria de tudo.*

Mac estava tentando descobrir como se desvencilhar dela e limpar silenciosamente o que pudesse antes que ela acordasse, quando sentiu Madame, que estava dormindo no encosto do sofá atrás dele, pular para pegar água no banheiro. Era a rotina deles. Ele observou a gata atravessar a sala de estar, e ela não estava deixando rastros de fubá.

Ele olhou para si mesmo devagar, depois ao redor.

Não tinha fubá em lugar algum.

Pela primeira vez em cinco anos, a lembrança de Camille não o polvilhou de tristeza.

Ele sentiu seus olhos ficarem úmidos quando percebeu o que isso significava.

Ele realmente havia se desapegado e a deixado partir.

HISTÓRIA DE FANTASMAS

Camille

Então agora é hora de eu ir embora.
    Estou feliz com isso, então não fique triste.
    Porque ir embora não significa o fim de tudo.
    Nós vamos nos encontrar novamente um dia.

Capítulo Vinte e Dois

Na noite anterior à manhã em que Zoey deveria dirigir até a faculdade para o dia da mudança, ela se despediu chorosa de todos na festa que Charlotte deu para ela. Foi um pouco exagerado quando ela pensou nisso mais tarde, porque voltaria para casa em exatamente cinco dias, no fim de semana, para contar tudo a eles. Mas, quando o alarme do telefone tocou pela manhã, Zoey pulou da cama e foi direto para as portas da varanda, porque havia alguém de quem ela *realmente* precisava se despedir. Talvez nunca mais tivesse outra chance.

Ela passou pela geladeira com a gaiola vazia de Pomba em cima e o cardápio e as novas fotos fixadas na porta. Uma das fotos era de Oliver com uma borboleta cor-de-rosa na cabeça. Recentemente, ele tinha conseguido um emprego no Hotel Mallow Island Resort como parte da equipe de ecoturismo e conduzia as Caminhadas das Borboletas. Zoey tinha feito o passeio pela primeira vez na semana passada, e aquela borboleta tinha pousado bem na cabeça dele e permanecido lá. Oliver apenas continuou falando, imperturbável. Todos adoraram. Ele ainda morava com Frasier, mas os dois passavam todos os fins de semana pintando a antiga casa de Lizbeth, reinventando-a e, Zoey suspeitava, a si mesmos também.

Outra foto nova era de Mac assistindo Charlotte desenhar uma tatuagem de hena na mão de um cliente, no primeiro dia em seu novo estúdio na galeria da rua do Comércio. Mac e

Charlotte passavam muito tempo juntos, muitas vezes dormiam na casa um do outro, pensando que Zoey não notava. O que quer que tenha acontecido naquela noite com Sam tinha mudado Charlotte. Era como se ela estivesse se adaptando a uma versão de si mesma que fazia muito mais sentido. Um dia ela voltou para casa, vinda de um salão, tendo cortado vários centímetros do comprimento de seu cabelo. Anunciou a vespa nos classificados e estava comparando preços de carros usados. Talvez Zoey nunca soubesse de toda a história de Charlotte, mas ela apostaria tudo o que tinha que Mac sabia, e isso a deixava feliz. Mais uma história que não iria desaparecer.

Zoey parou nas portas da varanda, com a mão na maçaneta, desejando que Pomba estivesse esperando do lado de fora. Ela não tinha entrado de novo ontem à noite. Agora ficava se escondendo no jardim pela maior parte do tempo, tão distante que quase parecia ter ido embora.

Ela pensou ter ouvido algo lá fora, então encostou o ouvido nas portas. Alguém estava sussurrando? Ela abriu as portas e encontrou Charlotte e Oliver na varanda.

— Surpresa! — exclamaram em uníssono.

— O que vocês dois estão fazendo aqui? — perguntou Zoey com uma risada, seus olhos se desviando para o jardim, procurando discretamente por qualquer sinal de Pomba.

— Quatro — corrigiu Charlotte. — Mac e Frasier estão lá embaixo. Estávamos esperando você se levantar. Não queríamos acordá-la.

Zoey saiu para a sacada e olhou para baixo. Mac e Frasier acenaram para ela do terraço de Charlotte. Sobre a mesa havia uma jarra de prata com café, xícaras e muffins do tamanho de pequenos melões.

— É um café da manhã de despedida?

Charlotte sorriu.

— É um café da manhã do tipo "vamos com você". Todos nós pegamos folga do trabalho para te ajudar. Você disse que era o dia da mudança com a família, certo?

— Certo.

— Então, nós somos sua família. Você realmente achou que íamos deixar você fazer isso sozinha? — Charlotte enroscou o braço no de Zoey e a conduziu escada abaixo. Ao mesmo tempo, comentou com Oliver por cima do ombro: — Viu, eu disse para você que ela dormia vestida!

— E eu te disse que já sabia disso — disse Oliver enquanto as seguia. — Eu passei a noite com ela naquele dia. Você me disse para fazer isso.

— Eu não disse para você prestar atenção no que ela usava para dormir.

— Vou parar enquanto estou ganhando.

— Rapaz esperto — disse Charlotte.

Oliver piscou para Zoey, que quase tropeçou escada abaixo. Às vezes, a dinâmica do relacionamento deles era tão confortavelmente platônica que ela não queria que nada mudasse, como quando Oliver se sentava com ela na varanda, à noite, depois do trabalho. Na maioria das vezes, eles simplesmente olhavam para o jardim, trocando sorrisos de vez em quando, como se não pudessem acreditar que essa era a vida deles agora, que, na verdade, eram adultos aptos a navegar neste mundo por conta própria. No entanto, uma vez, ele estendeu a mão, pegou a mão dela e a beijou sem nenhum motivo em que ela pudesse pensar. Era como se ela tivesse tocado em algo elétrico, e Charlotte se pegou pensando que as coisas ficariam bem se *tudo* mudasse.

Na ocasião, Pomba nem sequer deu seus típicos rasantes sobre ela.

Depois do café da manhã, eles encheram o SUV de Mac com tudo que Zoey tinha comprado nas últimas semanas, o que incluía um monte de travesseiros que faziam parecer que estava acontecendo uma festa do pijama dentro do carro. Pouco antes de partirem em caravana, Zoey correu de volta para a quitinete, para se certificar de que não havia esquecido nada. Então trancou as portas, sentindo o estômago revirar.

Ela chegou ao portão do jardim, mas parou antes de abri-lo. Contemplou o grupo heterogêneo reunido no estacionamento

— o homem ruivo magicamente grande, a mulher loira de pele desenhada, o lindo garoto de olhos verdes e o famoso escritor com a barba no estilo Rip van Winkle.

Sua família.

Ela olhou por cima do ombro. Percebeu o movimento da cortina de Lucy e sabia que ela estava observando. Desde a noite em que Lucy apareceu para salvá-los, Mac deixava à sua porta pequenos recipientes cheios da comida mais requintada. Oliver deixava cigarros. Zoey comprava marshmallows nas lojas de doces da rua do Comércio, nunca o mesmo sabor duas vezes seguidas. E Charlotte deixava pequenos frascos de óleo de banho com cheiro de patchouli. Zoey sempre ficava acordada o máximo que podia, quando essas coisas eram deixadas do lado de fora da porta dela, esperando finalmente ver Lucy. Ela tinha sido a única, naquela noite, que não tinha de fato posto os olhos nela.

Zoey voltou sua atenção para o jardim, onde os alvoroceiros estavam brigando. Pomba estava lá, em algum lugar. Ela também a observava. E, assim como Lucy, não saía de seu esconderijo.

Zoey se perguntou se um dia ela acordaria e pensaria que Pomba era apenas um sonho. Ela decidiu ali mesmo que, se isso acontecesse, não importaria.

Um sonho, uma história, um pássaro invisível — era tudo a mesma coisa, na verdade.

Nem tudo tem que ser real para ser verdade.

— Adeus, Pomba — sussurrou ela. Então abriu e passou pelo portão.

HISTÓRIA DE FANTASMAS

Paloma

Para mim, é estranho falar, agora. Eu não tinha certeza se me lembraria como.

Meu nome é Paloma Fernandez Hennessey. Você pode me chamar de Pomba. É assim que Zoey me chama.

Ultimamente, meus pensamentos têm sido uma canção que meu avô costumava cantar para mim. Era uma canção antiga, bem antiga, que o avô dele cantava para ele e que eu, por minha vez, cantava para a bebê Zoey, embora ela não se lembre disso. Era sobre uma mulher que morreu ao dar à luz um filho. Ela amava tanto seu filho, que sua alma foi viver no corpo de um pássaro para vigiá-lo enquanto ele crescia. Ela avisaria o menino quando houvesse perigo e o conduziria até a comida na floresta. Então, um dia, o pássaro foi morto por um caçador, e a mãe não teve escolha a não ser deixar o filho para sempre. Os últimos versos da música eram:

Vou agora morar em um lugar onde sempre haja felicidade.

Mas como posso ser feliz quando minha alma ainda precisa voar?

Na minha família, sempre tivemos uma ligação curiosa com os pássaros. Meu avô era até chamado de Homem-pássaro de Havana, porque criava pombos. Ele dava nomes aos pássaros, em homenagem a membros da família que se foram há muito tempo. Passei minha infância acreditando que os pombos eram realmente essas pessoas, só que transformadas. Lembro-me do cheiro doce e bolorento. Lembro-me da camada de poeira em suas asas. O meu favorito era o que levava o nome da minha mãe. Quando meu avô morreu, meu irmão libertou os pássaros, e eu odiei vê-los voar para longe. Eu não queria que eles me deixassem, já que quase todos que eu já amei me deixaram. Mas meu irmão disse que agora éramos livres como eles, e nós partimos para cruzar a fronteira naquela mesma noite.

Eu sei que ele me amava, meu irmão, mas ele sempre estava no controle, e sua ideia de liberdade significava que ele a tinha por completo, e eu não tinha nada. Ele me prometeu grandes realizações nos Estados Unidos. Ele prometeu tudo. Enquanto estava deitada no barco, naquela noite, lembro que vários pássaros nos seguiram, silhuetas tal como fantasmas contra a noite aveludada, e levantei minha mão como se pudesse tocá-los. Perdi-os de vista na tempestade.

A tempestade.

Era como ter nascido de novo, o barulho da água, a luta para respirar. Quando acabou, fiquei agarrada ao barco emborcado. A água e o horizonte fundiram-se numa só entidade e me senti em um estado de suspensão. Meu irmão se foi, e eu me lembro de chamá-lo até não ter mais voz. Em algum momento senti, mas não pude ver, um pássaro pousar ao meu lado. Eu soube imediatamente que era meu irmão, garantindo minha passagem segura como tinha prometido.

A princípio, fiquei feliz com a presença dele. Mas mesmo na morte ele tentou me controlar. Ele não gostou que eu não tivesse ficado em Miami, como ele queria. Ele não gostou quando me mudei para Charleston. Ele não gostou do que eu fazia para ganhar dinheiro. E ele não gostou quando conheci o pai de Zoey, Alrick.

Mas Alrick não se aproveitou de mim, apesar do fato de eu ser apenas uma adolescente e ele ser muito mais velho quando nos conhecemos. Eu sabia exatamente o que estava fazendo.

Alrick foi mais insistente do que a maioria, que eu só fosse dele, que não fizesse nada além de esperar por ele. Ele comprou para mim o lindo apartamento no Alvoroceiro, e eu me apaixonei por essa ilha. Eu andava, andava e andava e apenas observava. Eu tinha roupas bonitas e podia comprar doce de morango sempre que quisesse. Imaginei que parecia uma estrela de cinema. Despedi-me do meu irmão em Mallow Island. Eu o libertei e finalmente me tornei a pessoa que nasceu naquela tempestade.

Eu estava no controle.

No momento em que soube que estava grávida, compreendi que, entre o meu amor e o dinheiro de Alrick, esse bebê teria tudo. Eu sabia que ele não queria um filho, então ele seria *meu*. Esperei meses antes de contar a Alrick. Eu disse que não sabia de quantos meses eu estava, que minha menstruação era irregular e muitas vezes não vinha. Ele queria ficar com raiva de mim, mas sabia que não podia. Acariciei seu peito e disse que tudo ficaria bem. Eu ronronei para ele que éramos pessoas práticas, pelo menos, e que essa criança não me tornaria diferente, e não o tornaria diferente. Nós vamos nos casar, eu disse a ele, e coloquei meu dedo em seus lábios quando ele começou a protestar. Nosso filho será legítimo. E, se as coisas não derem certo, nos separaremos. Era simples. Eu o convenci de que nada mudaria. Nada mesmo.

Mas, claro, mudou. Dois meses depois de nos casarmos no cartório, os sócios dele decidiram pela venda do negócio. Eu não sabia o que ele fazia, especificamente, só que envolvia importações e navios grandes e barulhentos que vinham atracar em Charleston. Não sabia que, quando estava longe de mim em Mallow Island, ele ia para casa, para a casa de sua família, em algum lugar no interior dos Estados Unidos. Zoey tinha apenas três meses quando Alrick nos levou para morar em Tulsa, pois não tinha mais motivos para ficar em Charleston agora que não trabalhava. Seu negócio acabou, tinha sido vendido, e havia dinheiro, dinheiro, dinheiro, sempre dinheiro, mas não felicidade, porque ele não tinha nada para fazer. Ele não olhava para mim da mesma maneira. Eu era irritante e infantil para ele, agora. E tão deslocada em Tulsa. Muitas vezes eu saía por semanas a fio, com Zoey. Voltávamos para Mallow Island e ficávamos no Alvoroceiro, onde eu tinha sido tão feliz. Mas eu sempre voltava para ele. Se me ter como esposa era embaraçoso para ele diante de sua família do Meio-Oeste, me ver desaparecer com a sua filha era ainda mais. Nós discutíamos e eu arranhava o rosto dele com minhas unhas vermelhas. Exigi o divórcio várias vezes. Ele sempre dizia não, porque não queria se desfazer do seu amado dinheiro. Foi só depois que ele conheceu a mulher arrogante, com seus próprios filhos pequenos, que ele finalmente concordou. Eu briguei por cada centavo, porque queria o máximo possível para Zoey.

Só que eu morri logo após o divórcio ser finalizado.

Alrick odiava isso. Ele odiava que o dinheiro do acordo fosse para um fundo para Zoey, e não para ele.

Ah, minha preciosa Zoey. Meu presente para o mundo.

Eu nunca quis que ela ficasse com ele, e certamente não com aquela mulher preconceituosa com quem ele se casou, a mulher que pensava que seus próprios filhos não podiam fazer nada de errado, que fazia Alrick amá-los, mas que se ressentia de que qualquer coisa do casamento anterior dele ainda estivesse naquela casa. Eu frequentemente derrubava as tiaras e troféus de concurso do glamoroso closet dela, uma vez até quebrando um frasco de perfume, só para irritá-la.

Eu tinha que ficar com Zoey, assim como meu irmão ficou comigo.

Mas, assim como deixei meu irmão para seguir meu próprio caminho, Zoey agora está me deixando.

Vejo-a feliz, esperançosa e estabelecida, mas *eu* estou me sentindo inquieta. Eu me pergunto se é assim que meu irmão se sentiu. Estou passando cada vez mais tempo com os alvoroceiros em suas árvores. Não gostava deles no começo, mas agora a energia deles me anima. Eu me sinto viva de novo, quando estou com eles. Alguns dos mais novos querem voar para novas aventuras, e, se isso acontecer, sei que irei com eles. Zoey não precisa de mim, e isso me entristece. Mas eu não quero deixar este mundo ainda.

Eu sou como aquela música que meu avô cantava.

Minha alma ainda precisa voar.

Agradecimentos

Para Andrea Cirillo e todos da JRA, e Jennifer Enderlin e todos da St. Martin's Press, por estarem presentes durante todo o longo percurso. Ao meu pai, Zack, e à minha sobrinha, Hanna, pela força necessária para superar as dificuldades. A Michelle Pittman e Heidi Carmack por sua amizade — e à memória de suas queridas mães. A Billy Swilling, Erin Campbell e Tracy Horton, por seu apoio. A Pam Palmer e a Alexandra Saperstein, por sua gentileza. Aos funcionários da Givens Estates, pelo cuidado que ofereceram à minha mãe. E muito amor aos meus leitores, por seus votos de melhoras e paciência. Perdi minha mãe e minha irmã com dias de diferença enquanto escrevia este livro, então fiquei ausente por um tempo. Quando finalmente comecei o processo de finalização de *Outros Pássaros*, não foi porque consegui me despedir de duas das pessoas mais importantes da minha vida. Não, pude escrever de novo porque elas ainda estavam comigo, e sei que estarão enquanto eu precisar delas. Minha mãe sofreu lesões cerebrais catastróficas após seus derrames repentinos. Ela não conseguia se mexer e frequentemente falava em um idioma desconhecido. Mas um dia, enquanto eu estava sentada na beira da cama, conversando com ela sobre este livro, Zoey e a mãe — que voltou como um pássaro, depois de morrer, para cuidar de sua filha —, minha mãe me disse com clareza surpreendente: "Ah, você tem que escrever isso".

E foi o que eu fiz.

Finalmente fiz, mãe.

Este livro foi impresso nas oficinas gráficas da Editora Vozes Ltda.,
Rua Frei Luís, 100 – Petrópolis, RJ.